茶馆·龙须沟
CHA GUAN LONG XU GOU

西望长安·残雾
XI WANG CHANG AN CAN WU

老舍 著

民主与建设出版社
·北京·

目 录
contents

茶

馆

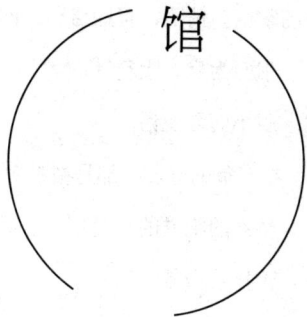
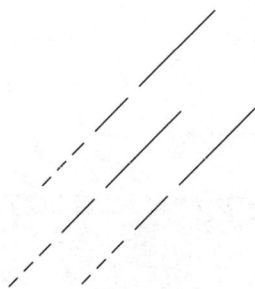

人物表

王利发——男。最初与我们见面，他才二十多岁。因父亲早死，他很年轻就
　　　　做了裕泰茶馆的掌柜。精明，有些自私，而心眼不坏。

唐铁嘴——男。三十来岁。相面为生，吸鸦片。

松二爷——男。三十来岁。胆小而爱说话。

常四爷——男。三十来岁。松二爷的好友，都是裕泰的主顾。正直，体格好。

李　三——男。三十多岁。裕泰的跑堂的。勤恳，心眼好。

二德子——男。二十多岁。善扑营当差。

马五爷——男。三十多岁。吃洋教的小恶霸。

刘麻子——男。三十来岁。说媒拉纤，心狠意毒。

康　六——男。四十岁。京郊贫农。

黄胖子——男。四十多岁。流氓头子。

秦仲义——男。王掌柜的房东。在第一幕里二十多岁。阔少，后来成了维新
　　　　的资本家。

老　人——男。八十二岁。无倚无靠。

乡　妇——女。三十多岁。穷得出卖小女儿。

小　妞——女。十岁。乡妇的女儿。

庞太监——男。四十岁。发财之后，想娶老婆。

小牛儿——男。十多岁。庞太监的书童。

宋恩子——男。二十多岁。老式特务。

吴祥子——男。二十多岁。宋恩子的同事。

康顺子——女。在第一幕中十五岁。康六的女儿。被卖，给庞太监为妻。

王淑芬——女。四十来岁。王利发掌柜的妻子。比丈夫更公平正直些。

巡　警——男。二十多岁。

报　童——男。十六岁。

康大力——男。十二岁。庞太监买来的义子，后与康顺子相依为命。

老　林——男。三十多岁。逃兵。

老　陈——男。三十岁。逃兵。林的把弟。

崔久峰——男。四十多岁。做过国会议员，后来修道，住在裕泰附设的公寓里。

军　官——男。三十岁。

王大拴——男。四十岁左右。王掌柜的长子。为人正直。

周秀花——女。四十岁。大拴的妻子。

王小花——女。十三岁。大拴的女儿。

丁　宝——女。十七岁。女招待。有胆有识。

小刘麻子——男。三十多岁。刘麻子之子，继承父业而发展之。

取电灯费的——男。四十多岁。

小唐铁嘴——男。三十多岁。唐铁嘴之子，继承父业，有做天师的希望。

明师傅——男。五十多岁。包办酒席的厨师。

邹福远——男。四十多岁。说评书的名手。

卫福喜——男。三十多岁。邹的师弟，先说评书，后改唱京戏。

方　六——男。四十多岁。打小鼓的，奸诈。

车当当——男。三十岁左右。买卖现洋为生。

庞四奶奶——女。四十岁。庞太监的四侄媳妇。丑恶，要做皇后。

春　梅——女。十九岁。庞四奶奶的丫鬟。

老　杨——男。三十多岁。卖杂货的。

小二德子——男。三十岁。二德子之子，打手。

于厚斋——男。四十多岁。小学教员，王小花的老师。

谢勇仁——男。三十多岁。于厚斋的同事。

小宋恩子——男。三十来岁。宋恩子之子，承袭父业，做特务。

小吴祥子——男。三十来岁。吴祥子之子，世袭特务。

小心眼——女。十九岁。女招待。

沈处长——男。四十岁。宪兵司令部某处处长。

茶客若干人，都是男的。

茶房一两个，都是男的。

难民数人，有男有女，有老有少。

大兵三五人，都是男的。

公寓住客数人，都是男的。

押大令的兵七人，都是男的。

宪兵四人，都是男的。

傻　杨——男。数来宝的。

第一幕　幕前

（我）大傻杨，打竹板儿，一来来到大茶馆儿。

大茶馆，老裕泰，生意兴隆真不赖。

茶座多，真热闹，也有老来也有少；

有的说，有的唱，穿章打扮一人一个样；

有提笼，有架鸟，蛐蛐蝈蝈也都养得好；

有的吃，有的唱，没有钱的只好白瞧着。

爱下棋，（您）来两盘儿，赌一卖（碟）干炸丸子外撒胡椒盐儿。

讲排场，讲规矩，咳嗽一声都像唱大戏。

有一样，听我说：莫谈国事您得老记着。

哼！国家事（可）不好了，黄龙旗子一天倒比一天威风小。

文武官，有一宝，见着洋人赶快跑。

外国货，堆成山，外带贩卖鸦片烟。

最苦是，乡村里，没吃没穿逼得卖儿女。

官儿阔，百姓穷，朝中出了一个谭嗣同，

讲维新，主意高，还有那康有为和梁启超。

这件事，闹得凶，气得太后咬牙切齿直哼哼。

她要杀，她要砍，讲维新的都是要造反。

这些事，别多说，说着说着就许掉脑壳。

〔幕徐启。大傻杨入茶馆。

打竹板，迈大步，走进茶馆找主顾。

哪位爷，愿意听，《辕门斩子》来了穆桂英。

〔王利发来干涉。

王掌柜，大发财，金银元宝一齐来。

您有钱，我有嘴，数来宝的是穷鬼。（下）

第一幕

人　物　王利发　刘麻子　庞太监　唐铁嘴　康六　小牛儿　松二爷　黄胖
　　　　子　宋恩子　常四爷　秦仲义　吴祥子　李三　老人　康顺子　二
　　　　德子　乡妇　茶客甲、乙、丙、丁　马五爷　小妞　茶房一二人
时　间　一八九八年（戊戌）初秋，康有为、梁启超等的维新运动失败了。
　　　　上午。
地　点　北京，裕泰大茶馆。

　〔幕启：这种大茶馆现在已经不见了。在几十年前，每城都起码有一处。
　这里卖茶，也卖简单的点心与菜饭。玩鸟的人们，每天在遛够了画
　眉、黄鸟等之后，要到这里歇歇腿，喝喝茶，并使鸟儿表现歌唱技
　艺。商议事情的，说媒拉纤的，也到这里来。那年月，时常有打群
　架的，但是总会有朋友出头给双方调解；三五十口子打手，经调解
　人东说西说，便都喝碗茶，吃碗烂肉面（**大茶馆特殊的食品，价钱**
　便宜，做起来快当），就可以化干戈为玉帛了。总之，这是当时非
　常重要的地方，有事无事都可以来坐半天。
　在这里，可以听到最荒唐的新闻，如某处的大蜘蛛怎么成了精，受
　到雷击。奇怪的意见也在这里可以听到，像把海边都修上大墙，就
　足以挡住洋兵上岸。这里还可以听到某京戏演员新近创造了什么腔
　儿，以及煎熬鸦片烟的最好方法。这里也可以看到某人新得到的奇
　珍——一个出土的玉扇坠儿或三彩的鼻烟壶。这真是个重要的地

茶　馆　011

方，简直可以算作文化交流的所在。

我们现在就要看见这样的一座茶馆。

一进门是柜台与炉灶——为省点事，我们的舞台上可以不要炉灶，有些锅勺的响声也就够了。屋子非常高大，摆着长桌与方桌，长凳与小凳，都是茶座儿。隔窗可见后院，高搭着凉棚，棚下也有茶座儿。屋里和凉棚下都有挂鸟笼的地方。各处都贴着"莫谈国事"的纸条。

有两位茶客，不知姓名，正眯着眼，摇着头，拍板低唱。有两三位茶客，也不知姓名，正入神地欣赏瓦罐里的蟋蟀。两位穿灰色大衫的，宋恩子与吴祥子，正低声地谈话，看样子他们是北衙门的办案的（侦缉）。

今天又有一起打群架的，据说是为了争一只家鸽，惹起非用武力解决不可的纠纷。假若真打起来，非出人命不可，因为被约的打手中包括善扑营的哥儿们和库兵，身手都十分厉害。好在，不能真打起来，因为在双方还没把打手约齐，已有人出面调停了——现在双方在这里会面。三三两两的打手，都横眉立目，短打扮，随时进来，往后院去。

马五爷在不惹人注意的角落，独自坐着喝茶。

王利发高高地坐在柜台里。

唐铁嘴趿拉着鞋，身穿一件极长极脏的大布衫，耳上夹着几张小纸片，进来。

王利发　唐先生，你外边蹓蹓吧！

唐铁嘴　（惨笑）王掌柜，捧捧唐铁嘴吧！送给我碗茶喝，我就先给您相相面吧！手相奉送，不取分文！（不容分说，拉过王利发的手来）今年是光绪二十四年，戊戌。您贵庚是……

王利发　（夺回手去）算了吧，我送给你一碗茶喝，你就甭卖那套生意口啦！用不着相面，咱们既在江湖内，都是苦命人！（由柜台内走出，让唐铁嘴坐下）坐下！我告诉你，你要是不戒了大烟，就永远交不了好运！这是我的相法，比你的更灵验！

〔松二爷和常四爷都提着鸟笼进来，王利发向他们打招呼。他们先把鸟笼子挂好，找地方坐下。松二爷文绉绉的，提着小黄鸟笼；常四爷雄赳赳的，提着大而高的画眉笼。茶房李三赶紧过来，沏上盖碗茶。他们自带茶叶。茶沏好，松二爷、常四爷向邻近的茶座让了让。

松二爷、常四爷　您喝这个！（然后，往后院看了看）

松二爷　好像又有事儿？

常四爷　反正打不起来！要真打的话，早到城外头去啦，到茶馆来干吗？

〔二德子，一位打手，恰好进来，听见了常四爷的话。

二德子　（凑过去）你这是对谁甩闲话呢？

常四爷　（不肯示弱）你问我哪？花钱喝茶，难道还教谁管着吗？

松二爷　（打量了二德子一番）我说这位爷，您是营里当差的吧？来，坐下喝一碗，我们也都是外场人。

二德子　你管我当差不当差呢！

常四爷　要抖威风，跟洋人干去，洋人厉害！英法联军烧了圆明园，尊家吃着官饷，可没见您去冲锋打仗！

二德子　甭说打洋人不打，我先管教管教你！（要动手）

〔别的茶客依旧进行他们自己的事。王利发急忙跑过来。

王利发　哥儿们，都是街面上的朋友，有话好说。德爷，您后边坐！

〔二德子不听王利发的话，一下子把一个盖碗搂下桌去，摔碎。翻手要抓常四爷的脖领。

常四爷　（闪过）你要怎么着？

二德子　怎么着？我碰不了洋人，还碰不了你吗？

马五爷　（并未站起）二德子，你威风啊！

二德子　（四下扫视，看到马五爷）喝，马五爷，您在这儿哪？我可眼拙，没看见您！（过去请安）

马五爷　有什么事好好地说，干吗动不动地就讲打？

二德子　嗻！您说的对！我到后头坐坐去。李三，这儿的茶钱我候啦！（往后面走去）

常四爷　（凑过来，要对马五爷发牢骚）这位爷，您圣明，您给评评理！

马五爷　（站起来）我还有事，再见！（走出去）

常四爷　（对王利发）邪！这倒是个怪人！

王利发　您不知道这是马五爷呀？怪不得您也得罪了他！

常四爷　我也得罪了他？我今天出门没挑好日子！

王利发　（低声地）刚才您说洋人怎样，他就是吃洋饭的。信洋教，说洋话，有事情可以一直地找宛平县的县太爷去，要不怎么连官面上都不惹他呢！

常四爷　（往原处走）哼，我就不佩服吃洋饭的！

王利发　（向宋恩子、吴祥子那边稍一歪头，低声地）说话请留点神！（大声地）李三，再给这儿沏一碗来！（拾起地上的碎磁片）

松二爷　盖碗多少钱？我赔！外场人不做老娘们事！

王利发　不忙，待会儿再算吧！（走开）

　　〔纤手刘麻子领着康六进来。刘麻子先向松二爷、常四爷打招呼。

刘麻子　您二位真早班儿！（掏出鼻烟壶，倒烟）您试试这个！刚装来的，地道英国造，又细又纯！

常四爷　唉！连鼻烟也得从外洋来！这得往外流多少银子啊！

刘麻子　咱们大清国有的是金山银山，永远花不完！您坐着，我办点小事！

　　（领康六找了个座儿）

〔李三拿过一碗茶来。

刘麻子　说说吧，十两银子行不行？你说干脆的！我忙，没工夫专伺候你！

康　六　刘爷！十五岁的大姑娘，就值十两银子吗？

刘麻子　卖到窑子去，也许多拿两儿八钱的，可是你又不肯！

康　六　那是我的亲女儿！我能够……

刘麻子　有女儿，可你养活不起，这怪谁呢？

康　六　那不是因为乡下种地的都没法子混了吗？一家大小要是一天能吃上
　　　　一顿粥，我要还想卖女儿，我就不是人！

刘麻子　那是你们乡下的事，我管不着。我受你之托，教你不吃亏，又教你
　　　　女儿有个吃饱饭的地方，这还不好吗？

康　六　到底给谁呢？

刘麻子　我一说，你必定从心眼里乐意！一位在宫里当差的！

康　六　宫里当差的谁要个乡下丫头呢？

刘麻子　那不是你女儿的命好吗？

康　六　谁呢？

刘麻子　庞总管！你也听说过庞总管吧？伺候着太后，红的不得了，连家里
　　　　打醋的瓶子都是玛瑙做的！

康　六　刘大爷，把女儿给太监做老婆，我怎么对得起人呢？

刘麻子　卖女儿，无论怎么卖，也对不起女儿！你糊涂！你看，姑娘一过
　　　　门，吃的是珍馐美味，穿的是绫罗绸缎，这不是造化吗？怎样，摇
　　　　头不算点头算，来个干脆的！

康　六　自古以来，哪有……他就给十两银子？

刘麻子　我遍了你们全村儿，找得出十两银子找不出？在乡下，五斤白面就
　　　　换个孩子，你不是不知道！

康　六　我，唉！我得跟姑娘商量一下！

刘麻子　告诉你，过了这个村可没有这个店，耽误了事别怨我！快去快来！

康　六　唉！我一会儿就回来！

刘麻子　我在这儿等着你！

康　六　（慢慢地走出去。）

刘麻子　（凑到松二爷、常四爷这边来）乡下人真难办事，永远没有个痛痛快快！

松二爷　这号生意又不小吧？

刘麻子　也甜不到哪儿去，弄好了，赚个元宝！

常四爷　乡下是怎么了？会弄得这么卖儿卖女的！

刘麻子　谁知道！要不怎么说，就是一条狗也得托生在北京城里嘛！

常四爷　刘爷，您可真有个狠劲儿，给拉拢这路事！

刘麻子　我要不分心，他们还许找不到买主呢！（忙岔话）松二爷（掏出个小时表来），您看这个！

松二爷　（接表）好体面的小表！

刘麻子　您听听，咯噔咯噔地响！

松二爷　（听）这得多少钱？

刘麻子　您爱吗？就让给您！一句话，五两银子！您玩够了，不再要了，我还照数退钱！东西真地道，传家的玩意！

常四爷　我这儿正咂摸这个味儿：咱们一个人身上有多少洋玩意儿啊！老刘，就看你身上吧：洋鼻烟，洋表，洋缎大衫，洋布裤褂……

刘麻子　洋东西可是真漂亮呢！我要是穿一身土布，像个乡下脑壳，谁还理我呀！

常四爷　我老觉乎着咱们的大缎子、川绸，更体面！

刘麻子　松二爷，留下这个表吧，这年月，戴着这么好的洋表，会让人另眼看待！是不是这么说，您哪？

松二爷　（真爱表，但又嫌贵）我……

刘麻子　您先戴两天，改日再给钱！

　　　　〔黄胖子进来。

黄胖子　（严重的砂眼，看不清楚，进门就请安）哥儿们，都瞧我啦！我请

　　　　安了！都是自己弟兄，别伤了和气呀！

王利发　这不是他们，他们在后院哪！

黄胖子　我看不大清楚啊！掌柜的，预备烂肉面，有我黄胖子，谁也打不起

　　　　来！（往里走）

二德子　（出来迎接）两边已经见了面，您快来吧！

　　　　〔二德子同黄胖子入内。

　　　　〔茶房们一趟又一趟地往后面送茶水。老人进来，拿着些牙签、胡

　　　　梳、耳挖勺之类的小东西，低着头慢慢地挨着茶座儿走，没人买他

　　　　的东西。他要往后院去，被李三截住。

李　三　老大爷，您外边遛遛吧！后院里，人家正说和事呢，没人买您的东

　　　　西！（顺手把剩茶递给老人一碗）

松二爷　（低声地）李三！（指后院）他们到底为了什么事，要这么拿刀动

　　　　杖的？

李　三　（低声地）听说是为一只鸽子。张宅的鸽子飞到了李宅去，李宅不肯

　　　　交还……唉，咱们还是少说话好，（问老人）老大爷您高寿啦？

老　人　（喝了茶）多谢！八十二了，没人管！这年月呀，人还不如一只鸽

　　　　子呢！唉！（慢慢走出去）

　　　　〔秦仲义，穿得很讲究，满面春风，走进来。

王利发　哎哟！秦二爷，您怎么这样闲在，会想起下茶馆来了？也没带个底

　　　　下人？

秦仲义　来看看，看看你这年轻小伙子会做生意不会！

王利发　唉，一边做一边学吧，指着这个吃饭嘛。谁叫我爸爸死得早，我不干不行啊！好在照顾主儿都是我父亲的老朋友，我有不周到的地方，都肯包涵，闭闭眼就过去了。在街面上混饭吃，人缘儿顶要紧。我按着我父亲遗留下的老办法，多说好话，多请安，讨人人的喜欢，就不会出大岔子！您坐下，我给您沏碗小叶茶去！

秦仲义　我不喝！也不坐着！

王利发　坐一坐！有您在我这儿坐坐，我脸上有光！

秦仲义　也好吧！（坐）可是，用不着奉承我！

王利发　李三，沏一碗高的来！二爷，府上都好？您的事情都顺心吧？

秦仲义　不怎么太好！

王利发　您怕什么呢？那么多的买卖，您的小手指头都比我的腰还粗！

唐铁嘴　（凑过来）这位爷好相貌，真是天庭饱满，地阁方圆，虽无宰相之权，而有陶朱之富！

秦仲义　躲开我！去！

王利发　先生，你喝够了茶，该外边活动活动去！（把唐铁嘴轻轻推开）

唐铁嘴　唉！（垂头走出去）

秦仲义　小王，这儿的房租是不是得往上提那么一提呢？当年你爸爸给我的那点租钱，还不够我喝茶用的呢！

王利发　二爷，您说的对，太对了！可是，这点小事用不着您分心，您派管事的来一趟，我跟他商量，该长多少租钱，我一定照办！是！嗻！

秦仲义　你这小子，比你爸爸还滑！哼，等着吧，早晚我把房子收回去！

王利发　您甭吓唬着我玩，我知道您多么照应我、心疼我，决不会叫我挑着大茶壶，到街上卖热茶去！

秦仲义　你等着瞧吧！

　　〔乡妇拉着个十来岁的小妞进来。小妞的头上插着一根草标。李三本想不许她们往前走，可是心中一难过，没管。她们俩慢慢地往里走。茶客们忽然都停止说笑，看着她们。

小　妞　（走到屋子中间，站住）妈，我饿！我饿！

〔乡妇呆视着小妞，忽然腿一软，坐在地上，掩面低泣。

秦仲义　（对王利发）轰出去！

王利发　是！出去吧，这里坐不住！

乡　妇　哪位行行好？要这个孩子，二两银子！

常四爷　李三，要两个烂肉面，带她们到门外吃去！

李　三　是啦！（过去对乡妇）起来，门口等着去，我给你们端面来！

乡　妇　（站起，抹泪往外走，好像忘了孩子；走了两步，又转回身来，搂住小妞，吻她）宝贝！宝贝！

王利发　快着点吧！

〔乡妇、小妞走出去。李三随后端出两碗面去。

王利发　（过来）常四爷，您是积德行好，赏给她们面吃！可是，我告诉您：这路事儿太多了，太多了！谁也管不了！（对秦仲义）二爷，您看我说的对不对？

常四爷　（对松二爷）二爷，我看哪，大清国要完！

秦仲义　（老气横秋地）完不完，并不在乎有人给穷人们一碗面吃没有。小王，说真的，我真想收回这里的房子！

王利发　您别那么办哪，二爷！

秦仲义　我不但收回房子，而且把乡下的地，城里的买卖也都卖了！

王利发　那为什么呢？

秦仲义　把本钱拢在一块儿，开工厂！

王利发　开工厂？

秦仲义　嗯，顶大顶大的工厂！那才救得了穷人，那才能抵制外货，那才能救国！（对王利发说而眼看着常四爷）唉，我跟你说这些干什么，你不懂！

王利发　您就专为别人，把财产都出手，不顾自己了吗？

秦仲义　你不懂！只有那么办，国家才能富强！好啦，我该走啦。我亲眼看见了，你的生意不错，你甭再耍无赖，不涨房钱！

王利发　您等等，我给您叫车去！

秦仲义　用不着，我愿意蹓蹓跶跶！

　　〔秦仲义往外走，王利发送。

　　〔小牛儿搀着庞太监走进来。小牛儿提着水烟袋。

庞太监　哟！秦二爷！

秦仲义　庞老爷！这两天您心里安顿了吧？

庞太监　那还用说吗？天下太平了：圣旨下来，谭嗣同问斩！告诉您，谁敢改祖宗的章程，谁就掉脑袋！

秦仲义　我早就知道！

　　〔茶客们忽然全静寂起来，几乎是闭住呼吸地听着。

庞太监　您聪明，二爷，要不然您怎么发财呢！

秦仲义　我那点财产，不值一提！

庞太监　太客气了吧？您看，全北京城谁不知道秦二爷！您比做官的还厉害呢！听说呀，好些财主都讲维新！

秦仲义　不能这么说，我那点威风在您的面前可就施展不出来了！哈哈哈！

庞太监　说得好，咱们就八仙过海，各显其能吧！哈哈哈！

秦仲义　改天过去给您请安，再见！（下）

庞太监　（自言自语）哼，凭这么个小财主也敢跟我逗嘴皮子，年头真是改了！（问王利发）刘麻子在这儿哪？

王利发　总管，您里边歇着吧！

〔刘麻子早已看见庞太监，但不敢靠近，怕打搅了庞太监、秦仲义的
谈话。

刘麻子　喝，我的老爷子！您吉祥！我等了您好大半天了！（挽庞太监往里
面走）

〔宋恩子、吴祥子过来请安，庞太监对他们耳语。

〔众茶客静默了一阵之后，开始议论纷纷。

茶客甲　谭嗣同是谁？

茶客乙　好像听说过！反正犯了大罪，要不，怎么会问斩呀！

茶客丙　这两三个月了，有些做官的，念书的，乱折腾乱闹，咱们怎能知道
他们搞的什么鬼呀！

茶客丁　得！不管怎么说，我的铁杆庄稼又保住了！姓谭的，还有那个康
有为，不是说叫旗兵不关钱粮，去自谋生计吗？心眼多毒！

茶客丙　一份钱粮倒叫上头克扣去一大半，咱们也不好过！

茶客丁　那总比没有强啊！好死不如赖活着，叫我去自己谋生，非死不可！

王利发　诸位主顾，咱们还是莫谈国事吧！

〔大家安静下来，又都各谈各的事。

庞太监　（已坐下）怎么说？一个乡下丫头，要二百两银子？

刘麻子　（侍立）乡下人，可长得俊呀！带进城来，好好地一打扮、调教，
准保是又好看，又有规矩！我给您办事，比给我亲爸爸做事都更尽
心，一丝一毫不能马虎！

〔唐铁嘴又回来了。

王利发　铁嘴，你怎么又回来了？

唐铁嘴　街上兵荒马乱的，不知道是怎么回事！

庞太监　还能不搜查搜查谭嗣同的余党吗？唐铁嘴，你放心，没人抓你！

唐铁嘴　嘛，总管，您要能赏给我几个烟泡儿，我可就更有出息了！

〔有几个茶客好像预感到什么灾祸，一个个往外溜。

松二爷　咱们也该走了吧！天不早啦！

常四爷　嗻！走吧！

〔二灰衣人——宋恩子和吴祥子走过来。

宋恩子　等等！

常四爷　怎么啦？

宋恩子　刚才你说"大清国要完"？

常四爷　我，我爱大清国，怕它完了！

吴祥子　（对松二爷）你听见了？他是这么说的吗？

松二爷　哥儿们，我们天天在这儿喝茶。王掌柜知道：我们都是地道老好人！

吴祥子　问你听见了没有？

松二爷　那，有话好说，二位请坐！

宋恩子　你不说，连你也锁了走！他说"大清国要完"，就是跟谭嗣同一党！

松二爷　我，我听见了，他是说……

宋恩子　（对常四爷）走！

常四爷　上哪儿？事情要交代明白了啊！

宋恩子　你还想拒捕吗？我这儿可带着"王法"呢！（掏出腰中带着的铁链子）

常四爷　告诉你们，我可是旗人！

吴祥子　旗人当汉奸，罪加一等！锁上他！

常四爷　甭锁，我跑不了！

宋恩子　量你也跑不了！（对松二爷）你也走一趟，到堂上实话实说，没你的事！

〔黄胖子同三五个人由后院过来。

黄胖子　得啦，一天云雾散，算我没白跑腿！

松二爷　黄爷！黄爷！

黄胖子　（揉揉眼）谁呀？

松二爷　我！松二！您过来，给说句好话！

黄胖子　（看清）哟，宋爷，吴爷，二位爷办案啊？请吧！

松二爷　黄爷，帮帮忙，给美言两句！

黄胖子　官厅儿管不了的事，我管！官厅儿能管的事呀，我不便多嘴！（问
　　　　大家）是不是？

　众　　嘻！对！

　　　　〔宋恩子、吴祥子带着常四爷、松二爷往外走。

松二爷　（对王利发）看着点我们的鸟笼子！

王利发　您放心，我给送到家里去！

　　　　〔常四爷、松二爷、宋恩子、吴祥子同下。

黄胖子　（唐铁嘴告以庞太监在此）哟，老爷在这儿哪？听说要安份儿家，
　　　　我先给您道喜！

庞太监　等吃喜酒吧！

黄胖子　您赏脸！您赏脸！（下）

　　　　〔乡妇端着空碗进来，往柜上放。小妞跟进来。

小　妞　妈！我还饿！

王利发　唉！出去吧！

乡　妇　走吧，乖！

小　妞　不卖妞妞啦？妈！不卖啦？妈！

乡　妇　乖！（哭着，携小妞下）

　　　　〔康六带着康顺子进来，站在柜台前。

康　六　姑娘！顺子！爸爸不是人，是畜生！可你叫我怎么办呢？你不找个
　　　　吃饭的地方，你饿死！我不弄到手几两银子，就得叫东家活活地打
　　　　死！你呀，顺子，认命吧，积德吧！

康顺子　我，我……（说不出话来）

刘麻子　（跑过来）你们回来啦？点头啦？好！来见见总管！给总管磕头！

康顺子　我……（要晕倒）

康　六　（扶住女儿）顺子！顺子！

刘麻子　怎么啦？

康　六　又饿又气，昏过去了！顺子！顺子！

庞太监　我要活的，可不要死的！

　　〔静场。

茶客甲　（正与乙下象棋）将！你完啦！

——幕落

第二幕　幕前

打竹板，我又来，数来宝的还是没发财。

现而今，到民国，剪了小辫还是没有辙。

王掌柜，动脑筋，事事改良讲维新。

（低声）动脑筋，白费力，胳臂拧不过大腿去。

闹军阀，乱打仗，白脸的进去黑脸的上，

赵打钱，孙打李，赵钱孙李乱打一炮谁都不讲理。

为打仗，要枪炮，一堆一堆给洋人老爷送钞票。

为卖炮，为卖枪，帮助军阀你占黄河他占扬子江。

老百姓，遭了殃，大兵一到粮食牲口一扫光。

王掌柜，会改良，茶馆好像大学堂，

后边住　大学生，说话文明真好听。

就怕呀，兵野蛮，进来几个茶馆就玩完。

先别说　丧气话，给他道喜是个好办法。

他开张，我道喜，编点新词我也了不起。（下）

（又上）老裕泰，大改良，万事亨通一天准比一天强。

王利发　今天不打发，明天才开张哪。

明天好，明天妙，金银财宝齐来到。

〔炮响。

您开张，他开炮，明天准唱《蜡庙》。

王利发　去你的吧！

〔傻杨下。

第二幕

人　物　王淑芬　报童　康顺子　李三　常四爷　康大力　王利发　松二爷
老林　难民数人　宋恩子　老陈　巡警　吴祥子　崔久峰　大兵三五
人　公寓住客二三人　军官　唐铁嘴　刘麻子　押大令的兵七人

时　间　与前幕相隔十余年，现在是袁世凯死后，帝国主义指使中国军阀进
行割据，时时发动内战的时候。初夏，上午。

地　点　同前幕。

〔幕启：北京城内的大茶馆已先后相继关了门。"裕泰"是硕果仅存
的一家了，可是为避免被淘汰，它已改变了样子与作风。现在，它
的前部仍然卖茶，后部却改成了公寓。前部只卖茶和瓜子什么的，
"烂肉面"等已成为历史名词。厨房挪到后边去，专包公寓住客的
伙食。茶座也大加改良：一律是小桌与藤椅，桌上盖着浅绿桌布。
墙上的"醉八仙"大画，连财神龛，均已撤去，代以时装美人——
外国香烟公司的广告画。"莫谈国事"的纸条可是保存了下来，而
且字写得更大。王利发真像个"圣之时者也"，不但没使"裕泰"
灭亡，而且使它有了新的发展。

因为修理门面，茶馆停了几天营业，预备明天开张。王淑芬正和李
三忙着布置，把桌椅移了又移，摆了又摆，以期尽善尽美。

王淑芬梳时行的圆髻，而李三却还带着小辫儿。

二三学生由后面来，与他们打招呼，出去。

王淑芬　（看李三的辫子碍事）三爷，咱们的茶馆改了良，你的小辫儿也该剪了吧？

李　三　改良！改良！越改越凉，冰凉！

王淑芬　也不能那么说！三爷你看，听说西直门的德泰，北新桥的广泰，鼓楼前的天泰，这些大茶馆全先后脚儿关了门！只有咱们裕泰还开着，为什么？不是因为拴子的爸爸懂得改良吗？

李　三　哼！皇上没啦，总算大改良吧？可是改来改去，袁世凯还是要做皇上。袁世凯死后，天下大乱，今儿个打炮，明儿个关城，改良？哼！我还留着我的小辫儿，万一把皇上改回来呢！

王淑芬　别顽固啦，三爷！人家给咱们改了民国，咱们还能不随着走吗？你看，咱们这么一收拾，不比以前干净，好看？专招待文明人，不更体面？可是，你要还带着小辫儿，看着多么不顺眼哪！

李　三　太太，你觉得不顺眼，我还不顺心呢！

王淑芬　哟，你不顺心？怎么？

李　三　你还不明白？前面茶馆，后面公寓，全仗着掌柜的跟我两个人，无论怎么说，也忙不过来呀！

王淑芬　前面的事归他，后面的事，不是还有我帮助你吗？

李　三　就算有你帮助，打扫二十来间屋子，伺候二十多人的伙食，还要沏茶灌水，买东西送信，问问你自己，受得了受不了！

王淑芬　三爷，你说的对！可是呀，这兵荒马乱的年月，能有个事儿做也就得念佛！咱们都得忍着点！

李　三　我干不了！天天睡四五个钟头的觉，谁也不是铁打的！

王淑芬　唉！三爷，这年月谁也舒服不了！你等着，大拴子暑假就高小毕业，二拴子也快长起来，他们一有用处，咱们可就清闲点啦。从老王掌柜在世的时候，你就帮助我们，老朋友，老伙计啦！

〔王利发老气横秋地从后面进来。

李　三　老伙计？二十多年了，他们可给我长过工钱？什么都改良，为什么
　　　　工钱不跟着改良呢？

王利发　哟！你这是什么话呀？咱们的买卖要是越做越好，我能不给你长工
　　　　钱吗？得了，明天咱们开张，取个吉利，先别吵嘴，就这么办吧！
　　　　All right？（在这里是"好吗"的意思）

李　三　就怎么办啦？不改我的良，我干不下去啦！

　　　　〔后面叫：李三！李三！

王利发　崔先生叫，你快去！咱们的事，有工夫再细研究！

李　三　哼！

王淑芬　我说，昨天就关了城门，今儿个还说不定关不关，三爷，这里的事
　　　　交给掌柜的，你去买点菜吧！别的不说，咸菜总得买下点呀！

　　　　〔后面又叫：李三！李三！

李　三　对，后边叫，前边催，把我劈成两半儿好不好！（忿忿地往后走）

王利发　拴子的妈，他岁数大了点，你可得……

王淑芬　他抱怨了大半天了！可是抱怨的对！当着他，我不便直说；对你，
　　　　我可得说实话：咱们得添人！

王利发　添人得给工钱，咱们赚得出来吗？我要是会干别的，可是还开茶
　　　　馆，我是孙子！

　　　　〔远处隐隐有炮声。

王利发　听听，又他妈的开炮了！你闹，闹！明天开得了张才怪！这是怎么
　　　　说的！

王淑芬　明白人别说糊涂话，开炮是我闹的？

王利发　别再瞎扯，干活儿去！嘿！

王淑芬　早晚不是累死，就得叫炮轰死，我看透了！（慢慢地往后边走）

王利发　（温和了些）拴子的妈，甭害怕，开过多少回炮，一回也没打死咱们，北京城是宝地！

王淑芬　心哪，老跳到嗓子眼里，宝地！我给三爷拿菜钱去。（下）

〔一群男女难民在门外央告。

难　民　掌柜的，行行好，可怜可怜吧！

王利发　走吧，我这儿不打发，还没开张！

难　民　可怜可怜吧！我们都是逃难的！

王利发　别耽误工夫！我自己还顾不了自己呢！

〔巡警上。

巡　警　走！滚！快着！

〔难民散去。

王利发　怎样啊？六爷！又打得紧吗？

巡　警　紧！紧得厉害！仗打得不紧，怎能够有这么多难民呢！上面交派下来，你出八十斤大饼，十二点交齐！城里的兵带着干粮，才能出去打仗啊！

王利发　您圣明，我这儿现在光包后面的伙食，不再卖饭，也还没开张，别说八十斤大饼，一斤也交不出啊！

巡　警　你有你的理由，我有我的命令，你瞧着办吧！（要走）

王利发　您等等！我这儿千真万确还没开张，这您知道！开张以后，还得多麻烦您呢！得啦，您买包茶叶喝吧！（递钞票）您多给美言几句，我感恩不尽！

巡　警　（接票子）我给你说说看，行不行可不保准！

〔三五个大兵，军装破烂，都背着枪，闯进门口。

巡　警　老总们，我这儿正查户口呢，这儿还没开张！

大　兵　屌！

巡　警　王掌柜，孝敬老总们点茶钱，请他们到别处喝去吧！

王利发　老总们，实在对不起，还没开张，要不然，诸位住在这儿，一定欢
　　　　迎！（递钞票给巡警）

巡　警　（转递给兵们）得啦，老总们多原谅，他实在没法招待诸位！

大　兵　屌！谁要钞票？要现大洋！

王利发　老总们，让我哪儿找现洋去呢？

大　兵　屌！揍他个小舅子！

巡　警　快！再添点！

王利发　（掏）老总们，我要是还有一块，请把房子烧了！（递钞票）

大　兵　屌！（接钱下）

巡　警　得，我给你挡住了一场大祸！他们一进来呀，你就全完，连一个茶
　　　　碗也剩不下！

王利发　我永远忘不了您这点好处！

巡　警　可是为这点功劳，你不得另有份意思吗？

王利发　对！您圣明，我糊涂！可是，您搜我吧，真一个铜子儿也没有啦！
　　　　（掀起褂子，让他搜）您搜！您搜！

巡　警　我干不过你！明天见，明天还不定是风是雨呢！（下）

王利发　您慢走！（看巡警走去，跺脚）他妈的！打仗，打仗！今天打，明
　　　　天打，老打！打他妈的什么呢？

　　　　〔唐铁嘴进来，还是那么瘦，那么脏，可是穿着绸子夹袍。

唐铁嘴　王掌柜！我来给你道喜！

王利发　（还生着气）哟！唐先生？我可不再白送茶喝！（打量，有了笑
　　　　容）你混得不错呀！穿上绸子啦！

唐铁嘴　比从前好了一点！我感谢这个年月！

王利发　这个年月还值得感谢？听着有点不搭调！

唐铁嘴　年头越乱，我的生意越好！这年月，谁活着谁死都碰运气，怎能不多算算命、相相面呢？你说对不对？

王利发　Yes（即"对"的意思），也有这么一说！

唐铁嘴　听说后面改了公寓，租给我一间屋子，好不好？

王利发　唐先生，你那点嗜好，在我这儿恐怕……

唐铁嘴　我已经不吃大烟了！

王利发　真的？你可真要发财了！

唐铁嘴　我改抽"白面"啦。（指墙上的香烟广告）你看，哈德门烟是又长又松，（掏出烟来表演）一顿就空出一大块，正好放"白面儿"。大英帝国的烟，日本的"白面儿"，两大强国伺候着我一个人，这点福气还小吗？

王利发　福气不小！不小！可是，我这儿已经住满了人，什么时候有了空房，我准给你留着！

唐铁嘴　你呀，看不起我，怕我给不了房租！

王利发　没有的事！都是久在街面上混的人，谁能看不起谁呢？这是知心话吧？

唐铁嘴　你的嘴呀比我的还花哨！

王利发　我可不光耍嘴皮子，我的心放得正！这十多年了，你白喝过我多少碗茶？你自己算算！你现在混得不错，你想着还我茶钱没有？

唐铁嘴　赶明儿我一总还给你，那一共才有几个钱呢！（搭讪着往外走）

　　　〔街上卖报的喊叫："长辛店大战的新闻，买报瞧，瞧长辛店大战的新闻！"

　　　〔报童向内探头。

报　童　掌柜的，长辛店大战的新闻，来一张瞧瞧？

王利发　有不打仗的新闻没有？

报　童　也许有，您自己找！

王利发　走！不瞧！

报　童　掌柜的，你不瞧也照样打仗！（对唐铁嘴）先生，您照顾照顾？

唐铁嘴　我不像他（指王利发），我最关心国事！（拿了一张报，没给钱即走）

　　　　〔报童追唐铁嘴下。

王利发　（自言自语）长辛店！长辛店！离这里不远啦！（喊）三爷，三
　　　　爷！你倒是抓早儿买点菜去呀，待一会儿准关城门，就什么也买不
　　　　到啦！嘿！（听后面没人应声，含怒往后跑）

　　　　〔常四爷提着一串腌萝卜，两只鸡，走进来。

常四爷　王掌柜！

王利发　谁？哟，四爷！您干什么哪？

常四爷　我卖菜呢！自食其力，不含糊！今儿个城外头乱乱哄哄，买不到
　　　　菜；东抓西抓，抓到这么两只鸡，几斤老腌萝卜。听说你明天开
　　　　张，也许用得着，特意给你送来了！

王利发　我谢谢您！我这儿正没有辙呢！

常四爷　（四下里看）好啊！好啊！收拾得好啊！大茶馆全关了，就是你有
　　　　心路，能随机应变地改良！

王利发　别夸奖我啦！我尽力而为，可就怕天下老这么乱七八糟！

常四爷　像我这样的人算是坐不起这样的茶馆喽！

　　　　〔松二爷走进来，穿得很寒酸，可是还提着鸟笼。

松二爷　王掌柜！听说明天开张，我来道喜！（看见常四爷）哎哟！四爷，
　　　　可想死我喽！

常四爷　二哥！你好哇？

王利发　都坐下吧！

松二爷　王掌柜，你好？太太好？少爷好？生意好？

王利发　（一劲儿说）好！托福！（提起鸡与咸菜）四爷，多少钱？

常四爷　瞧着给，该给多少给多少！

王利发　对！我给你们弄壶茶来！（提物到后面去）

松二爷　四爷，你，你怎么样啊？

常四爷　卖青菜哪！铁杆庄稼没有啦，还不卖膀子力气吗？二爷，您怎么样啊？

松二爷　怎么样？我想大哭一场！看见我这身衣裳没有？我还像个人吗？

常四爷　二哥，您能写能算，难道找不到点事儿做？

松二爷　嗻，谁愿意瞪着眼挨饿呢！可是，谁要咱们旗人呢！想起来呀，大清国不一定好啊，可是到了民国，我挨了饿！

王利发　（端着一壶茶回来，给常四爷钱）不知道您花了多少，我就给这么点吧！

常四爷　（接钱，没看，揣在怀里）没关系！

王利发　二爷，（指鸟笼）还是黄鸟吧？哨得怎样？

松二爷　嗻，还是黄鸟！我饿着，也不能叫鸟儿饿着！（有了点精神）你看看，看看！（打开罩子）多么体面！一看见它呀，我就舍不得死啦！

王利发　松二爷，不准说死！有那么一天，您还会走一步好运！

常四爷　二哥，走！找个地方喝两盅儿去！一醉解千愁！王掌柜，我可就不让你啦，没有那么多的钱！

王利发　我也分不开身，就不陪了！

〔常四爷、松二爷正往外走，宋恩子和吴祥子进来。他们俩仍穿灰色大衫，但袖口瘦了，而且罩上青布马褂。

松二爷　（看清楚是他们，不由得上前请安）原来是你们二位爷！

〔王利发似乎受了松二爷的感染，也请安，弄得二人愣住了。

宋恩子　这是怎么啦？民国好几年了，怎么还请安？你们不会鞠躬吗？

松二爷　我看见您二位的灰大褂呀，就想起了前清的事儿！不能不请安！

王利发　我也那样！我觉得请安比鞠躬更过瘾！

吴祥子　哈哈哈哈！松二爷，你们的铁杆庄稼不行了，我们的灰色大褂反倒成了铁杆庄稼，哈哈哈！（看见常四爷）这不是常四爷吗？

常四爷　是呀，您的眼力不错！戊戌年我就在这儿说了句"大清国要完"，叫您二位给抓了走，坐了一年多的牢！

宋恩子　您的记性可也不错！混得还好吧？

常四爷　托福！从牢里出来，不久就赶上庚子年；扶清灭洋，我当了义和团，跟洋人打了几仗！闹来闹去，大清国到底是亡了，该亡！我是旗人，可是我得说公道话！现在，每天起五更弄一挑子青菜，绕到十点来钟就卖光。凭力气挣饭吃，我的身上更有劲了！什么时候洋人敢再动兵，我姓常的还预备跟他们打打呢！我是旗人，旗人也是中国人哪！您二位怎么样？

吴祥子　瞎混呗！有皇上的时候，我们给皇上效力，有袁大总统的时候，我们给袁大总统效力；现而今，宋恩子，该怎么说啦？

宋恩子　谁给饭吃，咱们给谁效力！

常四爷　要是洋人给饭吃呢？

松二爷　四爷，咱们走吧！

吴祥子　告诉你，常四爷，要我们效力的都仗着洋人撑腰！没有洋枪洋炮，怎能够打起仗来呢？

松二爷　您说的对！嘔！四爷，走吧！

常四爷　再见吧，二位，盼着你们快快升官发财！（同松二爷下）

宋恩子　这小子！

王利发　（倒茶）常四爷老是那么又偏又硬，别计较他！（让茶）二位喝碗吧，刚沏好的。

宋恩子　后面住着的都是什么人？

王利发　多半是大学生，还有几位熟人。我有登记簿子，随时报告给"巡警阁子"。我拿来，二位看看？

吴祥子　我们不看簿子，看人！

王利发　您甭看，准保都是靠得住的人！

宋恩子　你为什么爱租学生们呢？学生不是什么老实家伙呀！

王利发　这年月，做官的今天上任，明天撤职，做买卖的今天开市，明天关门，都不可靠！只有学生有钱，能够按月交房租，没钱的就上不了大学啊！您看，是这么一笔账不是？

宋恩子　都叫你咂摸透了！你想的对！现在，连我们也欠饷啊！

吴祥子　是呀，所以非天天拿人不可，好得点津贴！

宋恩子　就仗着有错拿，没错放的，拿住人就有津贴！走吧，到后边看看去！

吴祥子　走！

王利发　二位，二位！您放心，准保没错儿！

宋恩子　不看，拿不到人，谁给我们津贴呢？

吴祥子　王掌柜不愿意咱们看，王掌柜必会给咱们想办法！咱们得给王掌柜留个面子！对吧？王掌柜！

王利发　我……

宋恩子　我出个不很高明的主意：干脆来个包月，每月一号，按阳历算，你把那点……

吴祥子　那点意思！

宋恩子　对，那点意思送到，你省事，我们也省事！

王利发　那点意思得多少呢？

吴祥子　多年的交情，你看着办！你聪明，还能把那点意思闹成不好意思吗？

李　三　（提着菜筐由后面出来）喝，二位爷！（请安）今儿个又得关城门吧！（没等回答，往外走）

　　　　〔二三学生匆匆地回来。

学　生　三爷，先别出去，街上抓伕呢！（往后面走去）

李　三　（还往外走）抓去也好，在哪儿也是当苦力！

　　　　　〔刘麻子丢了魂似的跑来，和李三碰了个满怀。

李　三　怎么回事呀？吓掉了魂儿啦！

刘麻子　（喘着）别，别，别出去！我差点叫他们抓了去！

王利发　三爷，等一等吧！

李　三　午饭怎么开呢？

王利发　跟大家说一声，中午咸菜饭，没别的办法！晚上吃那两只鸡！

李　三　好吧！（往回走）

刘麻子　我的妈呀，吓死我啦！

宋恩子　你活着，也不过多买卖几个大姑娘！

刘麻子　有人卖，有人买，我不过在中间帮帮忙，能怪我吗？（把桌上的三
　　　　个茶杯的茶先后喝净）

吴祥子　我可是告诉你，我们哥儿们从前清起就专办革命党，不大爱管贩卖
　　　　人口，拐带妇女什么的臭事。可是你要叫我们碰见，我们也不再睁
　　　　一眼闭一眼！还有，像你这样的人，弄进去，准锁在尿桶上！

刘麻子　二位爷，别那么说呀！我不是也快挨饿了吗？您看，以前，我走
　　　　八旗老爷们、官里太监们的门子。这么一革命啊，可苦了我啦！现
　　　　在，人家总长次长，团长师长，要娶姨太太讲究要唱落子的坤角，
　　　　戏班里的女名角，一花就三千五千现大洋！我干瞧着，摸不着门！
　　　　我那点芝麻粒大的生意算得了什么呢？

宋恩子　你呀，非锁在尿桶上，不会说好的！

刘麻子　得啦，今天我孝敬不了二位，改天我必有一份儿人心！

吴祥子　你今天就有买卖，要不然，兵荒马乱的，你不会出来！

刘麻子　没有！没有！

宋恩子　你嘴里半句实话也没有！不对我们说真话，没有你的好处！王掌
　　　　柜，我们出去绕绕；下月一号，按阳历算，别忘了！

王利发　我忘了姓什么，也忘不了您二位这回事！

吴祥子　一言为定啦！（同宋恩子下）

王利发　刘爷，茶喝够了吧？该出去活动活动！

刘麻子　你忙你的，我在这儿等两个朋友。

王利发　咱们可把话说开了，从今以后，你不能再在这儿做你的生意，这儿
　　　　现在改了良，文明啦！

　　　　〔康顺子提着个小包，带着康大力，往里边探头。

康大力　是这里吗？

康顺子　地方对呀，怎么改了样儿？（进来，细看，看见了刘麻子）大力，
　　　　进来，是这儿！

康大力　找对啦？妈！

康顺子　没错儿！有他在这儿，不会错！

王利发　您找谁？

康顺子　（不语，直奔刘麻子去）刘麻子，你还认识我吗？（要打，但是伸
　　　　不出手去，一劲地颤抖）你，你，你个……（要骂，也感到困难）

刘麻子　你这个娘儿们，无缘无故地跟我捣什么乱呢？

康顺子　（挣扎）无缘无故？你，你看看我是谁？一个男子汉，干什么吃不
　　　　了饭，偏干伤天害理的事！呸！呸！

王利发　这位大嫂，有话好好说！

康顺子　你是掌柜的？你忘了吗？十几年前，有个娶媳妇的太监？

王利发　您，您就是庞太监的那个……

康顺子　都是他（指刘麻子）做的好事，我今天跟他算算账！（又要打，仍
　　　　未成功）

刘麻子　（躲）你敢！你敢！我好男不跟女斗！（随说随往后退）我，我找

　　　　　人来帮我说说理！（撒腿往后面跑）

王利发　（对康顺子）大嫂，你坐下，有话慢慢说！庞太监呢？

康顺子　（坐下喘气）死啦。叫他的侄子们给饿死的。一改民国呀，他还有

　　　　　钱，可没了势力，所以侄子们敢欺负他。他一死，他的侄子们把我

　　　　　们轰出来了，连一床被子都没给我们！

王利发　这，这是……？

康顺子　我的儿子！

王利发　您的……？

康顺子　也是买来的，给太监当儿子。

康大力　妈！你爸爸当初就在这儿卖了你的？

康顺子　对了，乖！就是这儿，一进这儿的门，我就晕过去了，我永远忘不

　　　　　了这个地方！

康大力　我可不记得我爸爸在哪里卖了我的！

康顺子　那时候，你不是才一岁吗？妈妈把你养大了的，你跟妈妈一条心，

　　　　　对不对？乖！

康大力　那个老东西，掐你，拧你，咬你，还用烟签子扎我！他们人多，咱

　　　　　们打不过他们！要不是你，妈，我准叫他们给打死了！

康顺子　对！他们人多，咱们又太老实！你看，看见刘麻子，我想咬他几

　　　　　口，可是，可是，连一个嘴巴也没打上，我伸不出手去！

康大力　妈，等我长大了，我帮助你打！我不知道亲妈妈是谁，你就是我的

　　　　　亲妈妈！

康顺子　好！好！咱们永远在一块儿，我去挣钱，你去念书！（稍愣了一会

　　　　　儿）掌柜的，当初我在这儿叫人买了去，咱们总算有缘，你能不能

　　　　　帮帮忙，给我找点事做？我饿死不要紧，可不能饿死这个无倚无靠

的好孩子!

〔王淑芬出来，站在后边听着。

王利发　你会干什么呢？

康顺子　洗洗涮涮、缝缝补补、做家常饭，都会！我是乡下人，我能吃苦，只要不再做太监的老婆，什么苦处都是甜的！

王利发　要多少钱呢？

康顺子　有三顿饭吃，有个地方睡觉，够大力上学的，就行！

王利发　好吧，我慢慢给你打听着！你看，十多年前那回事，我到今天还没忘，想起来心里就不痛快！

康顺子　可是，现在我们母子上哪儿去呢？

王利发　回乡下找你的老父亲去！

康顺子　他？他是活是死，我不知道。就是活着，我也不能去找他！他对不起女儿，女儿也不必再叫他爸爸！

王利发　马上就找事，可不大容易！

王淑芬　（过来）她能洗能做，又不多要钱，我留下她了！

王利发　你？

王淑芬　难道我不是内掌柜的？难道我跟李三爷就该累死？

康顺子　掌柜的，试试我！看我不行，您说话，我走！

王淑芬　大嫂，跟我来！

康顺子　当初我是在这儿卖出去的，现在就拿这儿当作娘家吧！大力，来吧！

康大力　掌柜的，你要不打我呀，我会帮助妈妈干活儿！（同王淑芬、康顺子下）

王利发　好家伙，一添就是两张嘴！太监取消了，可把太监的家眷交到这里来了！

李　三　（掩护着刘麻子出来）快走吧！（回去）

王利发　就走吧，还等着真挨两个脆的吗？

刘麻子　我不是说过了吗，等两个朋友？

王利发　你呀，叫我说什么才好呢！

刘麻子　有什么法子呢！隔行如隔山，你老得开茶馆，我老得干我这一行！到什么时候，我也得干我这一行！

　　　　〔老林和老陈满面笑容地走进来。

刘麻子　（二人都比他年轻，他却称呼他们哥哥）林大哥，陈二哥！（看王不满意，赶紧说）王掌柜，这儿现在没有人，我借个光，下不为例！

王利发　她（指后边）可是还在这儿呢！

刘麻子　不要紧了，她不会打人！就是真打，他们二位也会帮助我！

王利发　你呀！哼！（到后边去）

刘麻子　坐下吧，谈谈！

老　林　你说吧！老二！

老　陈　你说吧！哥！

刘麻子　谁说不一样啊！

老　陈　你说吧，你是大哥！

老　林　那个，你看，我们俩是把兄弟！

老　陈　对！把兄弟，两个人穿一条裤子的交情！

老　林　他有几块现大洋！

刘麻子　现大洋？

老　陈　林大哥也有几块现大洋！

刘麻子　一共多少块呢？说个数目！

老　林　那，还不能告诉你咧！

老　陈　事儿能办才说咧！

刘麻子　有现大洋，没有办不了的事！

老陈、老林　真的？

刘麻子　说假话是孙子！

老　林　那么，你说吧，老二！

老　陈　还是你说，哥！

老　林　你看，我们是两个人吧？

刘麻子　嗯！

老　陈　两个人穿一条裤子的交情吧？

刘麻子　嗯！

老　林　没人耻笑我们的交情吧？

刘麻子　交情嘛，没人耻笑！

老　陈　也没人耻笑三个人的交情吧？

刘麻子　三个人？都是谁？

老　林　还有个娘儿们！

刘麻子　嗯！嗯！嗯！我明白了！可是不好办，我没办过！你看，平常都说
　　　　小两口儿，哪有小三口儿的呢！

老　林　不好办？

刘麻子　太不好办啦！

老　林　（问老陈）你看呢？

老　陈　还能白拉倒吗？

老　林　不能拉倒！当了十几年兵，连半个媳妇都娶不上！他妈的！

刘麻子　不能拉倒，咱们再想想！你们到底一共有多少块现大洋？

　　　　〔王利发和崔久峰由后面慢慢走来。刘麻子等停止谈话。

王利发　崔先生，昨天秦二爷派人来请您，您怎么不去呢？您这么有学
　　　　问，上知天文，下知地理，又做过国会议员，可是住在我这里，
　　　　天天念经，干吗不出去做点事呢？您这样的好人，应当出去做

官！有您这样的清官，我们小民才能过太平日子！

崔久峰　惭愧！惭愧！做过国会议员，那真是造孽呀！革命有什么用呢，不过自误误人而已！唉！现在我只能修持，忏悔！

王利发　您看秦二爷，他又办工厂，又忙着开银号！

崔久峰　办了工厂、银号又怎么样呢？他说实业救国，他救了谁？救了他自己，他越来越有钱了！可是他那点事业，哼，外国人伸出一个小指头，就把他推倒在地，再也起不来！

王利发　您别这么说呀！难道咱们就一点盼望也没有了吗？

崔久峰　难说！很难说！你看，今天王大帅打李大帅，明天赵大帅又打王大帅。是谁叫他们打的？

王利发　谁？哪个混蛋？

崔久峰　洋人！

王利发　洋人？我不能明白！

崔久峰　慢慢地你就明白了。有那么一天，你我都得做亡国奴！我干过革命，我的话不是随便说的！

王利发　那么，您就不想想主意，卖卖力气，别叫大家做亡国奴？

崔久峰　我年轻的时候，以天下为己任，的确那么想过！现在，我可看透了，中国非亡不可！

王利发　那也得死马当活马治呀！

崔久峰　死马当活马治？那是妄想！死马不能再活，活马可早晚得死！好啦，我到弘济寺去，秦二爷再派人来找我，你就说，我只会念经，不会干别的！（下）

〔宋恩子、吴祥子又回来了。

王利发　二位！有什么消息没有？

〔宋恩子、吴祥子不语，坐在靠近门口的地方，看着刘麻子等。

〔刘麻子不知如何是好，低下头去。

〔老陈、老林也不知如何是好，相视无言。

〔静默了有一分钟。

老　陈　哥，走吧？

老　林　走！

宋恩子　等等！（站起来，挡住路）

老　陈　怎么啦？

吴祥子　（也站起）你说怎么啦？

〔四人呆呆相视一会儿。

宋恩子　乖乖地跟我们走！

老　林　上哪儿？

吴祥子　逃兵，是吧？有些块现大洋，想在北京藏起来，是吧？有钱就藏起
　　　　来，没钱就当土匪，是吧？

老　陈　你管得着吗？我一个人揍你这样的八个。（要打）

宋恩子　你？可惜你把枪卖了，是吧？没有枪的干不过有枪的，是吧？（拍
　　　　了拍身上的枪）我一个人揍你这样的八个！

老　林　都是弟兄，何必呢？都是弟兄！

吴祥子　对啦！坐下谈谈吧！你们是要命呢？还是要现大洋？

老　陈　我们那点钱来得不容易！谁发饷，我们给谁打仗，我们打过多少次
　　　　仗啊！

宋恩子　逃兵的罪过，你们可也不是不知道！

老　林　咱们讲讲吧，谁叫咱们是弟兄呢！

吴祥子　这像句自己人的话！谈谈吧！

王利发　（在门口）诸位，大令过来了！

老陈、老林　啊！（惊惶失措，要往里边跑）

宋恩子　别动！君子一言：把现大洋分给我们一半，保你们俩没事！咱们是
　　　　　自己人！

老陈、老林　就那么办！自己人！

　　　〔"大令"进来：二捧刀——刀缠红布——背枪者前导，手捧令箭的
　　　　　在中，四持黑红棍者在后。军官在最后押队。

吴祥子　（和宋恩子、老林、老陈一齐立正，从帽中取出证章，叫军官看）
　　　　　报告官长，我们正在这儿盘查一个逃兵。

军　官　就是他吗？（指刘麻子）

吴祥子　（指刘麻子）就是他！

军　官　绑！

刘麻子　（喊）老爷！我不是！不是！

军　官　绑！（同下）

　　　　　　　　　　　　　　　　　　　　　　　　　　——幕落

第三幕　幕前

树木老，叶儿稀，人老毛腰把头低。

甭说我，混不了，王掌柜的也过不好。

（他）钱也光，人也老，身上剩了一件破棉袄。

自从那　日本兵，八年占据老北京。

人人苦，没法提，不死也掉一层皮。

好八路，得人心，一阵一阵杀退日本军。

盼星星，盼月亮，盼到胜利大家有希望。

（哼）国民党，进北京，横行霸道一点不让日本兵。

王掌柜，委屈多，跟我一样半死半活着。

老茶馆，破又烂，想尽法子也没法办。

天可怜，地可怜，就是官老爷有洋钱。（下）

〔王掌柜吊死后，傻杨再上，见小丁宝正在落泪。

小姑娘，别这样，黑到头儿天会亮。

小姑娘，别发愁，西山的泉水向东流。

苦水去，甜水来，谁也不再做奴才。

第三幕

人　　物　王大拴　明师傅　于厚斋　周秀花　邹福远　小宋恩子　王小花
　　　　　卫福喜　小吴祥子　康顺子　方六　常四爷　丁宝　车当当
　　　　　秦仲义　王利发　庞四奶奶　小心眼　茶客甲茶客乙　春梅
　　　　　沈处长　小刘麻子　老杨　宪兵四人　取电灯费的　小二德子
　　　　　小唐铁嘴　谢勇仁

时　　间　抗日战争胜利后，国民党特务和美国兵在北京横行的时候。秋，
　　　　　清晨。

地　　点　同前幕。

　　　〔幕启：现在，裕泰茶馆的样子可不像前幕那么体面了。藤椅已不
　　　　见，代以小凳与条凳。自房屋至家具都显着暗淡无光。假若有什
　　　　么突出惹眼的东西，那就是"莫谈国事"的纸条更多，字也更大
　　　　了。在这些条子旁边还贴着"茶钱先付"的新纸条。
　　　　一清早，还没有下窗板。王利发的儿子王大拴，垂头丧气地独自
　　　　收拾屋子。
　　　　王大拴的妻子周秀花，领着小女儿王小花，由后面出来。她们一
　　　　边走一边说话儿。

王　小　花　妈，晌午给我做热汤面吧！好多天没吃过啦！

周　秀　花　我知道，乖！可谁知道买得着面买不着呢！就是粮食店里可巧有

面，谁知道咱们有钱没有呢！唉！

王 小 花　就盼着两样都有吧！妈！

周 秀 花　你倒想得好，可哪能那么容易！去吧，小花，在路上留神吉普车！

王 大 拴　小花，等等！

王 小 花　干吗？爸！

王 大 拴　昨天晚上……

周 秀 花　我已经嘱咐过她了！她懂事！

王 大 拴　你大力叔叔的事万不可对别人说呀！说了，咱们全家都得死！明
　　　　　白吧？

王 小 花　我不说，打死我也不说！有人问我大力叔叔回来过没有，我就
　　　　　说：他走了好几年，一点消息也没有！

　　　　〔康顺子由后面走来。她的腰有点弯，但还硬朗。她一边走一边叫
　　　　　王小花。

康 顺 子　小花！小花！还没走哪？

王 小 花　康婆婆，干吗呀？

康 顺 子　小花，乖！婆婆再看你一眼！（抚弄王小花的头）多体面哪！吃
　　　　　得不足啊，要不然还得更好看呢！

周 秀 花　大婶，您是要走吧？

康 顺 子　是呀！我走，好让你们省点嚼谷呀！大力是我拉扯大的，他叫我
　　　　　走，我怎能不走呢？当初，我刚到这里的时候，他还没有小花这
　　　　　么高呢！

王 小 花　看大力叔叔现在多么壮实，多么大气！

康 顺 子　是呀，虽然他只在这儿坐了一袋烟的工夫呀，可是叫我年轻了好几
　　　　　岁！我本来什么也没有，一见着他呀，好像忽然间我什么都有啦！
　　　　　我走，跟着他走，受什么累，吃什么苦，也是香甜的！看他那两只

大手，那两只大脚，简直是个顶天立地的男子汉！

王 小 花　婆婆，我也跟您去！

康 顺 子　小花，你乖乖地去上学，我会回来看你！

王 大 拴　小花，上学吧，别迟到！

王 小 花　婆婆，等我下了学您再走！

康 顺 子　哎！哎！去吧，乖！（王小花下）

王 大 拴　大婶，我爸爸叫您走吗？

康 顺 子　他还没打好主意。我倒怕呀，大力回来的事儿万一叫人家知道了
　　　　　啊，我又忽然这么一走，也许要连累了你们！这年月不是天天抓
　　　　　人吗？我不能做对不起你们的事！

周 秀 花　大婶，您走您的，谁逃出去谁得活命！

王 大 拴　对！

康 顺 子　小花的妈，来吧，咱们再商量商量！我不能专顾自己，叫你们吃
　　　　　亏！老大，你也好好想想！（同周秀花下）

　　　　　〔丁宝进来。

丁　　宝　嗨，掌柜的，我来啦！

王 大 拴　你是谁？

丁　　宝　小丁宝！小刘麻子叫我来的，他说这儿的老掌柜托他请个女招待。

王 大 拴　姑娘，你看看，这么个破茶馆，能用女招待吗？我们老掌柜呀，
　　　　　穷得乱出主意！

　　　　　〔王利发慢慢地走出来，他还硬朗，穿得可很不整齐。

王 利 发　老大，你怎么老在背后褒贬老人呢？谁穷得乱出主意呀？下板子
　　　　　去！什么时候了，还不开门！

　　　　　〔王大拴去下窗板。

丁　　宝　老掌柜，你硬朗啊？

王 利 发　嗯！要有炸酱面的话，我还能吃三大碗呢，可惜没有！十几了？
　　　　　姑娘！

丁　　宝　十七！

王 利 发　才十七？

丁　　宝　是呀！妈妈是寡妇，带着我过日子。胜利以后呀，政府硬说
　　　　　我爸爸给我们留下的一所小房子是逆产，给没收啦！妈妈气死
　　　　　了，我做了女招待！老掌柜，我到今天还不明白什么叫逆产，
　　　　　您知道吗？

王 利 发　姑娘，说话留点神！一句话说错了，什么都可以变成逆产！你
　　　　　看，这后边呀，是秦二爷的仓库，有人一瞪眼，说是逆产，就给
　　　　　没收啦！就是这么一回事！

　　　　　〔王大拴回来。

丁　　宝　老掌柜，您说对了！连我也是逆产，谁的胳臂粗，我就得伺候
　　　　　谁！他妈的，我才十七，就常想还不如死了呢！死了落个整尸
　　　　　首，干这一行，活着身上就烂了！

王 大 拴　爸，您真想要女招待吗？

王 利 发　我跟小刘麻子瞎聊来着！我一辈子老爱改良，看着生意这么不
　　　　　好，我着急！

王 大 拴　您着急，我也着急！可是，您就忘记老裕泰这个老字号了吗？
　　　　　六十多年的老字号，用女招待？

丁　　宝　什么老字号啊！越老越不值钱！不信，我现在要是二十八岁，就
　　　　　是叫小小丁宝，小丁宝贝，也没人看我一眼！

　　　　　〔茶客甲、茶客乙上。

王 利 发　二位早班儿！带着叶子哪？老大拿开水去！（王大拴下）二位，
　　　　　对不起，茶钱先付！

茶 客 甲　没听说过！

王 利 发　我开过几十年茶馆，也没听说过！可是，您圣明：茶叶、煤球儿
　　　　　都一会儿一个价钱，也许您正喝着茶，茶叶又涨了价钱！您看，
　　　　　先收茶钱不是省得麻烦吗？

茶 客 乙　我看哪，不喝更省事！（同茶客甲下）

王 大 拴　（提来开水）怎么？走啦！

王 利 发　这你就明白了！

丁　　宝　我要是过去说一声："来了？小子！"他们准给一块现大洋！

王 利 发　你呀，老大，比石头还顽固！

王 大 拴　（放下壶）好吧，我出去蹓蹓，这里出不来气！（下）

王 利 发　你出不来气，我还憋得慌呢！

　　　　〔小刘麻子上，穿着洋服，夹着皮包。

小刘麻子　小丁宝，你来啦？

丁　　宝　有你的话，谁敢不来呀！

小刘麻子　王掌柜，看我给你找来的小宝贝怎样？人材、岁数、打扮、经
　　　　　验，样样出色！

王 利 发　就怕我用不起吧？

小刘麻子　没的事！她不要工钱！是吧，小丁宝？

王 利 发　不要工钱？

小刘麻子　老头儿，你都甭管，全听我的，我跟小丁宝有我们一套办法！是
　　　　　吧，小丁宝？

丁　　宝　要是没你那一套办法，怎会缺德呢！

小刘麻子　缺德？你算说对了！当初，我爸爸就是由这儿绑出去的；不信，
　　　　　你问王掌柜；是吧，王掌柜？

王 利 发　我亲眼得见！

小刘麻子　你看，小丁宝，我不乱吹吧？绑出去，就在马路中间，磕喳一刀！是吧，老掌柜？

王 利 发　听得真真的！

小刘麻子　我不说假话吧？小丁宝！可是，我爸爸到底差点事，一辈子混的并不怎样。轮到我自己出头露面了，我必得干得特别出色。（打开皮包，拿出计划书）看，小丁宝，看看我的计划！

丁　　宝　我没那么大的工夫！我看哪，我该回家，休息一天，明天来上工。

王 利 发　丁宝，我还没想好呢！

小刘麻子　王掌柜，我都替你想好啦！不信，你等着看，明天早上，小丁宝在门口儿歪着头那么一站，马上就进来二百多茶座儿！小丁宝，你听听我的计划，跟你有关系。

丁　　宝　哼！但愿跟我没关系！

小刘麻子　你呀，小丁宝，不够积极！听着……

　　　　　〔取电灯费的进来。

取电灯费的　掌柜的，电灯费！

王 利 发　电灯费？欠几个月的啦？

取电灯费的　三个月的！

王 利 发　再等三个月，凑半年，我也还是没办法！

取电灯费的　那像什么话呢？

小刘麻子　地道真话嘛！这儿属沈处长管。知道沈处长吧？市党部的委员，宪兵司令部的处长！您愿意收他的电费吗？说！

取电灯费的　什么话呢，当然不收！对不起，我走错了门儿！（下）

小刘麻子　看，王掌柜，你不听我的行不行？你那套光绪年的办法太守旧了！

王 利 发　对！要不怎么说，人要活到老学到老呢！我还得多学！

小刘麻子　就是嘛！

〔小唐铁嘴进来，穿着绸子夹袍，新缎鞋。

小刘麻子　哎哟，他妈的是你，小唐铁嘴！

小唐铁嘴　哎哟，他妈的是你，小刘麻子！来，叫爷爷看看！（看前看后）你小子行，洋服穿得像那么一回事，由后边看哪，你比洋人更像洋人！老王掌柜，我夜观天象，紫微星发亮，不久必有真龙天子出现，所以你看我跟小刘麻子，和这位……

小刘麻子　小丁宝，九城闻名！

小唐铁嘴　……和这位小丁宝，才都这么才貌双全，文武带打，我们是应运而生，活在这个时代，真是如鱼得水！老掌柜，把脸转正了，我看看！好，好，印堂发亮，还有一步好运！来吧，给我碗喝吧！

王　利　发　小唐铁嘴！

小唐铁嘴　别再叫唐铁嘴，我现在叫唐天师！

小刘麻子　谁封你作了天师？

小唐铁嘴　待两天你就知道了。

王　利　发　天师，可别忘了，你爸爸白喝了我一辈子的茶，这可不能世袭！

小唐铁嘴　王掌柜，等我穿上八卦仙衣的时候，你会后悔刚才说了什么！你等着吧！

小刘麻子　小唐，待会儿我请你去喝咖啡，小丁宝作陪，你先听我说点正经事，好不好？

小唐铁嘴　王掌柜，你就不想想，天师今天白喝你点茶，将来会给你个县知事做做吗？好吧，小刘你说！

小刘麻子　我这儿刚跟小丁宝说，我有个伟大的计划！

小唐铁嘴　好！洗耳恭听！

小刘麻子　我要组织一个"拖拉撕"。这是个美国字，也许你不懂，翻成北京话就是"包圆儿"。

小唐铁嘴　我懂！就是说，所有的姑娘全由你包办。

小刘麻子　对！你的脑力不坏！小丁宝，听着，这跟你有密切关系！甚至跟王掌柜也有关系！

王 利 发　我这儿听着呢！

小刘麻子　我要把舞女、明娼、暗娼、吉普女郎和女招待全组织起来，成立那么一个大"拖拉撕"。

小唐铁嘴　（闭着眼问）官方上疏通好了没有？

小刘麻子　当然！沈处长做董事长，我当总经理！

小唐铁嘴　我呢？

小刘麻子　你要是能琢磨出个好名字来，请你做顾问！

小唐铁嘴　车马费不要法币！

小刘麻子　每月送几块美钞！

小唐铁嘴　往下说！

小刘麻子　业务方面包括：买卖部、转运部、训练部、供应部，四大部。谁买姑娘，还是谁卖姑娘；由上海调运到天津，还是由汉口调运到重庆；训练吉普女郎，还是训练女招待；是供应美国军队，还是各级官员，都由公司统一承办，保证人人满意。你看怎样？

小唐铁嘴　太好！太好！在道理上，这合乎统治一切的原则。在实际上，这首先能满足美国兵的需要，对国家有利！

小刘麻子　好吧，你就给想个好名字吧！想个文雅的，像"柳叶眉、杏核眼、樱桃小口一点点"那种诗那么文雅的！

小唐铁嘴　嗯——"拖拉撕"，"拖拉撕"……不雅！拖进来，拉进来，不听话就撕成两半儿，倒好像是绑票儿撕票儿，不雅！

小刘麻子　对，是不大雅！可那是美国字，吃香啊！

小唐铁嘴　还是联合公司响亮、大方！

小刘麻子　有你这么一说！什么联合公司呢？

丁　　宝　缺德公司就挺好！

小刘麻子　小丁宝，谈正经事，不许乱说！你好好干，将来你有做女招待总
　　　　　教官的希望！

小唐铁嘴　看这个怎样——花花联合公司？姑娘是什么？鲜花嘛！要姑娘
　　　　　就得多花钱，花呀花呀，所以花花！"青是山，绿是水，花花世
　　　　　界"，又有典故，出自《武家坡》！好不好？

小刘麻子　小唐，我谢谢你，谢谢你！（热烈握手）我马上找沈处长去研究
　　　　　一下，他一赞成，你的顾问就算当上了！（收拾皮包，要走）

王 利 发　我说，丁宝的事到底怎么办？

小刘麻子　没告诉你不用管吗？"拖拉撕"统办一切，我先在这里试验试验。

丁　　宝　你不是说喝咖啡去吗？

小刘麻子　问小唐去不去？

小唐铁嘴　你们先去吧，我还在这儿等个人。

小刘麻子　咱们走吧，小丁宝！

丁　　宝　明天见，老掌柜！再见，天师！（同小刘麻子下）

小唐铁嘴　王掌柜，拿报来看看！

王 利 发　那，我得慢慢地找去。二年前的还许有几张！

小唐铁嘴　废话！

　　　　〔进来三位茶客：明师傅、邹福远和卫福喜。明师傅独坐，邹福远
　　　　　与卫福喜同坐。王利发都认识，向大家点头。

王 利 发　哥儿们，对不起啊，茶钱先付！

明 师 傅　没错儿，老哥哥！

王 利 发　唉！"茶钱先付"，说着都烫嘴！（忙着沏茶）

邹 福 远　怎样啊？王掌柜！晚上还添评书不添啊？

王 利 发　试验过了，不行！光费电，不上座儿！

邹 福 远　对！您看，前天我在会仙馆，开三侠四义五霸十雄十三杰九老十五小，大破凤凰山，百鸟朝凤，棍打凤腿，您猜上了多少座儿？

王 利 发　多少？那点书现在除了您，没有人会说！

邹 福 远　您说的在行！可是，才上了五个人，还有俩听蹭儿的！

卫 福 喜　师哥，无论怎么说，你比我强！我又闲了一个多月啦！

邹 福 远　可谁叫你跳了行，改唱戏了呢？

卫 福 喜　我有嗓子，有扮相嘛！

邹 福 远　可是上了台，你又不好好地唱！

卫 福 喜　妈的唱一出戏，挣不上三个杂合面饼子的钱，我干吗卖力气呢？我疯啦？

邹 福 远　唉！福喜，咱们哪，全叫流行歌曲跟《纺棉花》给顶垮喽！我是这么看，咱们死，咱们活着，还在其次，顶伤心的是咱们这点玩意儿，再过几年都得失传！咱们对不起祖师爷！常言道：邪不侵正。这年头就是邪年头，正经东西全得连根儿烂！

王 利 发　唉！（转至明师傅处）明师傅，可老没来啦！

明 师 傅　出不来喽！包监狱里的伙食呢！

王 利 发　您！就凭您，办一二百桌满汉全席的手儿，去给他们蒸窝窝头？

明 师 傅　那有什么办法呢，现而今就是狱里人多呀！满汉全席？我连家伙都卖喽！

　　　　〔方六拿着几张画儿进来。

明 师 傅　六爷，这儿！六爷，那两桌家伙怎样啦？我等钱用！

方　　六　明师傅，您挑一张画儿吧！

明 师 傅　啊？我要画儿干吗呢？

方　　六　这可画的不错！六大山人、董弱梅画的！

明 师 傅　画的天好，当不了饭吃啊！

方　　六　他把画儿交给我的时候，直掉眼泪！

明 师 傅　我把家伙交给你的时候，也直掉眼泪！

方　　六　谁掉眼泪，谁吃炖肉，我都知道！要不怎么我累心呢！你当是干
　　　　　我们这一行，专凭打打小鼓就行哪？

明 师 傅　六爷，人总有颗人心哪，你还能坑老朋友吗？

方　　六　一共不是才两桌家伙吗？小事儿，别再提啦，再提就好像不大懂
　　　　　交情了！

　　　　　〔车当当敲着两块洋钱，进来。

车 当 当　谁买两块？买两块吧？天师，照顾照顾？（小唐铁嘴不语）

王 利 发　当当！别处转转吧，我连现洋什么模样都忘了！

车 当 当　那，你老人家就细细看看吧！白看，不用买票！（往桌上扔钱）

　　　　　〔庞四奶奶进来，带着春梅。庞四奶奶的手上戴满各种戒指，打扮
　　　　　得像个女妖精。卖杂货的老杨跟进来。

小唐铁嘴　娘娘！

方六、车当当　娘娘！

庞四奶奶　天师！

小唐铁嘴　伺候娘娘！（让庞四奶奶坐，给她倒茶）

庞四奶奶　（看车当当要出去）当当，你等等！

车 当 当　嘘！

老　　杨　（打开货箱）娘娘，看看吧！

庞四奶奶　唱唱那套词儿，还倒怪有个意思！

老　　杨　是！美国针、美国线、美国牙膏、美国消炎片。还有口红、雪花
　　　　　膏，玻璃袜子细毛线。箱子小，货物全，就是不卖原子弹！

庞四奶奶　哈哈哈！（挑了两双袜子）春梅，拿着！当当，你跟老杨算账吧！

车 当 当　娘娘，别那么办哪！

庞四奶奶　我给你拿的本钱，利滚利，你欠我多少啦？天师，查账！

小唐铁嘴　是！（掏小本）

车 当 当　天师，你甭操心，我跟老杨算去！

老　　杨　娘娘，您行好吧！他能给我钱吗？

庞四奶奶　老杨，他坑不了你，都有我呢！

老　　杨　是！（向众）还有哪位照顾照顾？（又要唱）美国针……

庞四奶奶　听够了！走！

老　　杨　是！美国针、美国线，我要不走是混蛋！走，当当！（同车当当下）

方　　六　（过来）娘娘，我得到一堂景泰蓝的五供儿，东西老，地道，也
　　　　　便宜，坛上用顶体面，您看看吧？

庞四奶奶　请皇上看看吧！

方　　六　是！皇上不是快登基了吗？我先给您道喜！我马上取去，送到坛
　　　　　上！娘娘多给美言几句，我必有份人心！（往外走）

明 师 傅　六爷，我的事呢？！

方　　六　你先给我看着那几张画！（下）

明 师 傅　你等等！坑我两桌家伙，我还有把切菜刀呢！（追下）

庞四奶奶　王掌柜，康妈妈在这儿哪？请她出来！

小唐铁嘴　我去！（跑到后门）康老太太，您来一下！

王 利 发　什么事？

小唐铁嘴　朝廷大事！

〔康顺子上。

康 顺 子　干什么呀？

庞四奶奶　（迎上去）婆母！我是您的四侄媳妇，来接您，快坐下吧！（拉
　　　　　康顺子坐下）

康 顺 子　四侄媳妇？

庞四奶奶　是呀！您离开庞家的时候，我还没过门哪。

康 顺 子　我跟庞家一刀两断啦，找我干吗？

庞四奶奶　您的四侄子海顺呀，是三皇道的大坛主，国民党的大党员，又是
　　　　　沈处长的把兄弟，快做皇上啦，您不喜欢吗？

康 顺 子　快做皇上？

庞四奶奶　啊！龙袍都做好啦，就快在西山登基了！

康 顺 子　你们这不是要造反吗？

小唐铁嘴　老太太，西山一带有八路军。庞四爷在那一带登基，消灭八路，
　　　　　南京能够不愿意吗？

庞四奶奶　四爷呀都好，近来可是有点贪酒好色。他已经弄了好几个小老婆！

小唐铁嘴　娘娘，三宫六院七十二嫔妃，可有书可查呀！

庞四奶奶　你不是娘娘，怎么知道娘娘的委屈！老太太，我是这么想：您要
　　　　　是跟我一条心，我叫您做老太后，咱们俩一齐管着皇上，我这个
　　　　　娘娘不就好做一点了吗？老太太，您跟我去，吃好的喝好的，兜
　　　　　儿里老带着那么几块当当响的洋钱，够多么好啊！

康 顺 子　我要是不跟你去呢？

庞四奶奶　啊？不去？（要翻脸）

小唐铁嘴　让老太太想想，想想！

康 顺 子　用不着想，我不会再跟庞家的人打交道！四媳妇，你做你的娘
　　　　　娘，我做我的苦老婆子，谁也别管谁！刚才你要瞪眼睛，你当我
　　　　　怕你吗？我在外边也混了这么多年，磨炼出来点了，谁跟我瞪
　　　　　眼，我会伸手打！（站起，往后走）

小唐铁嘴　老太太！老太太！

康 顺 子　（站住，转身对小唐铁嘴）你呀，小伙子，挺起腰板来，去挣碗

干净饭吃，不好吗？（下）

庞四奶奶　（迁怒于王利发）王掌柜，过来！你去跟那个老婆子说说！说好了，我送给你一袋子白面！说不好，我砸了你的茶馆！天师，走！

小唐铁嘴　王掌柜，我晚上还来，听你的回话！

王 利 发　万一我下半天就死了呢？

庞四奶奶　呸！你还不该死吗？（与小唐铁嘴、春梅同下）

王 利 发　哼！

邹 福 远　师弟，你看这算哪一出？哈哈哈！

卫 福 喜　我会二百多出戏，就是不懂这一出！你知道那个娘儿们的出身吗？

邹 福 远　我还能不知道！东霸天的女儿，在娘家就生过……得，别细说，咱们积点口德吧！

〔王大拴回来。

王 利 发　看着点，老大。我到后面商量点事！（下）

小二德子　（在外边大吼一声）闪开了！（进来）大拴哥，沏壶顶好的，我有钱！（掏出四块现洋，一块一块地放下）给算算，刚才花了一块，这儿还有四块，五毛打一个，我一共打了几个？

王 大 拴　十个。

小二德子　（用手指算）对！前天四个，昨天六个，可不是十个！大拴哥，你拿两块吧！没钱，我白喝你的茶；有钱，就给你！你拿吧！（吹一块，放在耳旁听听）这块好，就一块当两块吧，给你！

王 大 拴　（没接钱）小二德子，什么生意这么好啊？现大洋不容易看到啊！

小二德子　念书去了！

王 大 拴　把"一"字都念成扁担，你念什么书啊？

小二德子　（拿起桌上的壶来，对着壶嘴喝了一气，低声说）市党部派我去的，法政学院。没当过这么美的差事，太美，太过瘾！比在天桥好得多！打一个学生，五毛现洋！昨天揍了几个来着？

王 大 拴　六个。

小二德子　对！里边还有两个女学生！一拳一拳地下去，太美，太过瘾！大拴哥，你摸摸，摸摸！（伸臂）铁筋洋灰的！用这个揍男女学生，你想想，美不美？

王 大 拴　他们就那么老实，乖乖地叫你打？

小二德子　我专找老实的打呀！你当我是傻子哪？

王 大 拴　小二德子，听我说，打人不对！

小二德子　可也难说！你看教党义的那个教务长，上课先把手枪拍在桌上，我不过抢抢拳头，没动手枪啊！

王 大 拴　什么教务长啊，流氓！

小二德子　对！流氓！不对，那我也是流氓喽！大拴哥，你怎么绕着脖子骂我呢？大拴哥，你有骨头！不怕我这铁筋洋灰的胳臂！

王 大 拴　你就是把我打死，我不服你还是不服你，不是吗？

小二德子　喝，这么绕脖子的话，你怎么想出来的？大拴哥，你应当去教党义，你有文才！好啦，反正今天我不再打学生！

王 大 拴　干吗光是今天不打？永远不打才对！

小二德子　不是今天我另有差事吗？

王 大 拴　什么差事？

小二德子　今天打教员！

王 大 拴　干吗打教员？打学生就不对，还打教员？

小二德子　上边怎么交派，我怎么干！他们说，教员要罢课。罢课就是不老实，不老实就得揍！他们叫我上这儿等着，看见教员就揍！

邹 福 远　（嗅出危险）师弟，咱们走吧！

卫 福 喜　走！（同邹福远下）

小二德子　大拴哥，你拿着这块钱吧！

王　大　拴　打女学生的钱，我不要！

小二德子　（另拿一块）换换，这块是打男学生的，行了吧？（看王大拴还是摇头）这么办，你替我看着点，我出去买点好吃的，请请你，活着还不为吃点喝点老三点吗？（收起现洋，下）

〔康顺子提着小包出来，王利发与周秀花跟着。

康　顺　子　王掌柜，你要是改了主意，不让我走，我还可以不走！

王　利　发　我……

周　秀　花　庞四奶奶也未必敢砸茶馆！

王　利　发　你怎么知道？三皇道是好惹的？

康　顺　子　我顶不放心的还是大力的事！只要一走漏了消息，大家全完！那比砸茶馆更厉害！

王　大　拴　大婶，走！我送您去！爸爸，我送送她老人家，可以吧？

王　利　发　嗯——

周　秀　花　大婶在这儿受了多少年的苦，帮了咱们多少忙，还不应当送送？

王　利　发　我并没说不叫他送！送！送！

王　大　拴　大婶，等等，我拿件衣服去！（下）

周　秀　花　爸，您怎么啦？

王　利　发　别再问我什么，我心里乱！一辈子没这么乱过！媳妇，你先陪大婶走，我叫老大追你们！大婶，外边不行啊，就还回来！

周　秀　花　老太太，这儿永远是您的家！

王　利　发　可谁知道也许……

康　顺　子　我也不会忘了你们！老掌柜，你硬硬朗朗的吧！（同周秀花下）

王　利　发　（送了两步，站住）硬硬朗朗的干什么呢？

〔谢勇仁和于厚斋进来。

谢 勇 仁　（看看墙上，先把茶钱放在桌上）老人家，沏一壶来。（坐）

王 利 发　（先收钱）好吧。

于 厚 斋　勇仁，这恐怕是咱们末一次坐茶馆了吧?

谢 勇 仁　以后我倒许常来。我决定改行，去蹬三轮儿!

于 厚 斋　蹬三轮一定比当小学教员强!

谢 勇 仁　我偏偏教体育，我饿，学生们饿，还要运动，不是笑话吗?

　　　　　〔王小花跑进来。

王 利 发　小花，怎这么早就下了学呢?

王 小 花　老师们罢课啦!（看见于厚斋、谢勇仁）于老师，谢老师! 你们都没
　　　　　上学去，不教我们啦? 还教我们吧! 见不着老师，同学们都哭啦! 我
　　　　　们开了个会，商量好，以后一定都守规矩，不招老师们生气!

于 厚 斋　小花! 老师们也不愿意耽误了你们的功课。可是，吃不上饭，怎
　　　　　么教书呢? 我们家里也有孩子，为教别人的孩子，叫自己的孩子
　　　　　挨饿，不是不公道吗? 好孩子，别着急，喝完茶，我们开会去，
　　　　　也许能够想出点办法来!

谢 勇 仁　好好在家温书，别乱跑去，小花!

　　　　　〔王大拴由后面出来，夹着个小包。

王 小 花　爸，这是我的两位老师!

王 大 拴　老师们，快走! 他们埋伏下了打手!

王 利 发　谁?

王 大 拴　小二德子! 他刚出去，就回来!

王 利 发　二位先生，茶钱退回（递钱），请吧! 快!

王 大 拴　随我来!

　　　　　〔小二德子上。

小二德子　街上有游行的，他妈的什么也买不着! 大拴哥，你上哪儿? 这俩

是谁？

王 大 拴　喝茶的！（同于厚斋、谢勇仁往外走）

小二德子　站住！（三人还走）怎么？不听话？先揍了再说！

王 利 发　小二德子！

小二德子　（拳已出去）尝尝这个！

谢 勇 仁　（上面一个嘴巴，下面一脚）尝尝这个！

小二德子　哎哟！（倒下）

王 小 花　该！该！

谢 勇 仁　起来，再打！

小二德子　（起来，捂着脸）喝！喝！（往后退）喝！

王 大 拴　快走！（扯二人下）

小二德子　（迁怒）老掌柜，你等着吧，你放走了他们，待会儿我跟你算账！打不了他们，还打不了你这个糟老头子吗？（下）

王 小 花　爷爷，爷爷！小二德子追老师们去了吧？那可怎么好！

王 利 发　他不敢！这路人我见多了，都是软的欺，硬的怕！

王 小 花　他要是回来打您呢？

王 利 发　我？爷爷会说好话呀。

王 小 花　爸爸干什么去了？

王 利 发　出去一会儿，你甭管！上后边温书去吧，乖！

王 小 花　老师们可别吃了亏呀，我真不放心！（下）

　　　　　〔丁宝跑进来。

丁　　宝　老掌柜，老掌柜！告诉你点事！

王 利 发　说吧，姑娘！

丁　　宝　小刘麻子呀，没安着好心，他要霸占这个茶馆！

王 利 发　怎么霸占？这个破茶馆还值得他们霸占？

丁　宝　待会儿他们就来，我没工夫细说，你打个主意吧！

王 利 发　姑娘，我谢谢你！

丁　宝　我好心好意来告诉你，你可不能卖了我呀！

王 利 发　姑娘，我还没老糊涂了！放心吧！

丁　宝　好！待会儿见！（下）

〔周秀花回来。

周 秀 花　爸，他们走啦。

王 利 发　好！

周 秀 花　小花的爸说，叫您放心，他送到了地方就回来。

王 利 发　回来不回来都随他的便吧！

周 秀 花　爸，您怎么啦？干吗这么不高兴？

王 利 发　没事！没事！看小花去吧。她不是想吃热汤面吗？要是还有点面
　　　　　的话，给她做一碗吧，孩子怪可怜的，什么也吃不着！

周 秀 花　一点白面也没有！我看看去，给她做点杂合面疙瘩汤吧！（下）

〔小唐铁嘴回来。

小唐铁嘴　王掌柜，说好了吗？

王 利 发　晚上，晚上一定给你回话！

小唐铁嘴　王掌柜，你说我爸爸白喝了一辈子的茶，我送你几句救命的话，
　　　　　算是替他还账吧。告诉你，三皇道现在比日本人在这儿的时候更厉
　　　　　害，砸你的茶馆比砸个砂锅还容易！你别太大意了！

王 利 发　我知道！你既买我的好，又好去对娘娘表表功！是吧？

〔小宋恩子和小吴祥子进来，都穿着新洋服。

小唐铁嘴　二位，今天可够忙的？

小宋恩子　忙得厉害！教员们大暴动！

王 利 发　二位，"罢课"改了名儿，叫"暴动"啦？

小唐铁嘴　怎么啦？

小吴祥子　他们还能反到天上去吗？到现在为止，已经抓了一百多，打了

　　　　　七十几个，叫他们反吧！

小宋恩子　太不知好歹！他们老老实实的，美国会送来大米、白面嘛！

小唐铁嘴　就是！二位，有大米、白面，可别忘了我！以后，给大家的坟地

　　　　　看风水，我一定尽义务！好！二位忙吧！（下）

小吴祥子　你刚才问，"罢课"改叫"暴动"啦？王掌柜！

王　利　发　岁数大了，不懂新事，问问！

小宋恩子　哼！你就跟他们是一路货！

王　利　发　我？您太高抬我啦！

小吴祥子　我们忙，没工夫跟你废话，说干脆的吧！

王　利　发　什么干脆的？

小宋恩子　教员们暴动，必有主使的人！

王　利　发　谁？

小吴祥子　昨天晚上谁上这儿来啦？

王　利　发　康大力！

小宋恩子　就是他！你把他交出来吧！

王　利　发　我要是知道他是那路人，还能够随便说出来吗？我跟你们的爸爸

　　　　　打交道多少年，还不懂这点道理？

小吴祥子　甭跟我们拍老腔，说真的吧！

王　利　发　交人，还是拿钱，对吧？

小宋恩子　你真是我爸爸教出来的！对啦，要是不交人，就把你的金条拿出

　　　　　来！别的铺子都随开随倒，你可混了这么多年，必定有点底！

　　　　　〔小二德子匆匆跑来。

小二德子　快走！街上的人不够用啦！快走！

小吴祥子　你小子管干吗的?

小二德子　我没闲着,看,脸都肿啦!

小宋恩子　掌柜的,我们马上回来,你打主意吧!

王 利 发　不怕我跑了吗?

小吴祥子　老梆子,你真逗气儿! 你跑到阴间去,我们也会把你抓回来!

　　　　　(打了王利发一掌,同小宋恩子、小二德子下)

王 利 发　(向后叫)小花! 小花的妈!

周 秀 花　(同王小花跑出来)我都听见了! 怎么办?

王 利 发　快走! 追上康妈妈! 快!

王 小 花　我拿书包去! (下)

周 秀 花　拿上两件衣裳,小花! 爸,剩您一个人怎么办?

王 利 发　这是我的茶馆,我活在这儿,死在这儿!

　　　　〔王小花挎着书包,夹着点东西跑回来。

周 秀 花　爸爸!

王 小 花　爷爷!

王 利 发　都别难过,走! (从怀中掏出所有的钱和一张旧相片)媳妇,拿
　　　　　着这点钱! 小花,拿着这个,老裕泰三十年前的相片,交给你爸
　　　　　爸! 走吧!

　　　　〔小刘麻子同丁宝回来。

小刘麻子　小花,教员罢课,你住姥姥家去呀?

王 小 花　对啦!

王 利 发　(假意地)媳妇,早点回来!

周 秀 花　爸,我们住两天就回来! (同王小花下)

小刘麻子　王掌柜,好消息! 沈处长批准了我的计划!

王 利 发　大喜,大喜!

小刘麻子　您也大喜，处长也批准修理这个茶馆！我一说，处长说好！他呀老把"好"说成"蒿"，特别有个洋味儿！

王　利　发　都是怎么一回事？

小刘麻子　从此你算省心了！这儿全属我管啦，你搬出去！我先跟你说好了，省得以后你麻烦我！

王　利　发　那不能！凑巧，我正想搬家呢。

丁　　宝　小刘，老掌柜在这儿多少年啦，你就不照顾他一点吗？

小刘麻子　看吧！我办事永远厚道！王掌柜，我接处长去，叫他看看这个地方。你把这儿好好收拾一下！小丁宝，你把小心眼找来，迎接处长！带点香水，好好喷一气，这里臭烘烘的！走！（同丁宝下）

王　利　发　好！真好！太好！哈哈哈！

　　　　　〔常四爷提着小筐进来，筐里有些纸钱和花生米。他虽年过七十，可是腰板还不太弯。

常　四　爷　什么事这么好哇，老朋友！

王　利　发　哎哟！常四哥！我正想找你这么一个人说说话儿呢！我沏一壶顶好的茶来，咱们喝喝！（去沏茶）

　　　　　〔秦仲义进来。他老的不像样子了，衣服也破旧不堪。

秦　仲　义　王掌柜在吗？

常　四　爷　在！您是……

秦　仲　义　我姓秦。

常　四　爷　秦二爷。

王　利　发　谁？秦二爷？（端茶来）正想去告诉您一声，这儿要大改良！坐！坐！

常　四　爷　我这儿有点花生米（抓），喝茶吃花生米，这可真是个乐子！

秦　仲　义　可是谁嚼得动呢？

王　利　发　看多么邪门，好容易有了花生米，可全嚼不动！多么可笑！怎样啊？秦二爷！（都坐下）

秦　仲　义　别人都不理我啦，我来跟你说说：我到天津去了一趟，看看我的工厂！

王　利　发　不是没收了吗？又物归原主啦？这可是喜事！

秦　仲　义　拆了！

常四爷、王利发　拆了？

秦　仲　义　拆了！我四十年的心血啊，拆了！别人不知道，王掌柜你知道：我从二十多岁起，就主张实业救国。到而今……抢去我的工厂，好，我的势力小，干不过他们！可倒好好地办哪，那是富国裕民的事业呀！结果，拆了，机器都当碎铜烂铁卖了！全世界，全世界找得到这样的政府？我问你！

王　利　发　当初，我开的好好的公寓，您非盖仓库不可。看，仓库查封，货物全叫他们偷光！当初，我劝您别把财产都出手，您非都卖了开工厂不可！

常　四　爷　还记得吧？当初，我给那个卖小妞的小媳妇一碗面吃，您还说风凉话呢。

秦　仲　义　现在我明白了！王掌柜，求你一件事吧：（掏出一二机器小零件和一支钢笔来）工厂拆平了，这是我由那儿捡来的小东西。这支笔上刻着我的名字呢，它知道，我用它签过多少张支票，写过多少计划书。我把它们交给你，没事的时候，你可以跟喝茶的人们当个笑话谈谈，你说呀：当初有那么一个不知好歹的秦某人，爱办实业。办了几十年，临完他只由工厂的土堆里捡回来这么点小东西！你应当劝告大家，有钱哪，就该吃喝嫖赌，胡作非为，可千万别干好事！告诉他们哪，秦某人七十多岁了才明白这点大道理！他是天生来的笨蛋！

王 利 发　您自己拿着这支笔吧，我马上就搬家啦！

常 四 爷　搬到哪儿去？

王 利 发　哪儿不一样呢！秦二爷，常四爷，我跟你们不一样：二爷财大业大心胸大，树大可就招风啊！四爷你，一辈子不服软，敢作敢当，专打抱不平。我呢，做了一辈子顺民，见谁都请安、鞠躬、作揖。我只盼着呀，孩子们有出息，冻不着，饿不着，没灾没病！可是，日本人在这儿，二拴子逃跑啦，老婆想儿子想死啦！好容易，日本人走啦，该缓一口气了吧？谁知道，（惨笑）哈哈，哈哈，哈哈！

常 四 爷　我也不比你强啊！自食其力，凭良心干了一辈子啊，我一事无成！七十多了，只落得卖花生米！个人算什么呢，我盼哪，盼哪，只盼国家像个样儿，不受外国人欺侮。可是……哈哈！

秦 仲 义　日本人在这儿，说什么合作，把我的工厂就合作过去了。咱们的政府回来了，工厂也不怎么又变成了逆产。仓库里（指后边）有多少货呀，全完！还有银号呢，人家硬给加官股，官股进来了，我出来了！哈哈！

王 利 发　改良，我老没忘了改良，总不肯落在人家后头。卖茶不行啊，开公寓。公寓没啦，添评书！评书也不叫座儿呀，好，不怕丢人，想添女招待！人总得活着吧？我变尽了方法，不过是为活下去！是呀，该贿赂的，我就递包袱。我可没做过缺德的事，伤天害理的事，为什么就不叫我活着呢？我得罪谁？谁？皇上、娘娘那些狗男女都活得有滋有味的，单不许我吃窝窝头，谁出的主意？

常 四 爷　盼哪，盼哪，只盼谁都讲理，谁也不欺侮谁！可是，眼看着老朋友们一个个的不是饿死，就是叫人家杀了，我呀就是有眼泪也流不出来喽！松二爷，多么好的人，饿死啦，连棺材还是我给他化缘化来的！他还有我这么个朋友，给他化了一口四块板的棺材；我自己呢？我爱咱们的国呀，可是谁爱我呢？看（从筐中拿出些纸钱），遇见出殡的，我就捡几张纸钱。没有寿衣，没有棺材，我只好给自己预备下点纸钱吧，哈哈，哈哈！

秦 仲 义　四爷，让咱们祭奠祭奠自己，把纸钱撒起来，算咱们三个老头子的吧！

王 利 发　对！四爷，照老年间出殡的规矩，喊喊！

常 四 爷　（站起，喊）四角儿的跟夫，本家赏钱一百二十吊！（撒起几张纸钱）

秦 仲 义、王利发　一百二十吊！

秦 仲 义　（一手拉住一个）我没得说了，再见吧！（下）

王 利 发　再见！

常 四 爷　再喝你一碗！（一饮而尽）再见！（下）

王 利 发　再见！

　　　　〔丁宝与小心眼进来。

丁　　宝　他们来啦，老大爷！（往屋中喷香水）

王 利 发　好，他们来，我躲开！（捡起纸钱，往后边走）

小 心 眼　老大爷，干吗撒纸钱呢？

王 利 发　谁知道！（下）

　　　　〔小刘麻子进来。

小刘麻子　来啦！一边一个站好！

　　　　〔丁宝、小心眼分左右在门内站好。

　　　　〔门外有汽车停住声，先进来两个宪兵。沈处长进来，穿军便服；高靴，带马刺；手执小鞭。后面跟着二宪兵。

沈 处 长　（检阅似的，看丁宝、小心眼，看完一个说一声）好（蒿）！

〔丁宝摆上一把椅子，请沈处长坐。

小刘麻子　报告处长，老裕泰开了六十多年，九城闻名，地点也好，借着这个老字号，做我们的一个据点，一定成功！我打算照旧卖茶，派（指）小丁宝和小心眼做招待。有我在这儿监视着三教九流，各色人等，一定能够得到大量的情报！

沈　处　长　好（萐）！

〔丁宝由宪兵手里接过骆驼牌烟，上前献烟；小心眼接过打火机，点烟。

小刘麻子　后面原来是仓库，货物已由处长都处理了，现在空着。我打算修理一下，中间做小舞厅，两旁布置几间卧室，都带卫生设备。处长清闲的时候，可以来跳跳舞，玩玩牌，喝喝咖啡。天晚了，高兴住下，您就住下。这就算是处长个人的小俱乐部，由我管理，一定要比公馆里更洒脱一点，方便一点，热闹一点！

沈　处　长　好（萐）！

丁　　宝　处长，我可以请示一下吗？

沈　处　长　好（萐）！

丁　　宝　这儿的老掌柜怪可怜的。好不好给他做一身制服，叫他看看门，招呼贵宾们上下汽车？他在这儿几十年了，谁都认识他，简直可以算是老头儿商标！

沈　处　长　好（萐）！传！

小刘麻子　是！（往后跑）王掌柜！老掌柜！我爸爸的老朋友，老大爷！（入。过一会儿又跑回来）报告处长，他也不知怎么上了吊，吊死啦！

沈　处　长　好（萐）！好（萐）！

——幕落·全剧终

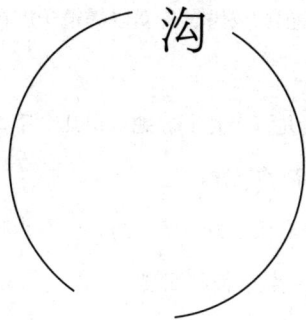

龙
须
沟

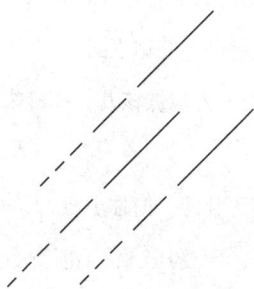

人物表

王大妈——五十岁的寡妇，吃苦耐劳，可是胆子小，思想旧。她的大女儿已
　　　　出嫁，二女儿正在议婚。母女以焊镜子的洋铁边儿和做针线活为
　　　　业。简称大妈。

王二春——王大妈的二女儿，十九岁。她认识几个字，很想嫁到别处去，离
　　　　开臭沟沿儿。简称二春。

丁四嫂——三十岁左右，心眼怪好，嘴可厉害，有点嘴强身子弱。她的手很
　　　　伶俐，能做活挣钱。简称四嫂。

丁四爷——三十岁左右，四嫂的丈夫，三心二意的，可好可坏，蹬三轮车为
　　　　业。他因厌恶门外的臭沟，工作不大起劲。简称丁四。

丁二嘎子——十二岁，丁四的儿子，不上学，天天去捡煤核儿，摸螺蛳什么
　　　　的。简称二嘎。

丁小妞——二嘎的妹妹，九岁。不上学，随着哥哥乱跑。简称小妞。

程疯子——四十多岁。原是相当好的曲艺艺人，因受压迫，不能登台，搬
　　　　到贫民窟来，可还穿着长衫。他有点神神气气的，不会以劳力换
　　　　钱，可常帮助别人。他会唱，尤以数来宝见长。简称疯子。

程娘子——程疯子的妻子，三十多岁。会做活，也会到晓市上做小买卖，虽
　　　　常骂丈夫，可是甘心养活着他。疯子每称她为"娘子"，即成了
　　　　她的外号。简称娘子。

赵老头——六十岁，没儿没女，为人正直好义，泥水匠。简称赵老。

刘巡长——四十来岁。能说会道，善于敷衍，心地很正。简称巡长。

冯狗子——二十五岁。给恶霸黑旋风做狗腿。简称狗子。

刘掌柜——小茶馆的掌柜，六十多岁。简称掌柜。

地痞一人。

警察二人。

青年一人。

群众数人。

第一幕

时　间　北京解放前，一个初夏的上午，昨夜下过雨。

地　点　龙须沟。这是北京天桥东边的一条有名的臭沟，沟里全是红红绿绿
的稠泥浆，夹杂着垃圾、破布、死老鼠、死猫、死狗和偶尔发现的
死孩子。附近硝皮作坊、染坊所排出的臭水和久不清除的粪便，都
聚在这里一齐发霉，不但沟水的颜色变成红红绿绿，而且气味也叫
人从老远闻见就要作呕，所以这一带才俗称为"臭沟沿"。沟的两
岸，密密层层的住满了卖力气的、耍手艺的，各色穷苦劳动人民。
他们终日终年乃至终生，都挣扎在那肮脏腥臭的空气里。他们的房
屋随时有倒塌的危险，院中大多数没有厕所，更谈不到厨房；没有
自来水，只能喝又苦又咸又发土腥味的井水；到处是成群的跳蚤，
打成团的蚊子和数不过来臭虫，黑压压成片的苍蝇，传染着疾病。
每逢下雨，不但整个街道变成泥塘，而且臭沟的水就漾出槽来，带
着粪便和大尾巴蛆，流进居民们比街道还低的院内、屋里，淹湿了
一切的东西。遇到六月下连阴雨的时候，臭水甚至带着死猫、死
狗、死孩子冲到土炕上面，大蛆在满屋里蠕动着，人就仿佛是其中
的一个蛆虫，也凄惨地蠕动着。

布　景　龙须沟的一个典型小杂院。院子不大，只有四间东倒西歪的破土
房。门窗都是东拼西凑的，一块是老破花格窗，一块是"洋式"窗
子改的，另一块也许是日本式的旧拉门儿，上边有的糊着破碎不堪
发了霉的旧报纸，有的干脆钉上破木板或碎席子，即或有一半块小

小的破玻璃，也已被尘土、煤烟子和风沙等给弄得不很透亮了。

北房是王家，门口摆着水缸和破木箱，一张长方桌放在从云彩缝里射出来的阳光下，上边晒着大包袱。王大妈正在生着焊活和做饭两用的小煤球炉子。东房，右边一间是丁家，屋顶上因为漏雨，盖着半领破苇席，用破砖压着，绳子拴着，檐下挂着一条旧车胎；门上挂着补了补钉的破红布门帘，门前除了一个火炉和几件破碎三轮车零件外，几乎是一无所有。左边一间是程家，门上挂着下半截已经脱落了的破竹帘子；窗户上糊着许多香烟画片；门前有一棵发育不全的小枣树，借着枣树搭起一个小小的喇叭花架子。架的下边，靠左上角有一座泥砌的柴灶。程娘子正在用捡来的柴棍儿烧火，蒸窝窝头，给疯子预备早饭（这一带的劳动人民，大多数一天只吃两顿饭）。柴灶的后边是塌倒了的半截院墙墙角，从这里可以看见远处的房子，稀稀落落的电线杆子和一片阴沉的天空。南边中间是这个小杂院的大门，又低又窄，出来进去总得低头。大门外是一条狭窄的小巷，对面有一所高大而破旧的房子，房角上高高地悬着一块金字招牌"当"。左边中间又是一段破墙，左下是赵老头儿所住的一间屋子，门关着，门前放着泥瓦匠所用的较大工具；一条长凳，一口倒放着的破缸，缸后堆着垃圾、碎砖头。娘子的香烟摊子出卖的茶叶和零星物品，就暂借这些地方晒着。满院子横七竖八的绳子上，晒着各家的破衣破被。脚下全是湿泥，有的地方垫着炉灰、砖头或木板。房子的墙根、墙角全发了霉，生了绿苔。天上的云并没有散开，乌云在移动着，太阳一阵露出来，一阵又藏起去。

〔幕启：门外陆续有卖青菜的、卖猪血的、卖驴肉的、卖豆腐的、剃头的、买破烂的和"打鼓儿"的声音，还有买菜还价的争吵声，附近有铁匠作坊的打铁声，织布声，做洋铁盆、洋铁壶的敲打声。

〔程娘子坐在柴灶前的小板凳上添柴烧火。小妞子从大门前的墙根搬
　过一些砖头来，把院子铺出一条走道。丁四嫂正在用破盆在屋门口
　舀屋子里渗进去的雨水。二春抱着几件衣服走出来，仰着头正看刚
　露出来的太阳，把衣服搭在绳子上晒。大妈生好了煤球炉子，仰头
　看着天色，小心翼翼地抱起桌上的大包袱来，往屋里收。二春正走
　到房门口，顺手接进去。大妈从门口提一把水壶，往水缸走去，可
　是不放心二春抱进去的包袱，眼睛还盯在二春的身上。大妈用水瓢
　由水缸里取水，置壶炉上，坐下，开始做活。

四　嫂　（递给妞子一盆水）你要是眼睛不瞧着地，摔了盆，看我不好好揍
　　　　你一顿！

小　妞　你怎么不管哥哥呢？他一清早就溜出去，什么事也不管！

四　嫂　他？你等着，等他回来，我不揍扁了他才怪！

小　妞　爸爸呢，干脆就不回来！

四　嫂　甭提他！他回来，我要不跟他拼命，我改姓！

疯　子　（在屋里，数来宝）叫四嫂，别去拼，一日夫妻百日恩！

娘　子　（把隔夜的窝头蒸上）你给我起来，屋里精湿的，躺什么劲儿！

疯　子　叫我起，我就起，尊声娘子别生气！小妞疯大爷，快起呀，跟我玩！

四　嫂　你敢去玩！快快倒水去，弄完了我好做活！晌午的饭还没辙哪！

疯　子　（穿破夏布大衫，手持芭蕉扇，一劲地扇，似欲赶走臭味；出来，
　　　　向大家点头）王大妈！娘子！列位大姨！姑娘们！

小　妞　（仍不肯去倒水）大爷！唱！唱！我给你打家伙！

四　嫂　（过来）先干活儿！倒在沟里去！（妞子出去）

娘　子　你这么大的人，还不如小妞子呢！她都帮着大人做点事，看你！

疯　子　娘子差矣！（数来宝）想当初，在戏园，唱玩意，挣洋钱，欢欢

喜喜天天象过年！受欺负，丢了钱，臭鞋、臭袜、臭沟、臭水、臭人、臭地熏得我七窍冒黑烟！（弄水洗脸）

娘　子　你呀！我这辈子算倒了霉啦！

四　嫂　别那么说，他总比我的那口子强点，他不是这儿（指头部）有点毛病吗？我那口子没毛病，就是不好好地干！拉不着钱，他泡蘑菇；拉着钱，他能一下子都喝了酒！

疯　子　（一边擦脸，一边说）我这里，没毛病，臭沟熏得我不爱动。

　　　〔外面有吆喝豆腐声。

疯　子　有一天，沟不臭，水又清，国泰民安享太平。（坐下吃窝头）

小　妞　（进来，模仿数来宝的竹板声）呱唧呱唧呱唧呱。

娘　子　（提起香烟篮子）王大妈，四嫂，多照应着点，我上市去啦。

大　妈　街上全是泥，你怎么摆摊子呢？

娘　子　我看看去！我不弄点钱来，吃什么呢？这个鬼地方，一阴天，我心里就堵上个大疙瘩！赶明儿六月连阴天，就得瞪着眼挨饿！（往外走，又站住）看，天又阴得很沉！

小　妞　妈，我跟娘子大妈去！

四　嫂　你给我乖乖地在这里，哪儿也不准去！（扫阶下的地）

小　妞　我偏去！我偏去！

娘　子　（在门口）妞子，你等着，我弄来钱，一定给你带点吃的来。乖！外边呀，精湿烂滑的，滑到沟里去可怎么办！

疯　子　叫娘子，劳您驾，也给我带个烧饼这么大。（用手比，有碗那么大）

娘　子　你呀，呸！烧饼，我连个芝麻也不会给你买来！（下）

小　妞　疯大爷，娘子一骂你，就必定给你买好吃的来！

四　嫂　唉，娘子可真有本事！

疯　子　谁说不是！我不是不想帮忙，就是帮不上！看她这么忙里忙外的，我实在难受！可是……唉！什么都甭说了！

赵　老　（出来）哎哟！给我点水喝呀！

疯　子　赵大爷醒啦！

二春、小妞　（跑过去）怎么啦？怎么啦？

大　妈　只顾了穷忙，把他老人家忘了。二春，先坐点开水！

二　春　（往回跑）我找佘子去。（入屋中）

四　嫂　（开始坐在凳子上做活）赵大爷，你要点什么呀？

疯　子　丁四嫂，你很忙，侍候病人我在行！

二　春　（提佘子出来，将壶中水倒入佘子，置炉上，去看看缸）妈，水就
　　　　剩了一点啦！

小　妞　我打水去！

四　嫂　你歇着吧！那么远，满是泥，你就行啦？

疯　子　我弄水去！不要说，我无能，沏茶灌水我还行！帮助人，真体面，
　　　　甚么活儿我都干！

大　妈　（站起）大哥，是发疟子吧？

赵　老　（点头）唉！刚才冷得要命，现在又热起来啦！

疯　子　王大妈，给我桶。

大　妈　四嫂，叫妞子帮帮吧！疯子笨手笨脚的，再滑到臭沟里去！

四　嫂　（迟顿了一下）妞子，去吧！可留点神，慢慢的走！

小　妞　疯大爷，咱们俩先抬一桶；来回二里多地哪！多了抬不动！（找到
　　　　木棍）你拿桶。

二　春　（把桶递给疯子）不脱了大褂呀？省得溅上泥点子！

疯　子　（接桶）我里边，没小褂，光着脊梁不象话！

小　妞　呱唧呱唧呱唧呱。（同疯子下）

大　妈　大哥，找个大夫看看吧？

赵　老　有钱，我也不能给大夫啊！唉！年年总有这么一场，还老在这个时候！正是下过雨，房倒屋塌，有活做的时候，偏发疟子！打过几班儿呀，人就软得象棉花！多么要命！给我点水喝呀，我渴！

大　妈　二春，搧搧火！

赵　老　善心的姑娘，行行好吧！

四　嫂　赵大爷，到药王庙去烧股香，省得疟子鬼儿老跟着您！

二　春　四嫂，蚊子叮了才发疟子呢。看咱们这儿，蚊子打成团。

大　妈　姑娘人家，少说话；四嫂不比你知道的多！（又坐下）

二　春　（倒了一黄砂碗开水，送到病人跟前）您喝吧，赵大爷！

赵　老　好姑娘！好姑娘！这碗热水救了老命喽！（喝）

二　春　（看赵老用手赶苍蝇，借来四嫂的芭蕉扇给他扇）赵大爷，我这可真明白了姐姐为什么一去不回头！

大　妈　别提她，那个没良心的东西！把她养大成人，聘出去，她会不来看我一眼！二春，你别再跟她学，扔下妈妈没人管！

二　春　妈，您也难怪姐姐。这儿是这么脏，把人熏也熏疯了！

大　妈　这儿脏，可有活儿干呢，九城八条大街，可有哪儿能象这里挣钱这么方便？就拿咱们左右的邻居说，这么多人家里只有程疯子一个闲人。地方干净有什么用，没得吃也得饿死！

二　春　这儿挣钱方便，丢钱也方便。一下雨，摆摊子的摆不上，卖力气的出不去，不是瞪着眼挨饿？臭水往屋里跑，把什么东西都淹了，哪样不是钱买的？

四　嫂　哼，昨儿个夜里，我蹲在炕上，打着伞，把这些背心顶在头上。自己的东西弄湿了还好说，弄湿了活计，赔得起吗！

二　春　因为脏，病就多。病了耽误做活，还得花钱吃药！

大　妈　别那么说。俗话说得好："不干不净，吃了没病！"我在这儿住了几十年，还没敢抱怨一回！

二　春　赵大爷，您说。您年年发疟子，您知道。

大　妈　你叫大爷歇歇吧，他病病歪歪的！我明白你的小心眼里都憋着什么坏呢！

二　春　我憋着什么坏？您说！

大　妈　哼，没事儿就往你姐姐那儿跑。她还不唧唧咕咕，说什么龙须沟脏，龙须沟臭！她也不想想，这是她生身之地；刚离开这儿几个月，就不肯再回来，说一到这儿就要吐；真遭罪呀！甭你小眼睛眨巴眨巴地看着我！我不再上当，不再把女儿嫁给外边人！

二　春　那么我一辈子就老在这儿？连解手儿都得上外边去？

大　妈　这儿不分男女，只要肯动手，就有饭吃；这是真的，别的都是瞎扯！这儿是宝地！要不是宝地，怎么越来人越多？

二　春　没看见过这样的宝地！房子没有一间整的，一下雨就砸死人，宝地！

赵　老　姑娘，有水再给我点！

二　春　（接碗）有，那点水都是您的！

赵　老　那敢情好！

大　妈　您不吃点什么呀？

赵　老　不想吃，就是渴！

四　嫂　发疟子伤气，得吃呀，赵大爷！

二　春　（端来水）给您！

赵　老　劳驾！劳驾！

二　春　不劳驾！

赵　老　姑娘，我告诉你几句好话。

二　春　您说吧！

赵　老　龙须沟啊，不是坏地方！

大　妈　我说什么来着？赵大爷也这么说不是？

赵　老　地好，人也好。就有两个坏处。

二　春　哪两个？

四　嫂　（拿着活计凑过来）您说说！

赵　老　做官的坏，恶霸坏！

大　妈　大哥，咱们说话，街上听得见，您小心点！

　　　　〔天阴上来，阳光被云遮住。

赵　老　我知道！可是，我才不怕！六十岁了，也该死了，我怕什么？

大　妈　别那么说呀，好死不如赖活着！

赵　老　做官儿的坏……

　　　　〔刘巡长，腰带在手中拿着，象去上班的样子，由门外经过。

大　妈　（打断赵老的话）赵大爷，有人……（二春急跑到大门口去看）二
　　　　春，过来！

二　春　（在门口）刘巡长！

四　嫂　（跑到门口）刘巡长，进来坐坐吧！

巡　长　四嫂子，我该上班儿了。

四　嫂　进来坐坐，有话跟您说！

巡　长　（走进来）有什么话呀？四嫂！

四　嫂　您给二嘎子……

大　妈　啊，刘巡长，怎么这么闲在呀？

巡　长　我正上班儿去，四嫂子把我叫住了。（转身）赵大爷，您好吧？

大　妈　哪儿呀，又发上疟子啦！

巡　长　这是怎么说的！吃药了吗？

赵　老　我才不吃药！

巡　长　总得抓剂药吃！你要是老不好，大妈、四嫂都得给您端茶送水的……

二　春　不要紧，有我侍候他呢！

巡　长　那也耽误做活呀！这院儿里谁也不是有仨有俩的。就拿四嫂说，丁四成天际不照面……

四　嫂　可说的是呢！我请您进来，就为问问您给二嘎子找个地方学徒的事，怎么样了呢？

巡　长　我没忘了，可是，唉，这年月，物价一天翻八个跟头，差不多的规矩买卖全关了门，您叫我上哪儿给他找事去呢！

大　妈　唉，刘巡长的话也对！

四　嫂　刘巡长，二嘎子呀可是个肯下力、肯吃苦的孩子！您就多给分分心吧！

巡　长　得，四嫂，我必定在心！我说四嫂，叫四爷可留点神，别喝了两盅，到处乱说去！（低声）前儿个半夜里查户口，又弄下去五个！硬说人家是……（回头四望，作"八"的手式）是这个！多半得……唉，都是中国人，何必呢？这玩艺，我可不能干！

赵　老　对！

四　嫂　听说那回放跑了俩，是您干的呀？

巡　长　我的四奶奶！您可千万别瞎聊啊，您要我的脑袋搬家是怎着？

四　嫂　您放心，没人说出去！

二　春　刘巡长，您不会把二嘎子荐到工厂去吗？我还想去呢！

四　嫂　对，那敢情好！

大　妈　二春，你又疯啦？女人家上工厂！

巡　长　正经工厂也都停了车啦！您别忙，我一定给想办法！

四　嫂　我谢谢您啦！您坐这儿歇歇吧！

巡　长　不啦，我呆不住！

四　嫂　歇一会儿，怕什么呢？（把疯子的板凳送过来，刘巡长只好坐下）

赵　老　我刚才说的对不对？做官的坏！做官的坏，老百姓就没法活下去！

大小的买卖、工厂，全叫他们接收的给弄趴下啦，就剩下他们自己肥头大耳朵地活着！

二　春　要不穷人怎么越来越多呢！

大　妈　二春，你少说话！

赵　老　别的甭说，就拿咱们这儿这条臭沟说吧，日本人在这儿的时候，咱们捐过钱，为挖沟，沟挖了没有？

二　春　没有！捐的钱也没影儿啦！

大　妈　二春，你过来！（二春走回去）说话小心点！

赵　老　日本人滚蛋了以后，上头说把沟堵死。好嘛，沟一堵死，下点雨，咱们这儿还不成了海？咱们就又捐了钱，说别堵啊，得挖。可是，沟挖了没有？

四　嫂　他妈的，那些钱又叫他们给吃了，丫头养的！

大　妈　四嫂，嘴里干净点，这儿有大姑娘！

二　春　他妈的！

大　妈　二春！

赵　老　程疯子常说什么"沟不臭，水又清，国泰民安享太平。"他说得对，他不疯！有了清官，才能有清水。我是泥水匠，我知道：城里头，大官儿在哪儿住，哪儿就修柏油大马路；谁做了官，谁就盖高楼大瓦房。咱们穷人哪，没人管！

巡　长　一点不错！

四　嫂　捐了钱还叫人家白白地吃了去！

赵　老　有那群做官的，咱们永远得住在臭沟旁边。他妈的，你就说，全城到处有自来水，就是咱们这儿没有！

大　妈　就别抱怨啦，咱们有井水吃还不念佛？

四　嫂　苦水呀，王大妈！

大　妈　也不太苦，二性子！

二　春　妈，您怎这么会对付呢？

大　妈　你不将就，你想跟你姐姐一样，嫁出去永远不回头！你连一丁点孝
　　　　心也没有！

赵　老　刘巡长，上两次的钱，可都是您经的手！我问你，那些钱可都上哪
　　　　儿去了？

巡　长　您问我，我可问谁去呢？反正我问心无愧！（站起来，走到赵老面
　　　　前）要是我从中赚过一个钱，天上现在有云彩，叫我五雷轰顶！人
　　　　家搂钱，我挨骂，您说我冤枉不冤枉！

赵　老　街坊四邻倒是都知道你的为人，都说你不错！

巡　长　别说了，赵大爷！要不是一家五口累赘着我呀！我早就远走高飞
　　　　啦，不在这儿受这份窝囊气！

赵　老　我明白，话又说回来，咱们这儿除了官儿，就是恶霸。他们偷，他
　　　　们抢，他们欺诈，谁也不敢惹他们。前些日子，张巡官一管，肚子
　　　　上挨了三刀！这成什么天下！

巡　长　他们背后有撑腰的呀，杀了人都没事！

大　妈　别说了，我直打冷战！

赵　老　别遇到我手里！我会跟他们拼！

大　妈　新鞋不踩臭狗屎呀！您到茶馆酒肆去，可千万留点神，别乱说话！

赵　老　你看着，多喈他们欺负到我头上来，我叫他们吃不了兜着走。

巡　长　我可真该走啦！今儿个还不定有什么蜡坐呢！（往外走）

四　嫂　（追过去）二嘎子的事，您可给上点心哪！刘巡长。

巡　长　就那么办，四嫂！（下）

四　嫂　我这儿道谢啦！

大　妈　要说人家刘巡长可真不错！

赵　老　这样的人就算难得！可是，也做不出什么事儿来！

四　嫂　他想办出点事来，一个人也办不成呀！

〔丁四无精打采地进来。

四　嫂　嗨！你还回来呀？！

丁　四　你当我爱回来呢！

四　嫂　不爱回来，就再出去！这儿不短你这块料！

〔丁四不语，打着呵欠直向屋子走去。

四　嫂　（把他拦住）拿钱来吧！

丁　四　一回来就要钱哪？

四　嫂　那怎么着？！家里还揭不开锅呢！

丁　四　揭不开锅？我在外边死活你管了吗？

四　嫂　我们娘几个死活谁管呢？甭废话，拿钱来。

丁　四　没钱！

四　嫂　钱哪儿去啦？

丁　四　交车份了。

四　嫂　甭来这一套！你当我不知道呢！不定又跑到哪儿喝酒去了。

丁　四　那你管不着。太爷我自个挣的自个花，你打算怎么着吧！你说！

四　嫂　我打算怎么着？这破家又不是我一个人的！好吧！咱谁也甭管！

　　　　（说着把活计扔下）

丁　四　你他妈的不管，活该！

四　嫂　怎么着？你一出去一天，回来锸子儿没有，临完了，把钱都喝了猫儿尿！

丁　四　我告诉你，少管我的闲事！

四　嫂　什么？不管？家里揭不开锅，你可倒好……

丁　四　我不对，我不该回来，太爷我走！

〔四嫂扯住丁四，丁四抄起门栓来要打四嫂，二春跑过去把门栓抢过来。

赵　老　（大吼）丁四！

〔丁四被赵老的怒吼声震住，低头不语，往屋门口走。四嫂坐下哭，
　　二春蹲下去劝。

赵　老　这是你们丁家的事，按理说我可不该插嘴，不过咱们爷儿们住街
　　坊，也不是一年半年啦，总算是从小儿看你长大了的，我今儿个可
　　得说几句讨人嫌的话……

丁　四　（颓唐地坐下）赵大爷，您说吧！

赵　老　四嫂，你先别这么哭，听我说。（四嫂止住哭声）你昨儿晚上干
　　什么去啦？你不知道家里还有三口子张着嘴等着你哪？孩子们是你
　　的，你就不惦记着吗？

丁　四　（眼泪汪汪地）不是，赵大爷！我不是不惦记孩子，昨儿个整天的下
　　雨，没什么座儿，挣不着钱！晚上在小摊儿坐着，您猜怎么着，晌午
　　六万一斤的大饼，晚上就十二万啦！好家伙，交完车份儿，就没了钱
　　了。东西一天翻十八个跟头，您不是不知道！

赵　老　唉！这个物价呀，就要了咱们穷人的命！可是你有钱没钱也应该
　　回家呀，总不照面儿不是一句话啊！就说为你自个儿想，半夜三更
　　住在外边，够多悬哪！如今晚儿天天半夜里查户口，一个说不对劲
　　儿，轻了把你拉去当壮丁，当炮灰，重了拿你当八路，弄去灌凉水
　　轧杠子，磨成了灰还不知道是怎样死的呢！

丁　四　这我都知道。他妈的我们蹬三轮儿的受的这份气，就甭提了。就拿
　　昨儿个说吧，好容易遇上个座儿，一看，可倒好，是个当兵的。没
　　法子，拉吧，打永定门一直转游到德胜门脸儿，上边淋着，底下郏
　　着，汗珠子从脑瓜顶儿直流到脚底下。临完，下车一个子儿没给还
　　不算，还差点给我个大脖拐！他妈的，坐完车不给钱，您说是什么

人头儿！我刚交了车，一看掉点儿了，我就往家里跑。没几步，就滑了我俩大跟头，您不信瞅瞅这儿，还有伤呢！我一想，这溜儿更过不来啦，怕掉到沟里去，就在刘家小茶馆蹲了半夜。我没睡好，提心吊胆的，怕把我拉走当壮丁去！跟您说明，有这条臭沟，谁也甭打算好好的活着！

〔四邻的工作声——打铁、风箱、织布声更大了一点。

四　嫂　甭拉不出屎来怨茅房！东交民巷、紫禁城倒不臭不脏，也得有尊驾的份儿呀！你听听，街坊四邻全干活儿，就是你没有正经事儿。

丁　四　我没出去拉车？我天天光闲着来着？

四　嫂　五行八作，就没您这一行！龙须沟这儿的人都讲究有个正经行当！打铁，织布，硝皮子，都成一行；你算哪一行？

丁　四　哼，有这一行，没这一行，蹬上车我可以躲躲这条臭沟！我是属牛的，不属臭虫，专爱这块臭地！

赵　老　丁四，四嫂，都少说几句吧……

〔刘巡长上。

赵　老　怎么，刘巡长……

巡　长　我说今儿个又得坐蜡不是？

四　嫂　刘巡长，什么事呀？

巡　长　唉，没法子，又叫我来收捐！

众　人　什么，又收捐？！

巡　长　是啊，您说这叫我多为难？

丁　四　家家连窝头都混不上呢，还交得起他妈的捐！

巡　长　说得是啊！可是上边交派下来，您叫我怎么办？

赵　老　我问你，今儿个又要收什么捐？

巡　长　反正有个"捐"字，您还是养病要紧，不必细问了。捐就是捐，您拿钱，我收了交上去，咱们心里就踏实啦。

赵　老　你说说，我听听！

巡　长　您老人家一定要知道，跟您说吧！这一回是催卫生捐。

赵　老　什么捐？

巡　长　卫生捐。

赵　老　（狂笑）卫生捐？卫生——捐！（再狂笑）丁四，哪儿是咱们的卫生啊！刘巡长，谁出这样的主意，我肏他的八辈祖宗！（丁四搀他入室）

巡　长　唉！我有什么办法呢？

大　妈　您可别见怪他老人家呀！刘巡长！要是不发烧，他不会这么乱骂人！

二　春　妈，你怎么这么怕事呢？看看咱们这个地方，是有个干净的厕所，还是有条干净的道儿？谁都不管咱们，咱们凭什么交卫生捐呢？

大　妈　我的小姑奶奶，你少说话！巡长，您多担待，她小孩子，不懂事！

巡　长　王大妈，唉，我也是这儿的人！你们受什么罪，我受什么罪！别的就不用说了！（要走）

大　妈　不喝碗茶呀？您办的是官事，不容易！

巡　长　官事，对，官事！哈哈！

四　嫂　大估摸一家得出多少钱呢？

丁　四　（由赵老屋中出来）你必得问清楚，你有上捐的瘾！

四　嫂　你没有那个瘾，交不上捐你去坐监牢，德行！

丁　四　刘巡长，您对上头去说吧，给我修好了路，修好了沟，我上捐。不给我修啊，哼，我没法拉车，也就没钱上捐，要命有命，就是没钱！

巡　长　四爷，您是谁？我是谁？能跟上头说话？

大　妈　丁四，你就别为难巡长了吧！当这份差事，不容易！

　　　　〔程疯子与小妞抬着水桶，进来。

疯　子　借借光，水来了！刘巡长，您可好哇？

巡　长　疯哥你好？

　　　　〔大妈把缸盖连菜刀，搬到自己坐的小板凳上，二春接过桶去，和大
　　　　妈抬着往缸里倒，疯子也想过去帮忙。

丁　四　喝，两个人才弄半桶水来？

小　妞　疯大爷晃晃悠悠，要摔七百五十个跟头，水全洒出去啦！

二　春　没有自来水，可要卫生捐！

巡　长　我又不是自来水公司，我的姑娘！再见吧！（下）

丁　四　（对程）看你的大褂，下边成了泥饼子啦！

疯　子　黑泥点儿，白大褂儿，看着好象一张画儿。（坐下，抠大衫上的泥）

丁　四　凭这个，咱们也得上卫生捐！

四　嫂　上捐不上捐吧，你该出去奔奔，午饭还没辙哪！

丁　四　小茶馆房檐底下，我蹲了半夜，难道就不得睡会儿吗？

四　嫂　那，我问你今儿个吃什么呢？

丁　四　你问我，我问谁去？

大　妈　别着急，老天爷饿不死瞎家雀儿！要不然这么着吧，先打我这儿拿点
　　　　杂合面去，对付过今儿个，叫丁四歇歇，明儿蹚进钱来再还我。

丁　四　王大妈，这合适吗？

大　妈　这算得了什么！你再还给我呀！快睡觉去吧！（推丁四下）

　　　　〔丁四低头入室。二春早已跑进屋去，端出一小盆杂合面来，往丁四
　　　　屋里送，四娘跟进去。

二　春　四嫂，搁哪儿呀？

四　嫂　（感激地）哎哟，二妹妹，交给我吧！（下）

　　　　〔二嘎子跑进来，双手捧着个小玻璃缸。

二　嘎　妞子，小妞，快来！看！

小　妞　（跑过来）哟，两条小金鱼！给我！给我！

二　嘎　是给你的！你不是从过年的时候，就嚷嚷着要小金鱼吗？

小　妞　（捧起缸儿来）真好！哥，你真好！疯大爷，来看哪！两条！两条！

疯　子　（象小孩似的，蹲下看鱼。学北京卖金鱼的吆喝）卖大小——小金
　　　　鱼儿咧！

　　　　〔四嫂上。

四　嫂　二嘎子，你一清早就跑出去，是怎回事？说！

二　嘎　我……

四　嫂　金鱼是哪儿来的？

二　嘎　卖鱼的徐六给我的。

四　嫂　他为什么那么爱你呢？不单给鱼，还给小缸！瞧你多有人缘哪！你给我
　　　　说实话！我们穷，我们脏，我们可不偷！说实话，要不然我揍死你！

丁　四　（在屋内）二嘎子偷东西啦？我来揍他！

四　嫂　你甭管！我会揍他！二嘎子，把鱼给人家送回去！你要是不去，等
　　　　你爸爸揍上你，可够你受的！去！

小　妞　（要哭）妈，我好容易有了这么两条小鱼！

二　春　四嫂，咱们这儿除了苍蝇就是蚊子，小妞子好容易有了两条小鱼，
　　　　让她养着吧！

四　嫂　我可也不能惯着孩子做贼呀！

疯　子　（解大衫）二嘎子，说实话，我替你挨打跟挨骂！

二　嘎　徐六叫我给看着鱼挑子，我就拿了这个小缸，为妹妹拿的，她没有
　　　　一个玩意儿！

疯　子　（脱下大衫）拿我的大褂还徐六去！

四　嫂　那怎么能呢？两条小鱼儿也没有那么贵呀！

疯　子　只要小妞不落泪，管什么金鱼贵不贵！

二　春　（急忙过来）疯哥，穿上大褂！（把两张票子给二嘎）二嘎子，快

　　　　　跑，给徐六送去。

　　　　　〔二嘎接钱飞跑而去。

四　嫂　你快回来！

　　　　　〔天渐阴。

四　嫂　二妹妹，哪有这么办的呢！小妞子，还不过去谢谢王奶奶跟二姑

　　　　　姑哪？

小　妞　（捧着缸儿走过去）奶奶，二姑姑，道谢啦！

大　妈　好好养着哟，别叫野猫吃了哟！

小　妞　（把缸儿交给疯子）疯大爷，你给我看着，我到金鱼池，弄点闸草

　　　　　来！红鱼，绿闸草，多么好看哪！

四　嫂　一个人不能去，看掉在沟里头！

　　　　　〔四嫂刚追到大门口，妞子已跑远。狗子由另一个地痞领着走来，那

　　　　　个地痞指指门口，狗子大模大样走进来。另一个地痞下。

四　嫂　嗨，你找谁？

狗　子　你姓什么？

四　嫂　我姓丁。找谁？说话！别满院子胡蹓跶！

狗　子　姓程的住哪屋？

二　春　你找姓程的有什么事？

大　妈　少多嘴。（说着想往屋里推二春）

狗　子　小丫头片子，你少问！

二　春　问问怎么了？

大　妈　我的小姑奶奶，给我进去！

二　春　我凭什么进去呀？看他把我怎么样！（大妈已经把二春推进屋中，

　　　　　关门，两手紧把着门口）

狗　子　（一转身看见疯子）那是姓程的不是？

四　嫂　他是个疯子，你找他干什么？

大　妈　是啊，他是个疯子。

狗　子　（与大妈同时）他妈的老娘儿们少管闲事！（向疯子）小子，你
　　　　过来！

二　春　你别欺负人！

大　妈　（向屋内的二春）我的姑奶奶，别给我惹事啦！

四　嫂　他疯疯癫癫的，你有话跟我说好啦。

狗　子　（向四嫂）你这娘们再多嘴，我可揍扁了你！

四　嫂　（搭讪着后退）看你还怪不错的呢！

疯　子　（为了给四嫂解除威胁，自动地走过来）我姓程，您哪，有什么话
　　　　您朝着我说吧！

狗　子　小子，你听着，我现在要替黑旋风大太爷管教管教你。不管他妈
　　　　的是你，是你的女人，还是你的街坊四邻，都应当记住：你们上晓
　　　　市做生意，要有黑旋风大太爷的人拿你们的东西，就是赏你们脸。
　　　　今天，我姓冯的，冯狗子，赏给你女人脸，拿两包烟卷，她就喊巡
　　　　警，不知死的鬼！我不跟她打交道，她是个不禁揍的老娘们；我来
　　　　管教管教你！

娘　子　（挎着被狗子踢坏了的烟摊子，气愤，忍泪，低着头回来。刚到门
　　　　口，看见狗子正发威）冯狗子！你可别赶尽杀绝呀！你硬抢硬夺，
　　　　踢了我的摊子不算，还赶上门来欺负人！

　　　〔四嫂接过娘子的破摊子，娘子向狗子奔去。

狗　子　（放开疯子，慢慢一步一步紧逼娘子）踢了你的摊子是好的，惹急
　　　　了咱爷儿们，叫你出不去大门！

娘　子　（理直气壮地，但是被逼得往后退）你讲理不讲理？你凭什么这么

霸道？走，咱们还是找巡警去！

狗　子　（示威）好男不跟女斗。（转向疯子）小子，我管教管教你！（狠狠地打疯子几个嘴巴，打得顺口流血）

〔疯子老实地挨打，在流泪；娘子怒火冲天，不顾一切地冲向狗子拼命，却被狗子一把抓住。

〔二春正由屋内冲出，要打狗子，大妈惊慌地来拉二春，四嫂想救娘子又不敢上前。

赵　老　（由屋里气得颤巍巍地出来）娘子，四奶奶，躲开！我来斗斗他！打人，还打个连苍蝇都不肯得罪的人，要造反吗？（拿起大妈的切菜刀）

狗　子　老梆子你管他妈的什么闲事，你身上也痒痒吗？

大　妈　（看赵老拿起她的切菜刀来）二嘎的妈！娘子！拦住赵大爷，他拿着刀哪！

赵　老　我宰了这个王八蛋！

娘　子　宰他！宰他！

二　春　宰他！宰他！

四　嫂　（拉着娘子，截住赵老）丁四，快出来，动刀啦！

大　妈　（对冯狗子）还不走吗？他真拿着刀呢！

狗　子　（见势不佳）搁着你的，放着我的，咱们走对了劲儿再瞧。（下）

二　春　你敢他妈的再来！

丁　四　（揉着眼出来）怎回事？怎回事？

四　嫂　把刀抢过来！

丁　四　（过去把刀夺过来）赵大爷，怎么动刀呢！

大　妈　（急切地）赵大爷！赵大爷！您这是怎么了？怎么得罪黑旋风的人呢？巡官、巡长，还让他们扎死呢，咱们就惹得起他们啦？这可怎么好噢!

赵　老　欺负到程疯子头上来,我受不了!我早就想斗斗他们,龙须沟不能老是他们的天下!

大　妈　娘子,给疯子擦擦血,换件衣裳!赶紧走,躲躲去。冯狗子调了人来,还了得!丁四,陪着赵大爷也躲躲去,这场祸惹得不小!

娘　子　我骂疯子,可以;别人欺负他,可不行!我等着冯狗子……

大　妈　别说了,还是快走吧!

赵　老　我不走!我拿刀等着他们!咱们老实,才会有恶霸!咱们敢动刀,恶霸就夹起尾巴跑!我不发烧了,这不是胡话。

大　妈　看在我的脸上,你躲躲!我怕打架!他们人多,不好惹!打起来,准得有死有活!

赵　老　我不走,他们不会来!我走,他们准来!

丁　四　您的话说对了!我还睡我的去!(入室)

娘　子　疯子,要死死在一块,我不走!

大　妈　这可怎么好噢!怎么好噢!

二　春　妈,您怎么这么胆小呢!

大　妈　你大胆儿!你不知道他们多么厉害!

疯　子　(悲声地)王大妈,丁四嫂,说来说去都是我不好!(颓丧地坐下)想当初,我在城里头作艺,不肯低三下四地侍候有势力的人,叫人家打了一顿,不能再在城里登台。我到天桥来下地,不肯给胳臂钱,又叫恶霸打个半死,把我扔在天坛根。我缓醒过来,就没离开这龙须沟!

娘　子　别紧自伤心啦!

二　春　让他说说,心里好痛快点呀!

疯　子　我是好人,二姑娘,好人要是没力气啊,就成了受气包儿!打人是不对的，老老实实地挨打也不对！可是，我只能老老实实地挨打……哼，我不想做事吗？老叫娘子一个人去受累，成什么话呢！

娘　子　（感动）别说啦！别说啦！

疯　子　可是我没力气，做小工子活，不行；我只是个半疯子！（要犯疯病）对，我走！走！打不过他们，我会躲！

　　　　〔二嘎子跑进来，截住疯子。

二　嘎　妈，我把钱交给了徐六，他没说什么。妈，远处又打闪哪！又要下雨！

娘　子　（拉住疯子）别再给我添麻烦吧，疯子！

四　嫂　（看看天，天已阴）唉！老天爷，可怜可怜穷人，别再下雨吧！屋子里，院子里，全是湿的，全是脏水，叫我往哪儿藏，哪儿躲呢！有雷，去劈那些恶霸；有雨，往田里下；别折磨我们这儿的穷人了吧！

　　　　〔隐隐有雷声。

疯　子　（呆立看天）上哪儿去呢？天下可哪有我的去处呢？

　　　　〔雷响。

娘　子　快往屋里抢东西吧！

　　　　〔大家都往屋里抢东西，乱成一团，暴雨下来。

　　　　〔巡长跑上。

巡　长　了不得啦！妞子掉在沟里啦！

众　人　妞子……（争着往外跑）

四　嫂　（狂喊）妞子！（跑下）

　　　　　　　　　　　　　——狂风大雨中幕徐闭

第二幕

第一场

时　间　北京解放后。小妞子死后一周年。一黑早。

地　点　同前幕。

布　景　黎明之前，满院子还是昏黑的，只隐约地看得见各家门窗的影子。大门外，那座当铺已经变成了"工人合作社"。街灯恰好把它的匾照得很亮。天色逐渐发白以后，露出那小杂院来，比第一幕略觉整洁，部分的窗户修理过了，院里的垃圾减少了，丁四屋顶的破席也不见了。

〔幕启：赵老头起得最早。出了屋门，看了看东方的朝霞，笑了笑，开了街门，拿起笤帚，打扫院子。这时有远处驻军早操喊"一二三——四"声，军号练习声，鸡叫声，大车走的辘辘声等。

〔冯狗子把帽沿拉得很低，轻轻进来，立于门侧。

〔赵老头扫着扫着，一抬头。

赵　老　谁？

狗　子　（把帽沿往上一推，露出眼来）我！有话，咱们到坛根①去说。

赵　老　有话哪儿都能说，不必上坛根儿！

---

① 过去天坛根是抢劫与打架的地方。

狗　子　（笑嘻嘻地）不是您哪，黑旋风的命令……

赵　老　黑旋风是什么玩意儿？给谁下命令？

狗　子　给我的命令！您别误会。我奉他的命令，来找您谈谈。

赵　老　你知道，北京已经解放了！

狗　子　因为解放了，才找您谈谈。

赵　老　解放了，好人抬头，你们坏蛋不大得烟儿抽，是不是？是不是要谈
　　　　这个？

狗　子　咱们说话别带脏字！我问你，你当了这一带的治安委员啦？

赵　老　那不含糊，大家抬举我，举我当了委员！

狗　子　听说你给派出所当军师，抓我们的人；前后已经抓去三十多个了！

赵　老　大家选举我当委员，我就得为大家出力。好人，我帮忙；坏人，我
　　　　斗争。

狗　子　哼，你也要成为一霸？

赵　老　黑旋风是一霸，我是恶霸的对头！这不由今儿个起，你知道。

狗　子　哟，也许在解放前，你就跟共产党勾着呢？

　　　　〔天已大亮。

赵　老　那是我自己的事，你管不着！

狗　子　行，你算是走对了路子，抖起来啦！

赵　老　那可不是瞎撞出来的。我是工人——泥水匠；我的劲头儿是新政府
　　　　给我的！

狗　子　好，就算你是好汉，黑旋风也并不是好惹的！记住，瘦死的骆驼总
　　　　比马大，别有眼不识泰山！

赵　老　你到底干吗来啦？快说，别麻烦！

狗　子　我？先礼后兵，我给你送棺材本来了。（掏出一包儿现洋）黑旋风
　　　　送给你的，三十块白花花的现大洋。我管保你一辈子也没有过这么

多钱。收下钱，老实点，别再跟我们为仇作对，明白吧？

赵　老　我不要钱呢？

狗　子　也随你的便！不吃软的，咱们就玩硬的！

赵　老　爽性把刀子掏出来吧！

狗　子　现在我还敢那么办？

赵　老　到底怎么办呢？

　　　　〔狗子沉默。

赵　老　说话！（怒）

狗　子　（渐软化）何苦呢！干吗不接着钱，大家来个井水不犯河水？

赵　老　没那个事！

狗　子　赵老头子，你行！（要走）

赵　老　等等！告诉你，以后布市上、晓市上，是大家伙儿好好做生意的地
　　　　方，不准再有偷、抢、讹、诈。每一个摊子都留着神，彼此帮忙；
　　　　你们一伸手，就有人揪住你们的腕子。先前，有侦缉队给你们保
　　　　镖；现在，做买做卖的给你们摆下了天罗地网！

狗　子　姓赵的，你可别赶尽杀绝！招急了我，我真……

赵　老　你怎样？现在，天下是人民大家伙儿的，不是恶霸的了！

狗　子　（郑重而迟缓地）黑旋风说了——

赵　老　他说什么？

狗　子　他说……（回头四下望了望，轻声带着威胁的意味）蒋介石不久还
　　　　会回来呢！

赵　老　他？他那个恶霸头子？除非老百姓都死光了！

狗　子　你怎么看得那么准呢？

赵　老　他是叫老百姓给打跑了的，我怎么看不准？告诉你吧，狗子，你还
　　　　年轻，为什么不改邪归正，找点正经事做做？

狗　子　我?（迟疑、矛盾、故作倔强）

赵　老　（见狗子现在仍不觉悟，于是威严地）你！不用嘴强身子弱地瞎
　　　　搭讪！我要给你个机会，教你学好。黑旋风应当枪毙！你不过是他
　　　　的小狗腿子，只要肯学好，还有希望。你回去好好地想想，仔细地
　　　　想想我的话。听我的话呢，我会帮助你，找条正路儿；不听我的话
　　　　呢，你终久是玩完！去吧！

狗　子　那好吧！咱们再见！（又把帽沿拉低，走下）

　　　　〔赵老楞了一会儿，继续扫地。

　　　　〔疯子手捧小鱼缸儿，由屋里出来，娘子扯住了他。

娘　子　（低切地）又犯疯病不是？回来！这是图什么呢？你一闹哄，又招
　　　　四哥、四嫂伤心！

疯　子　你甭管！你甭管！我不闹哄，不招他们伤心！我告诉赵大爷一声，
　　　　小妞子是去年今天死的！

娘　子　那也不必！

疯　子　好娘子，你再睡会儿去。我要不跟赵大爷说说，心里堵得慌！

娘　子　唉！这么大的人，整个跟小孩子一样！（入屋内）

疯　子　赵大爷，看！（示缸）

赵　老　（直起身来）啊，（急低声）小妞子，她去年今天……生龙活虎似
　　　　的孩子，会，会……唉！

疯　子　赵大爷，您这程子老斗争恶霸，可怎么不斗斗那个顶厉害的恶霸呢？

赵　老　哪个顶厉害的恶霸？黑旋风？

疯　子　不是！那个淹死小妞子的龙须沟！它比谁不厉害？您怎么不管！

赵　老　我管！我一定管！你看着，多暂修沟，我去工作！我老头子不说谎。

疯　子　可是，多暂才修呢？明天吗？您要告诉我个准日子，我就真佩服这
　　　　个新政了！我这就去买两条小金鱼——妞子托我看着的那两条都死

了，只剩了这个小缸。到她的小坟头前面，摆上小缸，缸儿里装着红的鱼，绿的闸草，哭她一场！我已经把哭她的话，都编好啦，不信，您听听！

赵　老　够了！够了！用不着听！

疯　子　您听听，听听！（悲痛、低缓地，用民间曲艺的悲调唱）乖小妞，好小妞，小妞住在龙须沟。龙须沟，臭又脏，小妞子象棵野海棠。野海棠，命儿短，你活你死没人管。北京城，得解放，大家扭秧歌大家唱。只有你，小朋友，在我的梦中不唱也不扭……（不能成声）

赵　老　够了！够了！别再唱！乖妞子，太没福气了！疯子，别再难过！听我告诉你，咱们的政府是好政府，一定忘不了咱们，一定给咱们修沟！

疯　子　几儿呢？得快着呀！

赵　老　（有点起急）那不是我一个人能办的事呀，疯子！

疯　子　对！对！我不应当逼您！我是说，咱们这溜儿就是您有本事，有心眼啊！我一佩服您，就不免有点象挤兑您，是不是？

赵　老　我不计较你，疯哥！你进去，把小缸儿藏起来，省得叫四嫂看见又得哭一场！

疯　子　我就进去！还有一点事跟您商量商量。您不是说，现在人人都得做事吗？先前，我叫恶霸给打怕了，不敢出去；我又没有力气，干不来累活儿。现在人心大变了，我干点什么好呢？去卖糖儿、豆儿的，还不够我自己吃的呢。去当工友，我又不会伺候人，怎办？

赵　老　慢慢来，只要你肯卖力气，一定有机会！

疯　子　我肯出力，就是力气不大，不大！

赵　老　慢慢地我会给你出主意。这不是咱们这溜儿要安自来水了吗？总得有人看着龙头卖水呀，等我去打听打听，要是还没有人，问问你去成不成。

疯　子　那敢情太好了，我先谢谢您！连这件事我也得告诉小妞子一声儿！
　　　　就那么办啦。（回身要走）

赵　老　先别谢，成不成还在两可哪！

　　　〔四嫂披着头发，拖着鞋从屋里出来。

　　　〔疯子急把小缸藏在身后。

赵　老　四奶奶，起来啦？

四　嫂　（悲哀地）一夜压根儿没睡！我哪能睡得着呢？

赵　老　不能那么心重啊，四奶奶！丁四呢？

四　嫂　他又一夜没回来！昨儿个晚上，我劝他改行，又拌了几句嘴，他又
　　　　看我想小妞子，嫌别扭，一赌气拔起腿来走啦！

赵　老　他也是难受啊。本来吗，活生生的孩子，拉扯到那么大，太不容易
　　　　啦！这条臭沟啊，就是要命鬼！（看见四嫂要哭）别哭！别哭！四
　　　　奶奶！

四　嫂　（挣扎着控制自己）我不哭，您放心！疯哥，您也甭藏藏掖掖的啦！
　　　　由我身上掉下来的肉，我能不心疼吗？可是，死的死了，活着的还得
　　　　活着，有什么法儿呢！穷人哪，没别的，就是有个扎挣劲儿！

疯　子　四嫂，咱们都不哭，好不好？（说着，自己却要哭）我，我……
　　　　（急转身跑进屋去）

四　嫂　（拭泪，转向赵老）赵大爷，小妞子是不会再活了，哭也哭不回
　　　　来！您说丁四可怎么办呢？您得给我想个主意！

赵　老　他心眼儿并不坏！

四　嫂　我知道，要不然我怎么想跟您商量商量呢。当初哇，我讨厌他蹬
　　　　车，因为蹬车不是正经行当，不体面，没个准进项。自从小妞子一
　　　　死啊，今儿个他打连台不回来，明儿个喝醉了，干脆不好好干啦。
　　　　赵大爷，您不是常说现下工人最体面吗？您劝劝他，叫他找个正经

事儿干，哪怕是做小工子活淘沟修道呢，我也好有个抓弄呀。这家伙，照现在这样，他蹬上车，日崩西直门了，日崩南苑了，他满天飞，我上哪儿找他去？挣多了，楞说一个子儿没挣，我上哪儿找对证去？您劝劝他，给他找点活儿干，挣多挣少，遇事儿我倒有个准地方找他呀！

赵　老　四奶奶，这点事交给我啦！我会劝他。可是，你可别再跟他吵架，吵闹只能坏事，不能成事，对不对呢？

四　嫂　我听您的话！要是您善劝，我臭骂，也许更有劲儿！

赵　老　那可不对，你跟他动软的，拿感情拢住他，我再拿面子局他，这么办就行啦！

四　嫂　唉！真叫我哭不得笑不得！（惨笑）得啦！我哭小妞子一场去！（提上鞋后跟儿）

赵　老　我跟你去！

疯　子　（跑出来）我跟你去，四嫂！我跟你去！（同往外走）

——第一场终

第二场

时　间　一九五〇年初夏。下午四时左右。

地　点　同前幕。

〔幕启：院中寂无一人，二春匆匆从外来，跑得气喘嘘嘘的。

二　春　喝！空城计！四嫂，二嘎子呢？

四　嫂　（在屋中）他上学去啦！

二　春　那怎么齐老师还到处找他呢？

四　嫂　（出来）是吗？这孩子没上学，又上哪儿玩去啦！

二　春　那我再到别处找他去！（说完又跑出大门）

大　妈　（出来）二春，你回来！

四　嫂　（忙到门口喊住二春）二妹妹！你回来，大妈这儿还有事呢！

二　春　（擦着汗走回来）回头二嘎子误了上学可怎么办呢？

四　嫂　你放心吧，他准去，哪天他也没误过，这孩子近来念书，可真有个
　　　　劲儿！我看看他上哪儿去了！就手儿去取点活。（下）

　　　〔二春走到自己屋门口，拿过脸盆，擦脸上、脖子上的汗。

大　妈　（板着面孔，由屋中出来）二春，我问你，你找他干吗？放着正经
　　　　事不干，乱跑什么？这些日子，你简直东一头西一头地象掐了脑袋
　　　　的苍蝇一样！

二　春　谁说我没干正经事儿？我干的哪件不正经啊？该做的活儿一点也没
　　　　耽误啊！

大　妈　这么大的姑娘，满世界乱跑，我看不惯！

二　春　年头儿改啦，老太太！我们年轻的不出去，事儿都交给谁办！您说！

大　妈　甭拿这话堵揉我！反正我不能出去办！

二　春　这不结啦！（转为和蔼地）我告诉您吧！人家中心小学的女教员，齐
　　　　砚庄啊，在学校里教完一天的书，还来白教识字班。这还不算，学生
　　　　们不来，她还亲自到家里找去。您多咱看见过这样的好人？刚才送完
　　　　了活儿，正遇上她挨家找学生，我可就说啦，您歇歇腿儿，我给您找
　　　　学生去。都找到啦，就剩下二嘎子还没找着！

大　妈　管他呢，一个蹬车家的孩子，念不念又怎样，还能中状元？

二　春　妈，这是怎么说话呢？现而今，人人都一边儿高，拉车的儿子才更
　　　　应当念书，要不怎么叫穷人翻身呢？

大　妈　象你这个焊铁活的姑娘，将来说不定还许嫁个大官儿呢！

二　春　您心里光知道有官儿！老脑筋！我要结婚，就嫁个劳动英雄！

大　妈　一张纸画个鼻子，好大的脸！说话哪象个还没有人家儿的大姑娘呀！

二　春　没人家儿？别忙，我要结婚就快！

大　妈　越说越不象话了！越学越野调无腔！

　　　　〔娘子由外面匆匆走来。

二　春　娘子，看见二嘎子没有？

娘　子　怎能没看见？他给我看摊子呢！

二　春　给……这可倒好！我犄里旮晃都找到了，临完……不知道他得上学吗？

娘　子　他没告诉我呀！

二　春　这孩子！

大　妈　他荒里荒唐的，看摊儿行吗？

娘　子　现在，三岁的娃娃也行！该卖多少钱，卖多少钱，言无二价。小偷儿什么的，差不离快断了根！（低声）听说，官面上正加紧儿捉拿黑旋风。一拿住他，晓市就全天下太平了，他不是土匪头子吗？哼，等拿到他，跟那个冯狗子，我要去报报仇！能打就打，能骂就骂，至不济也要对准了他们的脸，啐几口，呸！呸！呸！偷我的东西，还打了我的爷们，狗杂种们！我说，我的那口子在家哪？

二　春　在家吗？一声没出啊。

娘　子　这几天，他又神神气气的，不知道又犯什么毛病！这个家伙，真叫我不放心！

　　　　〔程疯子慢慢地由屋中出来。

二　春　疯哥，你在家哪？

疯　子　有道是，在家千日好，出外一时难！

娘　子　又是疯话！我问你，你这两天又怎么啦？

疯　子　没怎么！

娘　子　不能！你给我说！

疯　子　说就说，别瞪眼！我就怕吵架！我呀，有了任务！

二　春　疯哥，给你道喜！告诉我们，什么任务？

疯　子　民教馆的同志找了我来，叫我给大家唱一段去！

二　春　那太棒了！多少年你受屈含冤的，现在民教馆都请你去，你不是仿
　　　　佛死了半截又活了吗？

娘　子　对啦，疯子，你去！去！叫大家伙看看你！王大妈，二姑娘，有钱
　　　　没有？借给我点！我得打扮打扮他，把他打扮得跟他当年一模一样
　　　　的漂亮！

疯　子　我可是去不了！

二春、娘子　怎么？怎么？

疯　子　我十几年没唱了，万一唱砸了，可怎么办呢？

娘　子　你还没去呢，怎就知道会唱砸了？简直地给脸不要脸！

大　妈　照我看哪，给钱就去，不给钱就不去。

二　春　妈！您不说话，也没人把您当哑巴卖了！

疯　子　还有，唱什么好呢？《翠屏山》？不象话，《拴娃娃》？不文雅！

二　春　咱们现编！等晚上，咱们开个小组会议，大家出主意，大家编！数
　　　　来宝就行！

疯　子　数来宝？

二　春　谁都爱听！你又唱得好！

疯　子　难办！难办！

　　　　〔四嫂夹着一包活计，跑进来。

四　嫂　娘子，二妹妹，黑旋风拿住了！拿住了！

娘　子　真的？在哪儿呢？

四　嫂　我看见他了，有人押着他，往派出所走呢！

娘　子　我啐他两口去！

二　春　走，我们斗争他去！把这些年他所作所为都抖漏出来，叫他这个坏
　　　　小子吃不了兜着走！

大　妈　二春，我不准你去！

二　春　他吃不了我，您放心！

娘　子　疯子，你也来！

疯　子　（摇头）我不去！

娘　子　那么，你没叫他们打得顺嘴流血，脸肿了好几天吗？你怎么这么没骨头！

疯　子　我不去！我怕打架！我怕恶霸！

娘　子　你简直不是这年头儿的人！二妹妹，咱们走！

二　春　走！（同娘子匆匆跑去）

大　妈　二春！你离黑旋风远着点！这个丫头，真疯得不象话啦！

四　嫂　大妈，别再老八板儿啦。这年月呀，女人尊贵啦，跟男人一样可以走南
　　　　闯北的。您看，自从转过年来，这溜儿女孩子们，跟男小孩一个样，都
　　　　白种花儿，白打药针，也都上了学。唉，要是小妞子还活着……

疯　子　那够多么好呢！

四　嫂　她太……（低头疾走入室）

大　妈　唉！（也往屋中走）

疯　子　（独自徘徊）天下是变了，变了！你的人欺负我，打我，现在你也掉
　　　　下去了！穷人、老实人、受委屈的人，都抬起头来；你们恶霸可头朝
　　　　下！哼，你下狱，我上民教馆开会！变了，天下变了！必得去，必得
　　　　去唱！一个人唱，叫大家喜欢，多么好呢！

　　　〔狗子偷偷探头，见院中没人，轻轻地进来。

狗　子　（低声地）疯哥！疯哥！

疯　子　谁？啊，是你！又来打我？打吧！我不跑，也不躲！我可也不怕你！你打，我不还手，心里记着你；这就叫结仇！仇结大了，打人的会有吃亏的那一天！打吧！

四　嫂　（从屋中出来）谁？噢！是你！（向狗子）你还敢出来欺负人？好大的胆子！黑旋风掉下去了，你不能不知道吧？好！瞧你敢动他一下，我不把你碎在这儿！

狗　子　（很窘，笑嘻嘻地）谁说我是来打人的呀！

四　嫂　量你也不敢！那么是来抢？你抢抢试试！

狗　子　我已经受管制，两个多月没干"活儿"①了！

四　嫂　你那也叫"活儿"？别不要脸啦！

狗　子　我正在学好！不敢再胡闹！

四　嫂　你也知道怕呀！

狗　子　赵大爷给我出的主意：叫我到派出所去坦白，要不然我永远是个黑人。坦白以后，学习几个月，出来哪怕是蹬三轮去呢，我就能挣饭吃了。

四　嫂　你看不起蹬三轮的是不是？反正蹬三轮的不偷不抢，比你强得多！我的那口子就干那个！

狗　子　我说走嘴啦！您多担待！（赔礼）赵大爷说了，我要真心改邪归正，得先来对程大哥赔"不是"，我打过他。赵大爷说了，我有这点诚心呢，他就帮我的忙；不然，他不管我的事！

四　嫂　疯哥，别光叫他赔不是，你也照样儿给他一顿嘴巴！一还一报，顶合适！

狗　子　这位大嫂，疯哥不说话，您干吗直给我加盐儿呢！赵大爷大仁大义，赵大爷说新政府也大仁大义，所以我才敢来。得啦，您也高高

———————————
① 活儿指偷窃而言。

手儿吧!

四　嫂　当初你怎么不大仁大义，伸手就揍人呢？

狗　子　当初，那不是我揍的他。

四　嫂　不是你？是他妈的畜生？

狗　子　那是我狗仗人势，借着黑旋风发威。谁也不是天生来就坏！我打过
　　　　人，可没杀过人。

四　嫂　倒仿佛你是天生来的好人！要不是而今黑旋风玩完了，你也不会说
　　　　这么甜甘的话！

疯　子　四嫂，叫他走吧！赵大爷不会出坏主意，再说我也不会打人！

四　嫂　那不太便宜了他？

疯　子　狗子，你去吧！

四　嫂　（拦住狗子）你是说了一声"对不起"，还是说了声"包涵"哪？
　　　　这就算赔不是了啊？

狗　子　不瞒您说，这还是头一次服软儿！

四　嫂　你还不服气？

狗　子　我服！我服！赵大爷告诉我了，从此我的手得去做活儿，不能再
　　　　打人了！疯哥，咱们以后还要成为朋友呢，我这儿给您赔不是了！

　　　　（一揖，搭讪着往外走）

疯　子　回来！你伸出手来，我看看！（看手）啊！你的也是人手，这我就
　　　　放心了！去吧！

　　　　〔狗子下。

四　嫂　唉，疯哥，真有你的，你可真老实！

疯　子　打人的已经不敢再打，我怎么倒去学打人呢！（入室）

　　　　〔二嘎子飞跑进来。

二　嘎　妈！妈！来了！他们来了！

四　嫂　谁来了？没头脑儿的！

大　妈　（在屋中）二嘎，二春满世界找你，叫你上学，你怎么还不去呀？

二　嘎　我这就去，等我先说完了！妈，刚打这儿过去，扛着小红旗子，跟一节红一节白的长杆子，还有象照像匣子的那么个玩意儿。

大　妈　（出来）到底是干什么的呀？这么大惊小怪的！

二　嘎　街上的人说，那是什么量队，给咱们量地。

四　嫂　量地干什么呢？

大　妈　不是跑马占地吧？

二　嘎　跑马占地是怎回事？

大　妈　一换朝代呀，王爷、大臣、皇上的亲军就强占些地亩，好收粮收租，盖营房；咱们这儿原本是蓝旗营房啊！

四　嫂　可是，大妈，咱们现在没有王爷，也没有大臣。

大　妈　甭管有没有，反正名儿不一样，骨子里头都差不了多少！

四　嫂　大妈，自从有新政府，咱们穷人还没吃过亏呀！

大　妈　你说得对！可那也许是先给咱们个甜头尝尝啊！我比你多吃过几年窝窝头，我知道。当初，日本人，哟，现在说日本人不要紧哪？

四　嫂　您说吧，有错儿我兜着！

大　妈　你就是"王大胆"嘛！他们在这儿，不是先给孩子们糖吃，然后才真刀真枪的一杀杀一大片？后来日本人走了，紧跟着就闹接收。一上来说的也怪受听，什么捉拿汉奸伍的；好，还没三天半，汉奸又做上官了；咱们穷人还是头朝下！

四　嫂　这回可不能那样吧？您看，恶霸都逮去了，咱们挣钱也容易啦，您难道不知道？

二　嘎　妈，甭听王奶奶的！王奶奶是个老顽固！

四　嫂　胡说，你知道什么？上学去！

二　嘎　可真去了，别说我逃学！（下）

大　妈　这孩子！（匆匆入室）

　　　〔赵老高高兴兴地进来。

四　嫂　赵大爷，冯狗子来过了，给疯哥赔了不是。您看，他能改邪归正吗？

赵　老　真霸道的，咱们不轻易放过去；不太坏的，象冯狗子，咱们给他一条活路。我这对老眼睛不昏不花，看得出来。四奶奶，再告诉你个喜信！

四　嫂　什么喜信啊？

赵　老　测量队到了，给咱们看地势，好修沟！

四　嫂　修沟？修咱们的龙须沟？

赵　老　就是！修这条从来没人管的臭沟！

四　嫂　赵大爷，我，我磕个响头！（跪下，磕了个头）

疯　子　（开了屋门）什么？赵大爷！真修沟？您圣明，自从一解放，您就说准得修沟，您猜对了！

二　春　（由外边跑来）妈！妈！我没看见黑旋风，他们把他圈起来啦。我可是看见了测量队，要修沟啦！

大　妈　（开开屋门）我还是有点不信！

二　春　为什么呢？

大　妈　还没要钱哪，不言不语的就来修沟？没有那么便宜的事！

赵　老　（对疯子）疯哥，你信不信？

疯　子　不管王大妈怎样，我信！

赵　老　（问四嫂）你说呢？

四　嫂　我已经磕了头！

二　春　这太棒了！想想看，没了臭水，没了臭味，没了苍蝇，没了蚊子，噢，太棒了！赵大爷，恶霸没了，又这么一修沟，咱们这儿还不快变成东安市场？从此，谁敢再说政府半句坏话，我就掰下他的脑袋来！

赵　老　（问大妈）老太太，您说呢？

大　妈　我？（不好意思地笑了笑）大家伙儿怎说，我怎么说吧！

二　春　咱们站在这儿干什么？还不扭一回哪？（领头扭秧歌）呛，呛，起呛起！

众　人　（除了大妈）呛，呛，起呛起！（都扭）

疯　子　站住！我想起来啦！我一定到民教馆去唱，唱《修龙须沟》！

——第二场终

第三场

时　间　一九五〇年夏初，午饭前。

地　点　同前。

〔幕启：王大妈独坐檐下干活，时时向街门望一望，神情不安。赵大爷自外来。

赵　老　就剩您一个人啦？

大　妈　可不是，都出去了。您今天没有活儿呀？

赵　老　西边的新厕所昨儿交工，今天没事。（坐小凳上）我刚才又去看了一眼，不是吹，我们的活儿做得真叫地道。好嘛，政府出钱，咱们还不多卖点力气，加点工！

大　妈　就修那一处啊？

赵　老　至少是八所儿！人家都说，龙须沟有吃的地方，没拉的地方，这下子可好啦！连自来水都给咱们安！

大　妈　可是真的？我就纳闷儿，现而今的做官的为什么这么爱做事儿？把钱都给咱们修盖了茅房什么的，他们自己图什么呢？

赵　老　这是人民的政府啊，老太太！您看，我这个泥水匠，一天挣十二斤小米，比做官儿的还挣得多呢！

大　妈　这一年多了，我好歹的也看出点来，共产党真是不错。

赵　老　这是您说的？您这才说了良心话！

大　妈　可是呀，他们也有不大老好的地方！

赵　老　那您就说说吧。好人好政府都不怕批评！

大　妈　昨儿个晚上呀，我跟二春拌了几句嘴；今儿个一清早，她就不见了。

赵　老　她还能上哪儿，左不是到她姐姐家去诉诉委屈。

大　妈　我也那么想，我已经托疯哥找她去啦。

赵　老　那就行啦。可是，这跟共产党有什么相干？

大　妈　共产党厉害呀！

赵　老　厉害？

大　妈　您瞧啊，以前，前门里头的新事总闹不到咱们龙须沟来。城里头闹什么自由婚，还是葱油婚哪，闹呗；咱们龙须沟，别看地方又脏又臭，还是明媒正娶，不乱七八糟！

赵　老　王大妈，我明白了，二春要自由结婚？

大　妈　真没想到啊！共产党给咱们修茅房，抓土匪，还要修沟，总算不错。可是，他们也教年轻的去自由。他们不单在城里头闹，还闹到龙须沟来，您说厉害不厉害！

赵　老　这才叫真革命，由根儿上来，兜着底儿来！

大　妈　您要是有个大姑娘，您肯叫她去自由吗？那象话吗？

赵　老　我？王大妈，咱们虽然是老街坊了，我可是没告诉过您。我的老婆呀……

大　妈　您成过家？您的嘴可真严得够瞧的！这么些年，您都没说过！

赵　老　我在北城成的家，我的老婆是媒人给说的。结婚不到半年，她跟一个买卖人跑了。她爱吃喝玩乐，她长得不寒碜——那时候我也怪体面。我挣的不够她花的！她跑了之后，我没脸再在城里住，才搬到龙须沟来。老婆跑了，我自然不会有儿女。比方说，我要是有个女儿，要自己选个小人儿，我就会说：姑娘，长住了眼睛，别挑错了人哟！

〔程疯子挺高兴地进来。

大　妈　二春在大姑娘那儿哪？

疯　子　在那儿，一会就回来。

大　妈　这我就放心了！劳你的驾！你跟她怎么说的？

疯　子　我说，回去吧，二姑娘，什么事都好办。

大　妈　她说什么呢？

疯　子　她说：妈妈要是不依着我，我就永远不回去，打这儿偷偷地跑了！

大　妈　丫头片子，没皮没脸！你怎么说的？

疯　子　我说，别那么办哪！先回家，从家里跑还不是一样？

大　妈　这是你说的？你呀，活活的是个半疯子！

赵　老　大妈，想开一点吧。二春的事，您可以提意见，可千万别横拦着竖挡着！我吃过媒人的亏，所以我知道自由结婚好！

大　妈　唉，我简直地不知道怎么办好啦！

〔丁四脚底下象踩着棉花似的走进来。

大　妈　这是怎么啦！

丁　四　没事，我没喝醉！

赵　老　大妈，给他点水喝！回头别叫四嫂知道，省得又闹气！

大　妈　我给他倒去。（去倒水）哼，还没到晌午，怎么就喝猫尿呢？

疯　子　（扶丁四坐下）坐坐！

大　妈　（端着水）先喝口吧！（把水交给疯子）

丁　四　没事！我没喝醉！

赵　老　喝多了点，可是没醉！

大　妈　就别说他了，他心里也好受不了！（向丁）再来一碗水呀！

丁　四　不要了，大妈！劳您驾！刚才一阵发晕，现在好啦！（把碗递给大
　　　　妈）我是心里不痛快，其实并没喝多！

　　　　〔大妈又去干活；疯子也坐下。

赵　老　（向丁）我不明白，老四，四奶奶现在挣得比从前多了，你怎么倒
　　　　不好好干了呢？你这个样，叫我老头子都没脸见四奶奶，她托我劝
　　　　你不是一回了！

丁　四　您向着这个政府，净拣好的说。

赵　老　有理讲倒人，我没偏没向！

丁　四　您听我说呀，二嘎子的妈，不错，是挣得多点了；可是我没有什
　　　　么生意。您看，解放军不坐三轮儿，当差的也不是走，就是骑自行
　　　　车，我拉不上座儿！

赵　老　可是你也不能只看一面呀。解放军不坐车？当初那些大兵倒坐车
　　　　呢，下了车不给钱，还踹你两脚。先前你是牛马，现在你是人了。
　　　　这不是我专拣好的说吧？

丁　四　不是。

赵　老　好！当初，巡警不敢管汽车，专欺负拉车的，现在还那样吗？

丁　四　不啦！

赵　老　好！前些日子，政府劝你们三轮车夫改业，我掰开揉碎地劝你，
　　　　你只当了耳旁风。

丁　四　我三十多岁了，改什么行？再者我也舍不得离开北京城。

赵　老　只要你不惜力，改行就不难！舍不得北京，可又嫌这儿脏臭，动不动就泡蘑菇，你算怎么回事呢？开垦，挖煤，人家走了的都快快活活地搞生产，政府并不骗人！

丁　四　骗人不骗人的，反正政府说话有时候也不算话！

赵　老　什么？

丁　四　您就说，前些日子，他们测量这儿，这么多天啦，他们修沟来了没有？

赵　老　修沟不是仨钱儿油俩钱儿醋的事，那得画图，预备材料，请工程师，一大堆事哪！丁四，我跟你打个赌，怎样？

丁　四　甭打赌。反正多嗻修沟，我就起劲儿干活儿。您老说，这个政府是人民的我倒要看看，给人民办事不办！这条沟淹死了小妞，我跟它有仇！

赵　老　这可是你说的？不准说了不算！

丁　四　您看着呀！

赵　老　好，我等着你的！多嗻沟修了，你还不听我的话，看，我要不揍你一顿的。

丁　四　您揍我还不容易，我又不敢回手。

赵　老　你这个家伙，软不吃，硬不吃，没法儿办！

　　　　〔二嘎子提着一筐子煤核儿，飞跑进来。

二　嘎　爸爸，给你，半筐子煤核儿，够烧好大半天的！（说完，转身就跑）

丁　四　嗨！你又上哪儿闯丧去？

二　嘎　我上牟家井！

丁　四　干吗？

二　嘎　那里搭上了窝棚，来了一大群做工的。还听说，大街上不知道多少辆车，拉着砖、洋灰、沙子，还有里面能站起一个人的大洋灰筒

子！我得钻到筒子里试试去，看到底有多高！（跑去）

赵　老　修沟的到了！到了！

疯　子　二嘎子，等等，我也去！（跑去）

大　妈　（也站起来往前跑了两步）真修沟？真一个钱也不跟咱们要？

赵　老　这才信了我的话吧？老太太！

大　妈　没听说过的事！没听说过的事！

赵　老　丁四，你怎么说？

丁　四　我，我……

赵　老　（把丁四拉起来，面对面恳切地）丁四，你看，咱们的政府并不富
　　　　裕——金子、银子不是都叫蒋介石跟贪官给刮了去，拿跑了吗？可
　　　　是，还来给咱们修沟，修沟不是一两块钱的事啊！政府的这点心，
　　　　这点心，太可感激了吧？

丁　四　我知道！

赵　老　东单、西四、鼓楼前，哪儿不该修？干吗先来修咱们这条臭沟？政府
　　　　先不图市面儿好看，倒先来照顾咱们，因为这条沟叫我年年发疟子，
　　　　淹死小妞子；一下雨，娘子就摆不上摊子，你拉不出车去，臭水带着
　　　　成群的大尾巴蛆，流到屋里来。政府知道这些，就为你，我，全龙须
　　　　沟的人想办法，不叫咱们再病，再死，再臭，再脏，再挨饿。你我是
　　　　人民，政府爱人民，为人民来修沟！你信不信我的话呀？

丁　四　我信了！信了！我打这儿起，不再抱怨，我要好好地干活儿！

赵　老　比如说，政府招呼你去修沟，你去不去呢？这是你的沟，也是你的
　　　　仇人，你肯不肯自己动手，把它弄好了呢？

丁　四　别再问啦，赵大爷，对着青天，我起誓：一动工，我就去挖沟！

————幕落

第三幕

第一场

时　间　一九五〇年夏，某一夜的后半夜，天尚未明。

地　点　龙须沟地势较高处的一家小茶馆——三元茶馆。

布　景　三元茶馆是两间西房，互相通连，冬天在屋里卖茶，夏季在屋外用木棍支着旧席棚，棚下有土台，作为茶桌。旁边放着长方桌，上边有茶壶、茶碗和小酒坛子、酒菜，以及少许的低级香烟，另外两三个玻璃缸里面装着一包包的茶叶、花生仁等。

〔幕启：前半夜的雨刚刚止住，还能听得见从破席棚滴下来的滴水声，间有一两声鸡鸣。

〔茶馆的刘掌柜，点着洋油灯在炉旁看看火，看看水壶，又向棚外张望，好象在等待什么人似的。

〔一位警察走向棚来，穿着被水浸透的雨衣，赤脚穿着胶皮鞋，泥已溅满裤腿上，手里拿着电筒。

警　察　刘大爷，您多辛苦啦！

掌　柜　哪儿的话您哪！

警　察　您这儿预备得怎么样啦？

掌　柜　都差不离儿啦，等会儿老街坊们来到，准保有热茶喝，有舒服地方坐。

警　察　这就好了！所长指示我，叫我跟赵大爷说：请他先别挖沟，先招呼
　　　　着老街坊们到这儿来，免得万一房子塌了，砸伤了人！

掌　柜　也就是搁在现而今哪，要是在解放以前，别说下雨，就是淹死、砸
　　　　死也没人管哪！这可倒好，派出所还给找好了地方，叫老街坊们躲
　　　　躲儿，唯恐房子塌了砸死人！

警　察　（一边听掌柜的讲话，一边用电筒照那两间西房）可不，这回事
　　　　啊，也幸亏是大家伙儿出来自动地帮忙，要光靠我们派出所这几个
　　　　人跟工程队呀，干的也不能这么快！刘大爷，我走啦！回头赵大爷
　　　　领着老街坊们来，您可多照应点儿！哟！老街坊们来了！

　　　〔赵老领着一批群众先上。

警　察　赵大爷！都来了吗？

赵　老　来了一拨儿，跟着就都来！

警　察　这儿拜托您啦！我帮助挖沟去。（向群众）老街坊们，这儿歇歇儿
　　　　吧！（下）

赵　老　女人、小孩到屋里去！屋里有火，先烤干了脚！

　　　〔女人、小孩向屋内移动，男人们或立或坐。

赵　老　二春！二春！二春还没来吗？

二　春　（从外面应声）来嘞！赵大爷，我来嘞！（跑上，手中提着小包，
　　　　身上披着破雨衣；放下小包；一边脱雨衣，一边说）好家伙，差点
　　　　儿摔了两个好的。地上真他妈的滑！

赵　老　别说废话，先干活儿！

二　春　干什么？您说！

赵　老　先去烧水、沏茶，叫大家伙儿热热乎乎地喝一口！然后再多烧水，
　　　　找个盆，给孩子们烫烫脚，省得着凉生病！

二　春　是啦！（提起小包要往屋中走）

〔一青年背着王大妈上，她两手拿着许多东西。

大　妈　二春！二春！你在哪儿哪？你就不管你妈了呀？我要是摔死了，你
　　　　横是连哭都不哭一声！

二　春　（向青年）你进来歇歇呀！

青　年　还得背人去呢！（跑下）

二　春　妈！屋里烤烤去！（接妈手中的东西）

大　妈　我不在这儿！（不肯松手东西）

二　春　不在这儿，您上哪儿？

大　妈　我回家！我忘了把烙铁拿来了！

赵　老　大妈，这是瞎胡闹！烙铁不会叫水冲了走！您岁数大，得给大家做
　　　　个好榜样，别再给我们添麻烦！

大　妈　唉！（坐下）我早就知道要出漏子！从前，动工破土，不得找黄道
　　　　吉日吗？现在，好，说动土就动土，也不挑个好日子；龙须沟要是
　　　　冲撞了龙王爷呀，怎能不发大水！

赵　老　二春！干你的去；就让老太太在这儿叨唠吧！

二　春　妈，好好的在这儿，别瞎叨唠！现在呀，哪天干活儿，哪天就是黄
　　　　道吉日，用不着瞧皇历！（入屋中）

〔疯子挽着娘子上。

娘　子　你撒手！你是挽我，还是揪我呢？

疯　子　好，我撒手！

娘　子　赵大爷，我干点什么？

赵　老　帮助二春去，她在屋里呢。疯哥，你把东西交给娘子，去做联络
　　　　员，来回地跑着点。

疯　子　好，我能做这点事。真个的，这儿的水够使吗？自来水的钥匙可在

咱身上呢!

掌柜　够用，够用！

　　　〔疯子下。

娘　子　（看见大妈）哟! 老太太，您怎么在这儿坐着，不进去呢?

大　妈　我不进去! 没事找事儿，非挖沟不可，看，挖出毛病来没有?

娘　子　您忘了，每回下大雨不都是这样吗?

赵　老　再说，沟修好以后，就永远不再出这样的毛病了!

二　春　（在屋门内）赵大爷，娘子，都不必再理她! 妈，您老这么不讲
　　　　理，我可马上就结婚，不伺候着您了!

大　妈　哼，不叫我相看相看他，你甭想上轿子!

二　春　您不是相看过了吗?

大　妈　我? 见鬼! 我多唔看见过他。

二　春　刚才背着您的是谁呀? （回到屋内）

大　妈　就是他?

赵老、娘子　哈哈哈!

娘　子　这门亲事算铁了!

大　妈　我，我，我斗不过你们! 我还是回家! 破家值万贯，我不能半夜里
　　　　坐野茶馆玩!

娘　子　算了吧，老太太! 这回水并不比从前那些回大，不过呀，政府跟警
　　　　察呀，唯恐其砸死人，所以把咱们都领到这儿来! 得啦，进去歇会
　　　　儿吧!

二　春　（在屋中）快来呀，茶沏好啦! 谁来碗热的!

娘　子　走吧，喝碗热茶去! （扯大妈往屋中走）

疯　子　（在远处喊叫）往这边来，都往这边来! 赵大爷，又来了一批!

赵　老　（往外跑）这边! 这边!

〔又来了一批人，男的较多。

赵　老　女的到屋里去！男的把东西放下，丢不了。咱们还得组织一下，多去点人，帮着舀水跟挖沟去吧！不能光叫官面上的人受累，咱们在旁边瞧着呀！

众　甲　冲着人家这股热心劲儿，咱们应当回去帮忙！

赵　老　这话说得对！有我跟刘掌柜的在这儿，放心，人也丢不了，东西也丢不了。我说，四十岁以上的去舀水，四十以下的去挖沟，合适不合适？

众　乙　就这么办啦！

众　人　咱们走哇！（下）

　　　　〔丁四嫂独自跑上。

四　嫂　赵大爷，赵大爷，没看见二嘎子呀？

赵　老　没有！他那么大了，丢不了！

四　嫂　这孩子，永远不叫大人放心！

赵　老　丁四呢？

四　嫂　他挖沟去了！

赵　老　好小子！他算有了进步！

四　嫂　有了进步？哼！您等着瞧！他在外面受了累回来，我的罪过可大啦！他横挑鼻子竖挑眼，倒好象他立下汗马功劳，得由我跪接跪送才对！

赵　老　就对付着点吧！你受点委屈，将就将就他。不管怎么说，他现在总是为人民服务哪，还真卖力气，也怪难为他的！

娘　子　（在屋门口叫）四嫂，进来，喝口水，赶赶寒气儿！

四　嫂　娘子，你给我照应着东西，我得找二嘎子去！好家伙，他可别再跟小妞子似的……（下）

〔疯子跑进来。

疯　子　丁四哥回来了！

　　　　〔丁四扛着铁锹，满身泥垢，疲惫地从外边来。

赵　老　四爷，回来啊？

丁　四　快累死了，还不回来？

疯　子　四哥，沟怎样啦？

丁　四　快挖通了！（坐）

娘　子　（端茶来）四哥，先喝口热的！（让别人）

大　妈　（出来）丁四，到底是怎么一回事呀？水下去没有？屋子塌了没有？咱们什么时候能回去？他们真把东西都搬到炕上去了吗？

二　春　（出来）妈！妈！您一问就问一大车事呀！四哥累了半夜了，您叫他歇会儿！

大　妈　我不再出声，只当我没长着嘴，行不行？

丁　四　别吵喽！有人心的，给我弄点水，洗洗脚！

二　春　我去！我去！（入屋）

丁　四　（打哈欠）赵大爷！

赵　老　啊！怎样？

丁　四　自从一修沟，我就听您的话，跟着做工。政府对得起咱们，咱们也要对得起政府。话是这么讲不是？

赵　老　对！你有功！政府给咱们修沟，你年轻轻的还不出一膀子力气？

丁　四　可是，我苦干一天，晚上还叫水泡着，泥人还有个土性儿，我受不了！我不干啦！我还去拉车，躲开这个臭地方！

二　春　（端水来）四哥，先烫烫脚！

丁　四　（放脚在盆内）我不干了！

二　春　不干什么呀？

疯　子　四哥！四哥！来，我给你洗脚，你去修沟，你跟政府一样的好，我
　　　　愿意给你洗脚。赵大爷常说，为大家干活儿的都是好汉。四哥，你
　　　　是好汉，我愿意伺候你，你也知道，我不是那种低三下四的人！

娘　子　四哥，疯子常犯糊涂，这回可做对了！叫他给你洗！

丁　四　疯哥，那不行！不敢当！

　　　〔四嫂跑进来。

四　嫂　那可不能！疯哥，起开，我给他洗！（蹲下给他洗）

丁　四　你干什么去啦？

四　嫂　我找二嘎子去啦。找了七开八得，也找不着他！

丁　四　对，再把儿子丢了，够多么好啊！我是得躲开这块倒霉的地方！这
　　　　个地方不出好事！

四　嫂　你又来了不是？你是困了，累了，闹脾气。洗完了，我给你找个地
　　　　方，睡会儿觉！二嘎子丢不了，他那么大了。

赵　老　丁四，你现在为大家伙儿挖沟，大家伙儿谁不伸大拇哥，说你好！

丁　四　是吗，脚都快泡烂了，还不说我好！

　　　〔一警察背着二嘎子进来，二嘎子已睡着了。

四　嫂　（迎过去）二嘎子，你上哪儿去喽？

警　察　他是好心，跟着我跑了半夜。现在，他已经睁不开眼，我把他背回
　　　　来啦。

二　嘎　（睁开眼，下来）妈！我可困得不行了！

　　　〔四嫂携二嘎子入屋中。

警　察　赵大爷，辛苦啦！这儿都顺序？

赵　老　挺好！你先喝碗水吧，也累得够瞧的啦！

二　春　来，您喝碗！（递茶）

警　察　谢谢二姑娘，你也卖了力气！王大妈，您受委屈啦！

大　妈　我受屈不受屈的，到底这都是怎回事呢？

警　察　待会儿我再跟您说。疯哥，娘子，你们也辛苦啦！

娘　子　您才真受了累！疯子今天也不错，做联络员！

警　察　丁四哥，这一夜可够你受的！

赵　老　哼，老四正闹脾气！又是什么还拉车去，不管咱们的臭事儿喽！

丁　四　赵大爷，赵大爷，那是刚才，现在我又好啦！同志，就凭您亲自
　　　　把二嘎子背回来，您叫我干吗，我干吗！什么话呢，咱们都是外场
　　　　人，不能一面理，耍老娘儿们脾气！

二　春　女人，我们女人并不象你，一会儿明白，一会儿糊涂！

警　察　得，得，先别拌嘴！丁四，你找个地方睡会儿去！

丁　四　这儿就好，打个盹儿就行！

二　春　可倒好，说不闹脾气，就比谁都顺溜！

　　　　〔刚才走出去的男人们回来一部分。

警　察　辛苦了，诸位！沟挖通了？

众　人　通啦！

警　察　屋里还有人吧？

二　春　有，孩子跟妇女。

警　察　别惊动小孩子，大人愿意听听的，可以请出来。

二　春　我去。（跑到屋门口叫大家）

警　察　老街坊们！

　　　　〔众妇人，四嫂在内，随二春出来。

警　察　老街坊们！都请坐！请赵大爷说说，因为夜里的事儿，有人知道，
　　　　有人还不大清楚。（众有立有坐）赵大爷，说说吧！

赵　老　你也坐下吧！你也干了半夜啦！

警　察　行，站着好。

赵　老　老街坊们，修沟的计划是先修一道暗沟；把暗沟修好，再填上那条老的明沟。这个，诸位都知道。

众　人　知道。

赵　老　刚一修沟的时候，工程处就想得很周到，下边用板子顶住沟梆子，上边用柱子戗①住了墙，省得下面的土一松，屋子跟墙就许垮架；咱们这溜儿的房子都不大结实。这个，大家也都知道。

众　人　知道。

赵　老　可是，连这么留神哪，还出了昨儿夜里的毛病！第一是：谁也没有想到这么早就能下瓢泼瓦灌的暴雨。第二是：正在新沟跟旧沟接口的地方，新挖出来的土一时来不及抬走，可就堵住了旧沟。这么一来，大家可受了惊，受了委屈，受了损失。区政府里，公安局里都觉得对不起咱们。刚才，连区长带别的首长，全都听到信儿就赶到了；区长亲自往外背人，抢救东西。派出所所长，现在还在给大家往外掏水呢。诸位有什么话，尽管说，待会儿好转告区长、所长。

　　〔众人无语。

警　察　有话就说吧，好话歹话都可以说，咱们是一家人！

二　春　要依我看哪……

大　妈　二春！这儿有的是人，你占什么先，姑娘人家的！

二　春　好，您要有话，您就说！

　　〔大妈不语。

赵　老　大妈说呀！现在的警察愿意听咱们的话。

大　妈　我没得说，要说呀，我只说这一句：下回再下雨呀，甭叫我出来！半夜三更的实在可怕！

警　察　区长、所长是怕屋子塌了，砸死人哪！老太太！

① 单 qiàng，顶住的意思。

众　甲　要不挖那道暗沟，不是没有这回事了吗？

二　春　你说的是糊涂话！

众　甲　这儿不是谁都可以说话吗？

二　春　可也不能说糊涂话！不修暗沟！怎么能填平了明沟！不弄没了明
　　　　沟，咱们这里几几个才能不脏不臭？你说！

娘　子　再说——

众　乙　喝！娘子军！

　　　　〔众人笑。

娘　子　再说：去年，前年，年年哪回下大雨，不淹起咱们来？可是，淹
　　　　死、砸死，有谁管过咱们？咱们凭良心说话，这回并不比往年那些
　　　　回淹得苦，可是连区长都上头淋着，下头郯着，来救咱们，咱们得
　　　　谢谢他们！

四　嫂　我不管别的，只说说我的那口子，（指伏桌睡的丁四）要不是因为
　　　　修咱们的沟，他能变成工人，给大家伙做点事吗？赶明儿个，沟修
　　　　好了，有多么棒呢！

二　春　说得好！四嫂！

　　　　〔众人鼓掌。

警　察　赵大爷，您再说两句吧！

众　人　赵大爷多说说！

赵　老　好吧，我再说几句吧。政府不修王府井大街，不修西单牌楼，可先
　　　　给咱们修沟，这实在是件了不起的事。修沟出了点毛病，政府又这
　　　　么关心我们，我活六十多岁了，没有见过！再者，沟修好了以后，
　　　　不是就永远不出毛病了吗？人心都在人心上，政府爱我们，我们也
　　　　得爱政府。是不是呀？诸位？

众　人　赵大爷说得对！

疯　子　要没这回事，咱们还不知道政府这么好呢！

警　察　我补充一两句：这回事儿还算好，没有伤了人。大家的东西呢，来
　　　　得及的我们都给搬到炕上去了。现在，雨住了，天也亮了，大家愿
　　　　意回家看看去呢，就去；愿意先歇会儿再去呢，西边咱们包了两所
　　　　小店儿，大家随便用。

赵　老　到家里看看，要是没法儿歇歇睡会儿，还可以到店里去。是这样
　　　　不是？

警　察　对！西边的联升店跟天成店。二春姑娘，你招呼着姑娘老太太们到
　　　　联升店去。赵大爷，您带着男同志们到天成店去。

二　春　妈、娘子、四嫂、诸位，咱们走哇！

娘　子　我去拿东西。（入屋中，几位妇人随着）

四　嫂　（同二嘎出来）这位爷（指丁四）还睡哪。顶好别惊动他，就让他
　　　　睡下去吧。（给他披上一件衣服）

二　春　妈，走哇！

大　妈　一辈子没住过店，我不去！我回家！

二　春　屋里还有水哪！

大　妈　在家里郯着水也是好的！

二　春　成心捣乱！妈！您可真够瞧的！

四　嫂　二嘎子，你送王奶奶去！到家要是不能住脚，就搀她老人家到店里
　　　　来，听见了没有？给王奶奶拿着东西！

二　嘎　王奶奶，我要是走得快，您可别骂我！

大　妈　我几儿骂过人？小泥鬼儿！

警　察　王大妈，您走哇？慢着点，地上怪滑的！

大　妈　（回首）久住龙须沟，走道儿还会不知道怎么留神？

二　春　（对妇女们）咱们走吧？

众　人　走！同志，替我们给区长、所长道谢！（往外走）

赵　老　（对男人们）咱们也走吧？

众　甲　咱们给挖沟的弟兄们喊个好！

众　人　（连没走净的妇女一齐喊）好！好！

　　　　　　　　　　　　　　　　　　——第一场终

　　　　　　　　　　第二场

时　间　一九五〇年夏末。龙须沟的新沟落成，修了马路。

地　点　同第一幕小杂院。

布　景　杂院已经十分清洁，破墙修补好了，垃圾清除净尽了，花架子上爬
　　　　满了红的紫的牵牛花。赵老的门前，水缸上，摆着鲜花。丁四的窗
　　　　下也添了一口新缸。满院子被阳光照耀着。

　　　〔幕启：王大妈正坐在自己门前一个小板凳上，给二春缝着花布短
　　　　裤，地上摆着一个针线笸箩。四嫂从屋里出来，端详自己的打扮，
　　　　特别是自己的新鞋新袜子。

大　妈　（看四嫂出来，向她发牢骚）四嫂哇！您看二春这个丫头，今儿个
　　　　也不是又上哪儿疯去了！我这儿给她赶件小裤，连穿上试试的工夫
　　　　都抓不着她！

四　嫂　她忙啊！今天咱们门口的暗沟完工，也不是要开什么大会，就是办
　　　　喜事的意思。她说啦，您、我、娘子都得去；要不怎么我换上新鞋
　　　　新袜子呢！您看，这双鞋还真抱脚儿，肥瘦儿都合适！

大　妈　我可不去开会！人家说什么，我老听不懂。

四　嫂　也没什么难懂的。反正说的都离不开修沟，修沟反正是好事，好事反正就得拍巴掌，拍巴掌反正不会有错儿，是不是？老太太！

大　妈　哼，你也跟二春差不多了，为修沟的事，一天到晚乐得并不上嘴儿！

四　嫂　是值得乐嘛！您看，以前大伙儿劝丁四找点正事做，谁也劝不动他。一修沟，好，沟把他劝动了！

大　妈　臭沟几儿个跟他说话来着？

四　嫂　比方说呀，这是个比方，沟仿佛老在那儿说：我臭，你敢把我怎样了？我淹死你的孩子，你敢把我怎样了？政府一修沟啊，丁四可仿佛也说了话：你臭，你淹死我的孩子？我填平了你个兔崽子！就是这么一回事。

〔娘子提着篮子回来。

四　嫂　娘子，怎这么早就收了？

娘　子　不是要开大会吗？百年不遇的事，我歇半天工，好开会去。喝，四嫂子，您都打扮好了？我也得换上件干净大褂儿。这，好比说，就是给龙须沟过生日；新沟完了工，老沟玩了完！

大　妈　什么事儿呀，都是眼见为真；老沟还敞着盖儿，没填上哪！

娘　子　那还能不填上吗？留着它干什么呀？老太太，对街面儿上的事您太不积极啦！

大　妈　什么鸡极鸭极的，反正我沉得住气，不乱捧场，不多招事。

四　嫂　我知道您为什么老不高兴，就是为二姑娘的婚事。您心里有这点委屈别扭，就看什么也不顺眼，是吧？

大　妈　按说，我不应当因为自己的别扭，就拦住你们的高兴！是啊，你们应该高兴。你就说，连疯哥都有了事做，谁想得到啊！

娘　子　大妈，您别提疯子，他要把我气死！

大妈、四嫂　怎么？

娘　子　自从他得着这点美差，看自来水，夜里他不定叫醒我多少遍。一会儿，娘子，鸡还没打鸣儿哪？

大　妈　他可真积极呀！

娘　子　待一会儿，娘子，还没天亮哪？这家伙，看看自来水，倒仿佛做了军机大臣，唯恐误了上朝！

四　嫂　娘子，可也别说，他要不是一个心眼，说干就真干，为什么单派他看自来水呢？我看哪，他手不能提篮，肩不能担担，这个事儿交给他顶合适啦！

娘　子　是呀，无论怎么说吧，他总算有了点事做；好歹的大伙儿不再说他是废物点心，我的心里总痛快点儿！要是夜里他不闹，不就更好了吗？

四　嫂　哪能那么十全十美呢？这就不错！我的那口子不也是那样吗？在外边，人家不再喊他丁四，都称呼他丁师傅，或是丁头儿；你看，他乐得并不上嘴儿；回到家来，他的神气可足了去啦，吹胡子瞪眼睛的，瞧他那个劲儿！

娘　子　可也别说呀，他这路工人可有活儿干啦！净说咱们这一带，到永定门去的大沟，东晓市的大沟，就还够做好几个月的。共产党啊，是真行！听说，三海、后海、什刹海，连九城的护城河，都给挖啊！还垒上石头坝。以后还要挨着班儿地修马路呢。四哥还愁没事儿做？二嘎子更有出息啦，进工厂当小工子，还外带着念书，赶明儿要是好好的干，说不定长大了还当厂长呢！

四　嫂　唉！慢慢地熬着吧，横是离好日子不远啦！哟！二嘎子那件小褂还没上领子呢！（进屋取活计）

〔程疯子自外面唱着走来。

疯　子　我的水，甜又美，喝下去肚子不闹鬼。我的水，美又甜，一挑儿才卖您五十元。

娘　子　瞧这个疯劲儿！大妈！您坐着，我进去换衣裳去啦。（下）

疯　子　（进来，还唱）沏茶喝，甜又香，不象先前沏出茶来稠嘟嘟的象面
　　　　汤。洗衣裳，跟洗脸，滑滑溜溜又省胰子又省碱。

四　嫂　（取了活计出来，缝着衣服）疯哥，你不看着水，干吗回来啦？

疯　子　大妈、四嫂，我回来研究那段数来宝，好到大会去唱！二嘎子替我
　　　　看着水呢。他现在识文断字，比我办事还精明呢！

四　嫂　哼，你们这一对儿够多么漂亮啊！

疯　子　四嫂，别小看我们俩，坐在一块儿我们就讨论问题！

四　嫂　就凭你们俩？

疯　子　您听着呀！刚才，我说，二嘎子，你看，现在咱们这儿有新沟老沟两
　　　　条沟，一前一后夹住了咱们的院子。新沟是暗沟，管子已经都安好，
　　　　完了工啦；上面修成了一条平平正正的马路。二嘎子说：赶明儿个，
　　　　旧沟又哐嗤哐嗤地一填，填平了，又修成一条马路。我就说，咱们房
　　　　前房后，这么一来，就有两条马路，马路都修好，我问二嘎子，该怎
　　　　么办了？四嫂，二嘎子真聪明；他说：该种树！他问我：疯大爷，种
　　　　什么树？我说：柳树，垂杨柳，多么美呀！二嘎子说：呸！

四　嫂　你看这孩子！

疯　子　他说，得种桃树，到时候可以吃大蜜桃啊！您瞧，二嘎子多么聪明！

娘　子　（在屋中）别说啦，快来编词儿吧！

疯　子　赶趟，等我说完最要紧的一段儿。四嫂，我跟二嘎子又研究出来：
　　　　咱们这儿，还得来个公园。二嘎子提议：把金鱼池改作公园，周围
　　　　种上树，还有游泳池，修上几座亭子，够多么好啊！

娘　子　（出来，换上新衫）别在这儿做梦啦！

四　嫂　也不都是梦。谁想到咱们门口会有了马路，会有了干干净净的厕

所，会有了自来水？谁能说这儿就不该有个公园呢！

疯　子　四嫂言之有理！如此，大妈、四嫂、娘子，我就暂且失陪了！（以上均用京剧话白的腔调，走入屋中）

四　嫂　也难怪孩子们爱他，他可真婆婆妈妈的有个趣儿！

娘　子　就别夸他了，跟小孩子一样，越夸越发疯！

　　　〔丁四夹着一身新蓝布裤褂，欢欢喜喜地进来。

丁　四　王大妈，娘子，看新衣裳喽！

　　　〔她们都围上来。大妈以手揉布，看布质好坏；娘子看裤子的长短；四嫂看针线细不细。

丁　四　（看见了四嫂的新鞋新袜）哼，打下面看哪，还不认识你了呢！

四　嫂　别耍骨头！（提着褂子）穿上，看看长短。

丁　四　（穿）怎样？

娘　子　挺好！挺合身儿！

大　妈　就怕呀，一下水得抽一大块！

丁　四　大妈！您专会说吉祥话儿！

大　妈　不是呀！你们男人要是都会买东西，要我们女人干什么呢？

四　嫂　得啦，管它抽多少呢，反正今天先穿个新鲜劲儿！

大　妈　别怪我说，那可不是过日子的道理呀！你就该去买布，咱们大伙儿给他缝缝；那，一身能当两身穿！

丁　四　可是大妈，您可也有猜不到的事儿。刚才呀，卖衣裳的一张嘴，就要四万五，不打价儿。

娘　子　现在买什么都是言无二价。

丁　四　我把衣裳撂下，跟他聊天。喝，我撒开了一吹：我买这身儿为的是去开大会；我修的沟，我能不去参加落成典礼吗？我又一说：怎么大夏天的，上边晒得流油，下边踩着黑泥，旁边老沟冒着臭气，苍蝇、蚊子落在身上就叮，臭汗一直流到鞋底子上！我还没说完哪，您猜怎么着，他把衣裳塞在我手里，说：拿去，给我四万块钱！不赔五千，赶明儿你填老沟的时候，把我一块儿埋进去！大妈，您想得到这一招吗？

大　妈　哟，那可太便宜了，我也买一身去！

丁　四　大妈，您修过沟吗？

大　妈　对！我再去修沟就更象样儿了！不理你们了，简直地说不到一块儿！（回去做活）

　　　〔二春襟前挂着红绸条——联络员。头上也扎着绸条，从外跑进来。

二　春　四哥，还不快去，你们集合啦！

丁　四　我换上裤子就走！（跑进屋去）

大　妈　二春快来试试衣裳！（提着花短褂给二春穿）

二　春　（试着衣裳）妈，今儿个可热闹了，市长、市委书记还来哪！妈，您去不去呀？

大　妈　不去，我看家！

二　春　还是这样不是？用不着您看家，待会儿有警察来照应着这条街，去，换上新衣裳去！叫市长看看您！

娘　子　您就去吧，老太太！龙须沟不会天天有这样的热闹事。

四　嫂　您去！我保驾！

大　妈　好吧！我去！（入室）

四　嫂　戴上您那朵小红石榴花儿！

二　春　娘子，四嫂，得预备一下呀，待一会儿还有报馆的人来访问咱们，也许给咱们照像呢！娘子，人家要问你，对修沟有什么感想，你说什么？

娘　子　什么叫感想啊？

大　妈　（在屋门内）你就别赶碌她啦！越赶她越想不起来啦！

二　春　感想啊，大概就是有什么想头儿。

　　　　〔丁四从屋中跑出来。

丁　四　会场上见啦！（跑出去，高兴地唱着"解放区的天……"）

娘　子　这么说行不行？一修沟啊，连我的疯爷们都有了事做，我感激政府！

二　春　行！你呢，四嫂？

四　嫂　要问我，我就说：政府要老这么做事呀，龙须沟就快成了大花园啦！可有一样，成了花园，也得让咱们住着！

二　春　别看四嫂，还真能说两句儿呢！你放心，沟臭的时候是咱们住，香的时候也是咱们住！妈！妈！

大　妈　别催我！（出来）这样行了吧？（指衣服）

二　春　（端详妈妈）行啦！人家要问您，您说什么呀？

大　妈　我——

二　春　说什么呀？

大　妈　沟修好了，我可以接姑奶奶啦！

　　　　〔大家哈哈大笑。

二　春　您就是这一句呀？

大　妈　见了生人，说不出话来！（突然想起）二春，我可不照像，照一回丢一回魂儿！

二　春　妈，您可真会出故典！

娘　子　我替您，我不怕丢魂儿，把我照了去，也叫各处的人见识见识，北京城有个程娘子！我又有了个主意，咱们大家伙儿应当凑点钱，立一块碑，刻上：以前这儿是臭沟，人民政府把它修成了大道！

二　春　这可是好意见，我得告诉赵大爷。咱们得凑钱立这块碑！

四　嫂　对！也叫后代子孙知道知道。要凑钱，我捐一斤小米儿！

〔远处有腰鼓声。

二　春　腰鼓队出来了！咱们走吧！

　　　　〔二嘎子手执小红旗子飞跑而来。

二　嘎　报！赵队长爷爷到！摆队相迎！

　　　　〔赵老穿着新衣，胸前佩红绸条，昂然地进来。

二　春　瞧赵大爷哟！简直象总指挥！

赵　老　（笑）小丫头片子！

二　春　赵大爷，您可得预备好了哟，新闻记者一定会访问您！

赵　老　还用你嘱咐，前三天我就预备好喽！

二　春　好，我当记者：（摹拟）您对修沟有什么感想？

赵　老　简单地说，还是详细地说？

二　春　（摹拟）请简单地说吧！

赵　老　这叫五福临门！

二　春　哪五福呢？

赵　老　我们的门前修了暗沟，院后要填平老明沟，一福。前前后后都修
　　　　上大马路，二福。我们有了自来水，三福。将来，这里成了手工业
　　　　区，大家有活做，有饭吃，四福。赶明儿个金鱼池改为公园，做完
　　　　了活儿有个散逛散逛的地方，五福！

二春、四嫂、娘子、大妈　（与赵老同时）五福！

　　　　〔附近邻居，都象院里人一样，换了新衣服，去开会。正经过大门
　　　　口。一位警察跑进门来，招呼大家。群众有的等在大门外，也有走
　　　　进院里来的。

　　　　〔远处军乐声，腰鼓声。

警　察　开会去喽！快到时候啦！

　　　　〔大妈返身要锁自己的房门，四嫂、娘子赶去拦大妈。正拉着她要往

外走，疯子由屋中跑出，手里拿着竹板。

疯　子　诸位别忙，先等等儿，我这儿编出来个新词儿，先给你们唱唱试试！

众　人　赞成！唱，唱！

疯　子　听着啊——给诸位，道大喜，人民政府了不起！了不起，修臭沟，上手儿先给咱们穷人修。请诸位，想周全，东单、西四、鼓楼前；还有那，先农坛，五坛八庙、颐和园；要讲修，都得修，为什么先管龙须沟？都只为，这儿脏，这儿臭，政府看着心里真难受！好政府，爱穷人，叫咱们干干净净大翻身。修了沟，又修路，好叫咱们挺着腰板儿迈大步；迈大步，笑嘻嘻，劳动人民努力又心齐。齐努力，多做工，国泰民安享太平！

众　人　（跟疯子齐声喊）享太平！

〔外边，远处近处都是一片欢呼声："毛主席万岁！"

〔大家随着欢呼声音涌出小院，外边会场上的军乐声起，幕在《青年进行曲》声音中徐徐落下。

——全剧终

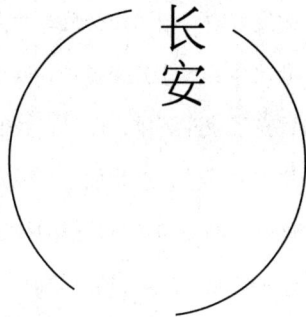

西望长安

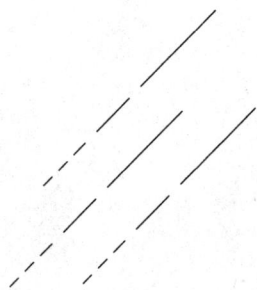

导　言

　　一九五五年七月，第一届全国人民代表大会第二次会议召开的时候，公安部部长罗瑞卿同志在他的发言中介绍了一个反革命大骗子的活动史。这个政治骗子从1951年起，四年当中跑过十几个城市，闯过十几个重要机关，而且钻进了共产党内；不但冒充了战斗英雄，而且在我们的国家机关内窃踞了重要职位。这是一个十分严重的事件，对我们是个极为辛辣的讽刺。《西望长安》这个剧本写的就是这件大骗局和它被揭露的经过。在舞台上也正如在生活中一样，我们每个人都应该从这个事件得到教训。

人物表

栗晚成——男，二十五到二十九岁，"党员"、"英雄"、"干部"。

荆友忠——男，十九到二十三岁，青年干部。

程二立——男，十四到十八岁，农民。

平亦奇——男，二十七到三十一岁，西北农林学院的干部。

杨柱国——男，二十九到三十三岁，西北农林学院的党支部书记，后调任农业
　　　　　技术研究所主任。

林大嫂——女，三十多岁，林树桐的妻子，家庭妇女。

林树桐——男，四十岁左右，中南区农林部的科长，后调任中央农林部的人
　　　　　事处处长。

达玉琴——女，二十四到二十七岁，女干部。

卜希霖——男，五十岁左右，中南区农林部的科长，后任中央农林部司长。

马　昭——男，四十多岁，中南区农林部人事处处长，后任中央农林部办公
　　　　　厅主任。

金　丹——女，二十多岁，记者。

冯福庭——男，三十多岁，勤务员。

铁　刚——男，将近四十岁，老干部。

唐石青——男，四十来岁，陕西省公安厅的处长。

王乐民——男，二十多岁，公安厅的科长。

杜任先——男，二十多岁，公安厅的干部。

群　众——男女干部若干人。

第一幕

时　间　一九五一年秋，午前。

地　点　陕西某地的农林学院附近。

人　物　栗晚成　荆友忠　程二立　平亦奇　杨柱国　男女群众若干人。

〔幕启：西北农林学院是在陕西省里的高原上，有大片的果园和农业
试验场。我们望过去，高原上真是灿烂如锦：刚长熟了的柿子，象
万点金星，闪耀在秋光里；晚熟的苹果还没有摘下来，青的、半红
的都对着秋阳微笑；树叶大半还很绿，可是这里那里也有些已经半
黄的或变红了的，象花儿似的那么鲜艳。在密密匝匝的果林里，露
出灰白色的建筑物的上部，那就是学院的大楼。

我们离高原还有三四里地，所以高原上的果木与高楼正好象一张美
丽的风景画。

越往离我们较近的地方看，树木越少。可是从高原一直到近处，树
木的绿色始终没有完全断过，不过近处没有高处的果林那么整齐繁
密罢了。在几株绿树的掩映下有一所房子，墙壁都刷得很白，院门
对着我们。绿树的接连不断好像是为说明这所房子和学院的关系。
它也是学院的一所建筑，现在用作农业训练班的教室和宿舍。管理
训练班的干部一部分是由学院抽调的，一部分是由省里派来的。受
训的都是各县保送来的干部。大门的左边挂着一块木牌，写着"陕
西省干部农业技术训练班"。院墙前面是一片平地，象个小操场。

白墙上贴着许多抗美援朝的标语。

咱们的戏剧就在这所房子外面开始。

〔在开幕之前，我们已听到铃声：院内受训的干部们已上课，所以不见人们出入。空场一会儿之后，假若我们的听觉敏锐，就可以听到皮鞋嘎吱嘎吱的响声。他出来了。

〔他就是栗晚成，以相貌说，我们实在没办法不用"其貌不扬"来形容他，而且不能不觉得这么形容很恰当。可是，我们必须公平地指出，他的气派是十足的。他穿着一身相当旧的军衣，没有符号，可是胸前挂着五六个奖章。军衣越旧，越显得这些奖章的确有些来历。他的鞋是极笨重的红铜色的厚底皮鞋，只要脚一动，它们就发出声音来。他非常会运用这双皮鞋的响声，先声夺人地增加他的威风。他的军帽也很旧，正和军衣统一起来，替他随时说明他是身经百战的老战士。

假若他高兴去做个演员，他也必定会得到许多奖章的。他极会表情。他的眉眼不动的时候，就表现得十分严肃，令人起敬；他的眉眼一动，就能充分地表现出对不同的事物所应有的不同的感情。他的脸似乎会说话。

他的左腿在战场上受过伤，所以走路微微有点瘸，这使他经常缓缓而行，更显得老练稳重。皮鞋的响声也因此一轻一重，有些抑扬顿挫。

他也是来受训练的，可是因为身体不大好，文化高，所以领导上答应了他的要求：只看讲义，不必上课。领导上无微不至地照顾他。现在他独自在操场上散步。

〔一个受训的年纪很轻、很天真的干部——荆友忠，从院里走出来。一边走，他一边用拳轻敲自己的头。栗晚成已看见荆友忠，但仍旧散步，没有招呼他。但是荆友忠赶过来，先开了口。

荆友忠　栗同志，你今天好些吗？

栗晚成　（站住）啊——好一点。（在不屑于跟荆友忠谈心之中带出点体贴的意思）你怎么也没上课？

荆友忠　（又捶了头部两下）我的头疼！

栗晚成　（不能再冷淡了，带着感情地把手放在荆友忠的肩上）你，你，你……（结巴了这么几下，抬起放在荆友忠的肩头上的手，去摸自己的脖子，似乎是因为那里很不舒服，所以造成结巴）你应当去躺下休息。吃……吃吃一片阿……阿斯匹林。多……多喝开水。

荆友忠　（感激地）我散散步就行，用不着吃药！我请了半天假。我最恨请假，可是头真疼！

栗晚成　你要是这么着急，我该怎么办呢？看我，老不能上课！

荆友忠　咱们俩不一样，你是英雄，国家的功臣！你应当多休息！

栗晚成　不能那么说！既是功臣，就该处处带头，什么事都走在前面！

荆友忠　（抢着说）那不是你不愿意上课，是因为你的身体不好！淮海战役，你身受五处伤，还肯来学习，谁不佩服你，谁不想跟你学习！再说，你的文化高，又学过农业，看看讲义就行了，何必上课！哼，说真的，我真想建议，请你给同学们讲讲课，你未必不比教员们讲得更好！是吧？

栗晚成　我……我学过的东西都早忘干净了！我在大学还没毕业就去参军。当时我想：学业固然重要，可是参加解放战争更重要！不是吗？

荆友忠　你聪明，不至于把学过的都忘了，你是谦虚！你做过团参谋长，立过大功，可是还能这么谦虚，这就是你的最好的品质！

栗晚成　别……别……别再这么夸奖我，这叫我难过！你的头疼怎样了？该去找医生看看吧？

荆友忠　现在就好多了！跟你谈心能治一切的毛病，连思想上的毛病都能治好！

栗晚成　你既不肯去找医生，那么咱们就谈一谈。请你告诉我，我有什么缺点吧！

荆友忠　嗯……（思索）

栗晚成　想想，想想再说，要说真话！哪怕是一点小缺点，也应当说！给你提个头儿吧：同学们对我的印象怎么样？

荆友忠　大家没有不佩服你的。你既是战斗英雄，又是模范党员，谁能不钦佩你呢！

栗晚成　总多少……多少有些不同的意见吧？

荆友忠　嗯，同学里也有说你不大和气的。（急忙补上）可是，大家也都知道因为你有病，所以才不大爱说话。你知道，同学里多数是年轻小伙子，爱听你说话，希望你多告诉他们一些战斗经验、生活经验。

栗晚成　（叹气）唉！我并不是孤高自赏的人！反之，我最愿意帮助别人！恐怕大家还不知道，我为什么有时候说话困难，有些结巴，所以显着不大和气。

荆友忠　我知道！我知道！我已经告诉了大家：你脖子上受过伤，所以说话不方便。我不是故意地给你做宣传，我是要叫大家更多地了解你！

栗晚成　（感动）谢谢你！谢谢你！我告诉你实话吧，这……（指脖子）这……这里还有一颗子弹！

荆友忠　（大吃一惊）一题子弹？你为什么不早说？你应当上医院，不该在这里学习！

栗晚成　医院？早去过了。几位最有名的医生都给我检查过，他们都说：子弹离大动脉太近，一时不……不……不能动手术！

荆友忠　（急切地）难道一辈子老带着它吗？

栗晚成　什……什……什么时候子弹自己挪动开，离大动脉远了点，什……什……什么时候才能开刀。

荆友忠　（关切地）子弹自己会挪动吗？

栗晚成　它自己会活动！每逢一打大雷呀，它就不老实，大概是电力的作用，它会在里边贴着肉吱吱地响！

荆友忠　吱吱地响，疼不疼呢？

栗晚成　那还能不疼！可是，我既然能在战场上受了伤还不退下来，我就会忍受这点痛苦。一疼起来，我就咬上牙，用尽力量踢我的腿，叫我的受了伤的腿也疼起来；上下一齐疼，我就慢慢地昏迷过去，象上了麻药似的。

荆友忠　这不行！不行！（要走开）

栗晚成　你……你干什么去？

荆友忠　（站住）我去见党支书，建议把你马上送到医院去。这里离西安不远，坐火车只要两三个钟头。你必须去住医院，即使一时不能动手术，也应当设法减少你的痛苦。我们不能这么对待一个为国家流过血的英雄！假若组织上不能供给一切费用，我去发动同学们帮助你！我自己……（摸自己的衣袋，没找到什么）我自己……（看到自己的手表）好，我没有现钱，（摘表）送给你这个表吧！

栗晚成　（大为感动）友……友……友忠同志！我接受你的友谊，可不能接受你的礼物！你……你……你的这点友谊，我永远不能忘！谢谢你！谢谢你！

荆友忠　你拿着，晚成同志！手表可以有钱再买，这点友谊是无价之宝！以后，我什么时候想起你接受过这点小礼物，我什么时候就感到骄傲、光荣！你拿着！

栗晚成　（感情激动，结巴得直咬牙）别……别……别……（头上青筋跳起，手微颤，眼珠往上翻，象要昏倒）

荆友忠　（赶紧扶住栗晚成）晚成同志！晚成同志！（头上也出了汗）

栗晚成　（挣扎着说）别……别让我这么着急，好不好？

荆友忠　好！好！我不再勉强你！（把手表放在自己的口袋里）我……我年轻，做事没有分寸！

栗晚成　我知道你多么热情！

荆友忠　好啦！我去见党支书，要求送你入医院，总可以吧？

栗晚成　那也不必！

荆友忠　怎么？

栗晚成　我问你，假若你是残废军人，现在又调你去学习军事，你去不去？

荆友忠　只要我还能走能动，我必定去！

栗晚成　好！前些日子，我要求军政大学——我是军政大学预科毕业，调我去受训，现在已经得到指示，叫我到中南去集合。你看，我去不去？

荆友忠　你自己要求的，还能不去？不过，你既在这里学习农业技术，为什么又要求受军事训练呢？

栗晚成　（戏剧地往白墙上一指）看！看！

荆友忠　抗美援朝！栗同志！栗同志！我没得可说了！你已经是英雄，还要做更大的英雄！太可钦佩了！可是，栗同志，你的身体，身体，行吗？

栗晚成　我的身体的确不好，可是我做过团参谋长，我会指挥；我有文化，我容易掌握机械化的知识。受完训，我出去就要打个大胜仗！

荆友忠　对！对！对！我也去要求参军！

栗晚成　你不用！掌握农业知识、技术，去领导农村互助、增产，支援抗美援朝，也是重大的任务。我过惯了部队生活，离不开部队！在叫我转业的时候，我哭了一大场！（掀起裤角）我的腿受了伤，我落过泪吗？没……没有！（急放下裤子，急掀起制服前襟，露出腹部）敌人的刺刀已经刺到这里，（指腹上的小疤）我眨了眨眼没有？没……没有！我瞪着敌人！拍，拍，两手枪，把敌人打倒！（急放下衣襟，急

指脖子）子弹打进这里，我昏倒在战场上。醒过来。我已经是在医院里，不能吃，不能说话，不能动，我落过一滴眼泪吗？没……没有！可是，后来听说我得转业，我落了泪——不，我大哭了一场，好几天，我没有好好地吃、好好地睡！思想斗争，强烈的思想斗争：想了几天，我才认识清楚，我必须服从命令，必须转业。拿了介绍文件，我到了省里，省里把我分配到安康专署，做民政科的科员。科员小吗？不小！只要能够给人民服务，什么工作都是重要的。在安康，我给他们做了不少事！后来，组织上派我来学习，我就来了，一切服从组织！我看得出来，你现在也正作思想斗争。可是，你的历史不一样，经验不一样，我能做的你未必能做，你能做的我未必能做。拿打篮球说吧，我的腿脚不灵便，打不过你。可是，要是打靶呢，我闭着眼也比你打得准，不是吗？听我的话，安心地在这里学习，对不对？对不对？

荆友忠　你说的很对！很有理！可是，我一旦打定了主意，就不轻易改变。你受过伤，还要去参加抗美援朝，何况我这年轻力壮的人呢！（**又要走开**）

栗晚成　你又要干什么去？

荆友忠　你还猜不着？

栗晚成　我……我猜不着！

荆友忠　（**得意地笑了**）我去发动大家，组织个最盛大的欢送会！

栗晚成　（**假装不解**）欢送谁？

荆友忠　谁？你！你等着瞧吧：干训班全体同学都得出席，连学院的党团员、党团支书都来参加，给你戴上红花，大家一同照相。然后一齐送你到火车站去！

栗晚成　等一等！等一等！我的事，除了干训班的支书和学院里的支书，还没有人知道。你先别给我宣传。你现在就去宣传，万一他们考虑到我的身体，不批准我去，够多么难为情！

荆友忠　有理！有理！好！我暂且一声不出。不过，万一我说出去，你也别怪我；理智往往控制不住热情，是不是？

栗晚成　说真的，友……友忠同志，我怕欢送！

荆友忠　你老是这么过火的谦虚！

栗晚成　倒不是怕讲话，我很会讲话，连平支书讲话的稿子都由我修正！就是怕说话困难，叫大家难过！

荆友忠　先不必顾虑那个！你无须说话，往那里一站，大家就都得受感动！告诉我，我现在可以替你做点什么？

栗晚成　唉！你是多么可爱啊。（思索）那……那什么，你的头还疼不疼？

荆友忠　差不多完全好啦！说吧，叫我干点什么？

栗晚成　不是什么要紧的事。我自己能办，实在不想麻烦你，可是，可是……

荆友忠　说吧，说吧！

栗晚成　我两个星期以前就对平支书说过，能不能给我做一对拐子？

荆友忠　什么？

栗晚成　拐子。我的腿不是不方便吗？架上拐……

荆友忠　我明白了！往下说！

栗晚成　平支书已经答应了，可是到今天还没做来，也许他早忘了这件事，我不好意思去催他。

荆友忠　官僚主义作风！

栗晚成　同志，不要这么随便批评领导！你知道，平支书有多么忙！

荆友忠　官僚主义者都爱强调自己事情忙！我跟他说去！

栗晚成　要好好地说，不要闹气！

荆友忠　我知道！可是，他是党支书，他也应当懂得怎么接受批评！

栗晚成　算了！算了！你不用去了。我不愿意叫任何人怀疑我挑拨离间！

荆友忠　谁能那么怀疑你呢？别怪我说，你这么顾虑这个那个的，简直有点不大像个老战士了！

栗晚成　你、你、你不晓得，一个战士要多么细心，在战场上，有时候多眨巴一下眼睛就会有生命的危险！

荆友忠　对！对！你说的对！我希望，不久我也会去受炮火的锻炼！

〔程二立，一个十三四岁的农家少年，像大人似的腰里掖着一把斧子，肩上扛着一根桃木棍，急急忙忙地走来。

程二立　栗叔叔，（拿桃木棍给栗晚成看）看这个行不行？

栗晚成　二立！（接过棍子）行！行！（试着拄了拄）分量合手，长短也合适！二立，你真是好孩子，我谢谢你！

程二立　（很喜欢）看，上下一边粗，连一个疖子也没有！可惜，没法子弯出个把儿来！

栗晚成　这就很好！看，（拄着棍子走了几步）三条腿比两条腿好多了！

荆友忠　哼，干部们对你还不如这位小朋友呢！（亲热地问程二立）你叫二立？在哪儿住啊？

程二立　程家庄的，程二立，你知道他是英雄吗？你也爱英雄吗？（没等回答，转向栗晚成）栗叔叔，你答应我的事呢？

栗晚成　（急向袋里摸）我也不失信！刻好了！（摸出一个木头图章）你看，这是"程"，这是"二"，这是"立"。

荆友忠　栗同志，你还会刻图章？真是多才多艺！

栗晚成　初学乍练，刻不好！只有二立能欣赏我这点技术。

程二立　有了这个，我就跟大人一样了。我哥哥再来挂号信的时候，（模仿邮递员的语调）"程家的信，拿戳子！"我就可以打上这个了！

荆友忠　你哥哥在哪儿？

栗晚成 　他哥哥是志愿军！二立，你打听明白没有啊？（对荆友忠）你看，我要是能够到朝鲜去，很可能见到他的哥哥呀。

程二立 　你一定要去看看我的哥哥，爸爸妈妈都说，请你到我们家里去一趟，当面托付托付你。（很小心地从怀中掏出来一张相片。相片用厚纸包着，他小心地打开纸包，取出相片。骄傲地）看，这就是他！

　　〔栗晚成接过相片看，荆友忠也凑过来看。

栗晚成 　二立，你哥哥多么体面，跟你长得一样！好好地保存着，别弄坏了！他到底是在……

程二立 　……在十二军三十五师一〇三团，记住了！你说一遍！

栗晚成 　十二军三十五师一〇三团，程大立。对不对？

程二立 　对！这个番号可千万不要告诉别人！

栗晚成 　（递回相片，对荆友忠）你看，小朋友的警惕性多么高！（对程二立）小朋友，放心吧，我自己也是军人！

程二立 　你什么时候上我家里来呀？

栗晚成 　星期天来，好不好？

程二立 　好！我早八点来接你，谢谢你给我刻戳子，叔叔！

栗晚成 　谢谢你的桃木棍，二立！

程二立 　再见！（对荆友忠）再见，同志！（下）

栗晚成 　友……友忠同志，不必再对支书提做拐子的事吧，有这根棍子就可以将就了。

荆友忠 　你可以将就，领导上可不该不格外照顾你，这是两回事！还有别的事吗？

栗晚成 　想起来了。你会写蜡版不会？

荆友忠 　会呀，而且写得相当的好。

栗晚成 　好极了！跟我来，你给我印几张表格。我是支部的组织委员，在我到中南去以前，我得把这里的党员的一切文件都整理好，清清楚楚地交代出去。

荆友忠　你这种负责的精神，真值得学习！马上就去吧，还等什么呢？

栗晚成　你的头疼真好了吗？

荆友忠　完全好啦，真的！

栗晚成　走！（边走边说）友忠同志，你是这么热诚，这么积极，为什么不争取入党呢？

荆友忠　我要先争取立功，然后入党！

栗晚成　你想的对！我就是在淮海战役立了功，才入党的。（与荆友忠一齐进入院内）

　　　　〔平亦奇和杨柱国从院旁的小道走来。他们是由学院里来的。平亦奇是干训班的党支书，杨柱国是学院的党支书。平亦奇有二十七八岁，身量不高，很壮实，很活泼。杨柱国有三十岁左右了，高身量，相当的瘦，但全身都象很有力量，说话响亮，非常爽直可爱。

平亦奇　你想可以批准他到中南去？

杨柱国　除了他的身体不大好，没有别的理由不准他去。我亲自跟他谈谈，问问他身体能不能支持得住，好不好？

平亦奇　对！我必须说，我们对他照顾得不算太周到。哼，他要一对拐子，到今天也还没有做来。

杨柱国　不能借口工作忙就原谅我们自己，可是咱们真忙也是事实，不是吗？（为欣赏自己的辩才，笑了两声）这一个多月，他给你的印象怎样？

平亦奇　不坏。他非常地守纪律。

杨柱国　受过部队训练嘛。

平亦奇　对人，他非常热情。

杨柱国　我虽然只见过他两面，他给我的印象是：老成持重，谦虚热情。

平亦奇　可是，他独自一个人待着的时候，往往好像郁郁不乐。我老想跟他好好谈一谈，可是总找不出时间来。

杨柱国　那是可以理解的。他本来是个知识分子，难免多忧多虑。我想，他一定常常作激烈的思想斗争。你看，一个知识分子参加了部队，受了几处伤，还要争取去参加抗美援朝，他的心里能够平静无事吗？我也看出他一点毛病，他爱自我宣传。可是，又一想呢，一个知识分子上过战场，立了功，当然会特别感到骄傲，爱宣传自己的功劳，而且夸大地宣传。你说是不是？

平亦奇　对！说真话，我简直不知道怎样对待他才好！他是个英雄啊！柱国同志，他给咱们看的文件是二野军政大学组织部来的，你看了吗？

杨柱国　我看了那个文件，最初觉得不大对头。可是继而一想，他是到中南去受训，受训的事也许由军政大学负责组织、布置。不是吗？你看了没有？

平亦奇　还没有。我看哪，部队有部队的一套规矩、办法，咱们不大懂，就批准他去吧！

杨柱国　我先跟他谈一谈。看他自己怎么说。

〔栗晚成由院中走出来，拄着那根桃木棍。看见他们，他急往前赶。杨柱国、平亦奇赶紧往前迎。

平亦奇　慢着！慢着！留神你的腿！

栗晚成　（没理会平亦奇的劝告，直扑过杨柱国去。他的热烈是不易形容的）杨同志！杨支书！（他紧张、热烈，可是还有礼貌，直到杨柱国伸出手来，他才敢去握手，握得亲热）

杨柱国　怎样啊，身体好些吗？

栗晚成　好一些。（只这么简单地回答，不敢再多说，表示他对党支书的尊敬）

杨柱国　到中南去受训，你的身体支持得住吗？

栗晚成　我要求批准我去！我去，不必下操，我主要的是去学指挥艺术。

杨柱国　只要你觉得能够支持，我一定尊重你的志愿！老平，你看怎样？

平亦奇　我也愿意尊重栗同志的意见。

杨柱国　好吧！那么你就把咱们给他转关系的文件预备好，交我签字。

平亦奇　对！（问栗晚成）你打算什么时候走？

栗晚成　越快越好，亦奇同志！

平亦奇　那么，我马上就去给你办理手续。你还缺什么东西不缺？噢，想起来了，你的那对拐子！这么办吧，你路过西安的时候，自己去取吧，我们给你在那里做了一对。

栗晚成　谢谢！你们这样照顾我，我一定去好好学习，早早到朝鲜，去打击敌人！

平亦奇　柱国同志，我赶紧办理去吧？

杨柱国　你去吧，老平。文件可以由他自己带去。

〔平亦奇下。

杨柱国　你快要离开我们了，说说对我们这里有什么意见？说说吧！

栗晚成　（想）对、对、对课程方面，我有些不成熟的意见。

杨柱国　说吧，你是学过农业的！

栗晚成　我看，似乎……似乎讲课太多，实习太少！

杨柱国　对！你说的对！还有什么？

栗晚成　还……还……还……还……（结巴得不像话了，急得直咬牙）

杨柱国　怎么啦？怎么啦？

栗晚成　（指脖子）这……这里不好受！

杨柱国　伤口疼？

栗晚成　我……我还没对任何人说过，这里有颗子弹！

杨柱国　你为什么不说，为什么不早说？你应当马上入医院！

栗晚成　不……不必！我一紧张，它才乱闹；心里平静的时候，并没痛苦！

杨柱国　十分对不起，我问你这个那个，叫你紧张起来，好啦，你去休息休

　　　　息吧！我看哪，你路过西安的时候，应该到医院去看看！

栗晚成　看……看事行事吧！杨同志，对你个人……

杨柱国　说吧！说我的缺点！咱们俩都是老干部了！

栗晚成　好，说缺点！我看出这么一点来：大家对你尊重的还不够！

杨柱国　是！你说对了！我做事太心急，往往没有全面考虑周到就发表意见，

　　　　定出办法。结果呢，事情往往办不通，损害了自己的威信！我自信非

　　　　常爽直，可是有时候把急躁冒进也看成了爽直！谢谢你肯这么善意地

　　　　告诉我！我也佩服你的观察力，到这里才一个多月就能看出我的缺点

　　　　来，这证明部队训练是多么宝贵！好吧，你休息休息去！在你动身之

　　　　前，我希望能找到时间再跟你谈谈，就是这样吧。（和栗晚成握手）

　　　　保重身体！千万保重身体！（走入院内）

　　　〔栗晚成看着杨柱国的背影，呆立，似乎受了很大的感动。下课铃

　　　　响。院里开始有说笑的声音和歌声。荆友忠首先跑出来。

荆友忠　我告诉了他们！我告诉了他们！

　　　〔栗晚成还没来得及说话，院中男女同学已一窝蜂似的跑出来，围住

　　　　了他。大家给他鼓掌，都对他问长问短，一片嘈杂，听不清说的是

　　　　什么。

栗晚成　（呆立，慢慢低下头去，似乎已受不住大家的敬爱。而后，又抬起头

　　　　来，向大家微笑。而后，举起木棍，高呼）抗美援朝胜利万岁！

　　　〔大家一齐跟着喊。

————幕徐落

第二幕

时　间　一九五二年春天，星期日下午。

地　点　汉口，农业技术研究所的宿舍里。

人　物　栗晚成　林大嫂　卜希霖　林树桐　达玉琴　马昭　金丹

〔幕启：栗晚成的宿舍。他现在是中南区农林部的农业技术研究所的秘书主任。屋里的桌椅等是合乎秘书主任的身份的，不太讲究，也不太简陋。它们不过是普通的中等的写字台、方桌、小书架、椅子、独睡的小铁床、茶壶、茶碗和暖水瓶……而已。可是，这是栗晚成的宿舍。这就大有文章了。这些东西好象极乐意、极骄傲为他服务，都发出一些不易从这种普通东西看到的光彩。它们的地位是那么合适，使这间不大的屋子看起来十分宽敞。它们都是那么干净，令人几乎不敢去动一动，很怕把它们弄脏了一点点。

在这些东西之外，还有些绝对是属于栗晚成的小物件。例如：墙上挂着的那张大相片——栗晚成自己的半身相片。在小床的上面，挂着一件深蓝色的运动衣，前襟上用白线横着织成"战斗英雄"四个大字。在写字台上放着一本纪念册，假若我们掀开看看，里边不但有许多名人的签字，而且夹着几小条剪报，都是歌颂他的功绩的记载。这些小物件都有力地说明这间屋子的主人是谁——栗晚成，志愿军的"战斗英雄"。

〔空场。

我们正切盼看一看这位"英雄"，"英雄"就进来了。现在他走路的声势更大了：他已架上两根拐子，发出咚咚的响声。他的脸上添了点肉，比以前胖了一点，可是脸上还是那么苍白。因为自信心更高了，所以他的气度比以前更大方些，而且不像以前那么忧郁了。他是含笑进来的。他的军装也不象从前那么破旧了，胸前的徽章加多了。进了门，他立定，看看屋里，笑容逐渐扩大，似乎相当满意这个环境。然后，他把拐子轻轻地放在屋角，走了几步，走的并不比架着拐子的时候吃力。然后，他拿起暖水瓶。迟疑了一下，又轻轻地把它放下，似乎宁可忍着口渴，也不愿轻易挪动已经摆好了的小器皿。他走到床前，坐下，从衣袋里掏出个解放军的符号来，翻过来调过去地细看。然后，他从床下拉出一只小皮箱，从箱中拿出一个小本，在小本上写了几个字。急将小本放回，推回箱子。然后，又坐在床沿上发愣，笑容不见了，心中好像很不安。

〔林大嫂，一位家庭妇女，并没敲门，气冲冲地拉开门就走进来。

林大嫂　你刚才上我们屋里去啦？

栗晚成　（来不及收起符号，心中既不痛快，又有点看不起林大嫂）是啊，大嫂！你们都没在家！

林大嫂　我们要是在家，还丢不了东西呢？

栗晚成　（站起）丢了东西？（含怒地）难道你把我看成了一个小偷吗？大嫂，你应当知道我是志愿军战斗英雄，现任中南农林部农业技术研究所的秘书主任！

林大嫂　你先不用背你的官衔，你拿着的是什么？

栗晚成　符……符号！

林大嫂　谁的？

栗晚成　你爱人的！

林大嫂　你干什么拿来呢？

栗晚成　我……我……我借用用！

林大嫂　我爱人是转业军人，你也是。他有符号，你怎么没有？我告诉他好几回了，把军衣、军帽收起来，他不听。他老把它们挂在墙上，好随时地觉得光荣。就偏偏遇见你这么个人，把别人的纪念品也随便拿了走！你自己的呢？我问你！

栗晚成　大嫂，你问的是我自己的符号吗？（想办法）林大嫂啊！

栗晚成　大嫂，你听着！（急掀裤角）看！在朝鲜战场东线上，雪有三尺多深，我指挥一个连队，跟敌人苦战了七天七夜。首先，我的腿受了伤，我好歹包扎了一下，不退！我一退，就必定影响全局。（放下裤角，急掀起上衣，露出腹部）看！有一天，刚刚天亮，敌人反扑，打白刃战。两个塔似的美国兵一齐扑向我来，两把刺刀同时刺到这里，我连眼也没眨巴一下，拍，拍，两手枪，两个"塔"全倒下去。我扯下军衣的袖子，自己包扎了一下，继续前进！我爬、滚、跑、跳，帽子丢了，衣裳碎成一条条的，可是继续前进，象一只受了伤的猛虎！我满身是雪，是泥，是鲜血，可是不退！在接受任务的时候，我已经发下誓：至死不下战场！可是，敌人放了毒气，一种发酸又带着点甜味的气体！我昏迷过去。从那以后，我……我……我说话就不方便了，越着急越结巴，毛病就在这里！（急指脖子）事后听护士们告诉我，他们往下撕我的衣裳，就撕了一个多钟头，衣裳全叫血给糊在身上了！大嫂，你问我的符号哪里去了，哼，我连自己的命在哪里也不知道啊！

林大嫂　（仍理直气壮）你不用花言巧语地乱吹腾，你太爱吹腾了。我看你不地道，就是不地道！我的爱人从前也是军人，他就不象你这么吹腾自己!

栗晚成　他……他没立过我这样的功劳，想吹也没的可吹呀!

林大嫂　他没的可吹，可他不偷东西!

栗晚成　（实在压不住气了，嚷）大嫂，你这是污辱我! 污——辱——我!

〔卜希霖科长跑进来。他将近五十岁，身子又高又大又壮。他的心地极好，即使受了坏人的欺骗也不着急、闹气。

卜希霖　怎么啦? 不好好地过个星期日，这么大喊大闹的干什么呢? 算了! 算了! 哈哈!

林大嫂　卜科长，问清楚再劝，不应当不问青红皂白就说算了，算了!

卜希霖　甭管是怎么一回事，老栗，你不该跟大嫂发脾气。在新社会里，对于妇女，我们要特别尊敬! 你是个英雄，必须格外注意这个!

林大嫂　是嘛，我看他是年轻轻的就做了秘书主任，有点忘了东西南北。

〔林树桐，林大嫂的爱人，走进来。他四十岁左右，不胖不瘦，不高不矮。相当的能干、和蔼，对培养青年干部颇有热情。

林树桐　什么事呀，这么乱喊乱叫的?

林大嫂　你问他吧! （指栗晚成）

林树桐　（对林大嫂）你不要轻易这么发脾气好不好? 这是宿舍，别一家子说话，八家子都得听见!

栗晚成　（想起来谦虚）林科长，大嫂有理，是我不对! 我忘了军人对妇女的尊敬! 我年轻……

卜希霖　老栗，这就对了! 事事都要学习，我们才能随时进步!

栗晚成　（愧悔）林科长，明天我跟少先队一同照相，借你这个符号用一用。

林大嫂　借用用无所不可，你不该乘我们不在屋里，自己就动手拿来!

林树桐　老栗，你用吧! 用完可得还给我，那是相当宝贵的纪念品。

栗晚成　用完一定奉还! 大嫂，我刚才的态度不对，你……你……

林树桐　（对栗晚成）没关系！（对林大嫂）你呀得这么想：他年轻，他立过特等功，他有文化，你上哪里找这样的干部去？咱们大家都得格外帮助他，格外爱护他，把他培养成最有成就的干部。咱们帮助他就是相当于帮助国家造就干部。做了十几年的事，我虽然没犯过大错误，可也没有相当的贡献；我自己不行，再不帮助培养青年干部，就更不象话了！

林大嫂　你呀，老林，有点偏心眼，偏向着他！

林树桐　你不懂！老栗跟我都是转业军人，转业军人见着转业军人，不管谁做过师长，谁做过排长，就如同亲兄弟一样！

卜希霖　我虽然不是军人，可是我能了解老林这点感情！

林大嫂　我看谁好，就好；我看谁不好，就不好，不象你们，只看彼此的长处，不看短处！

卜希霖　大嫂，要是老彼此挑剔毛病，还能团结得好吗？哈哈！

林大嫂　要按你这么说，就谁也不好不坏，是不是？

林树桐　你今天是怎么啦？怎么逮住谁跟谁开火呀？

　　　　〔达玉琴跑进来。她二十三四岁，十分活泼，有时候故意卖弄，好使人注意她。她是女干部。

达玉琴　你们嚷什么哪？（看林大嫂生气，即问林大嫂）大嫂，谁得罪了你吗？

栗晚成　我不对！我学习得不够！我得罪了大嫂！

林树桐　没关系！

达玉琴　（口中责备栗晚成，而实际是不满意林大嫂）老栗，你要记住，正因为你是个英雄，你才最容易得罪人。你的话说得稍微差点分寸，人家就会说你骄傲自满，目中无人！

林大嫂　（听出弦外之音，也施展口才）是呀，我是个老落后分子，不象你那么聪明，玉琴！看，你才认识了他这么几天，就多么了解他呀！

卜希霖　（不愿看朋友们拌嘴）得了！得了！都是好朋友，大星期天的，何必……大嫂，你歇歇去吧！哈哈！

林大嫂　我不累！

卜希霖　不愿意休息，就去给我们包饺子，过星期天，不好吗？哈哈哈！

林大嫂　说得倒怪好听的，卜科长！（对栗晚成）你用完了那个符号，别忘了还给我们！（含怒而去）

卜希霖　（向达玉琴）玉琴，告诉你，林大嫂是老好人！别看她生气，她准会给我包饺子！我料事如神！哈哈！

林树桐　她呀，为人的确不错，就是顽固一点！

达玉琴　真难为你，林科长，一年三百六十五天老跟大嫂打交道！

卜希霖　玉琴，这是什么话呢！

林树桐　玉琴，你跟老栗讲恋爱，顶好别叫大嫂看见，她看不惯这种新事情！

卜希霖　大嫂跟我说过："哼，老栗追女干部，连拐子都磨去了大半截！"我可就说了："大嫂，他立过功，流过血，身上有那么多伤，还不该找个合适的女同志帮助他，保护他吗？他的拐子磨掉半截，正值得我们同情啊！"你看，玉琴，谁不对我就说他不对，谁可原谅我就原谅他，我就是这么团结大家，哈哈！

栗晚成　你们对我的爱护啊，我真……真……真不知道怎么感激才好！卜科长，我记住你的话，从此永远对妇女特别尊重！

林树桐　玉琴，老栗，不是我爱替别人着急，你们为什么还不订婚呢？

栗晚成　就……我……我怕对不起人哪！看……看我的腿！我不能只顾自己，不尊重玉琴啊！

卜希霖　你的腿？我看你满可以不再拄拐了！走走看，走走看吧！玉琴同志要是说行，就行了！走！

栗晚成　（走了几步，只略有点"点脚"，相当难堪地说）行吗？

卜希霖　我看满行！玉琴你说呢？

达玉琴　他的腿瘸是因为光荣地负了伤，不是什么天生来的缺点，更不是品质上的缺点！

卜希霖　说得好！老栗你听见没有？

栗晚成　我这受了毒的喉部，在医院这么多日子也治不好！谁……谁……谁知道我能活多久呢？

林树桐　这不像军人应有的感情！军人永远是乐观的！组织上一定会叫你多疗养，你再运用心理治疗法，叫自己快活、乐观，这点病一定能好！玉琴你说呢？

达玉琴　我怎么恨放毒的敌人，怎么同情受了毒的英雄！

卜希霖　说得好！老栗你听见没有？

栗晚成　玉琴！我十分感激你！我希望世界上真有灵芝草，真有仙丹，一下子把我治好！这算什么事呢，好一天，病两天，虽然我做了不少事，可是不能满意自己；我愿意多做事，我能做事，我有做事的经验！我急，急得要吐血！

卜希霖　不要这样着急，病得慢慢地治，慢慢地养，越着急越坏！好啦，好啦，老林，咱们帮助大嫂做饺子去，叫这一对青年谈谈知心话！

林树桐　对！老栗，玉琴，你们好好地谈谈，干脆快点结婚！革命已经胜利，革命的功臣还不该享受点家庭幸福吗？我跟老卜会给你们布置个相当出色的婚礼！卜希霖在德明饭店的大厅里，借用军区的大乐队，吃完喜酒，要有一百对男女跳舞！你们等着看吧！哈哈！走吧，老林！

栗晚成　等等！（拿起拐子）卜科长，林科长，我没有东西送给你们，这对拐子，你们一个人拿一只吧，作个纪念！假……假若我……

林树桐　你是怎么啦？老栗！谁都有忧郁的时候，可不能像你这么悲观啊！

卜希霖　玉琴，这就是你的责任了！你会帮助他，叫他快活，争取做出更伟大的事业来！好吧，我接受你这个礼物，这是奇怪的礼物，也是伟大的礼物！不管你到哪里去，我一看见这个就想起你来，一个前途远大的青年同志，青年英雄！

林树桐　好！我也会那么想！

卜希霖　立——正！齐步——走！

〔卜希霖、林树桐各扛一只拐子，并肩齐步走出去。

〔达玉琴天真地笑了一会儿。栗晚成也笑，但笑得不起劲。

达玉琴　老栗，你到底是怎么了？这么不大高兴！

栗晚成　这……这个病叫我失望，悲哀！这点悲哀使我感到空虚，好像身子悬在空中似的！

达玉琴　谁的前途能比你的更光明呢？那点病不久就会好，不要悲哀！没有前途的阶级才会悲哀呢！

栗晚成　我、我是真正的贫农！一九三五年就参加了革命！

达玉琴　一九三五年？（用手指算）你才八岁呀？

栗晚成　你……你记错了，我十岁！我跟方明将军，他十一，我十岁，一同由家乡跑到陕北，参加了红军！

达玉琴　方明将军？

栗晚成　方明将军，李震将军，洪一风司令员，都是我的老朋友！

达玉琴　我看你也会做将军！你不该悲哀，你该高高兴兴地迎接明天的更大的光荣！你的生命象诗一样的美丽，象交响乐那么丰富！

栗晚成　好……好……我一定那么办！我一定要放弃知识分子的习气，用军人的感情，英勇地向前迈进！

达玉琴　你应当说用英雄的感情！我自幼就崇拜英雄！在小学和学伴儿说笑话的时候，我就说我长大了一定和一位英雄结婚！你一来到这里，我就留神听女干部们怎样谈论你：她们是不喜欢你的腿瘸呢，还是批评你常常到医院去，耽误了工作呢？没有！她们并没嘲笑你的腿瘸，也没批评你老住医院。这叫我认识到：在这个社会里，每个女孩子都喜爱英雄！只要是个英雄，他腿瘸也好，口吃也好，我们都该敬爱他！

栗晚成 这么一说，我就有了信心！原来我的病和残废，不但不是嘲笑的对象，反得到同情？

达玉琴 是嘛，没有任何理由去悲观厌世！你看，你这么年轻，就已经有了这么高的地位。你还会往上升呢，地位越来越高。

栗晚成 是！我要证明：不但在战场上我是英雄，在一切的地方我都是英雄！地位高低，我全不计较，我要多为人民服务！

达玉琴 地位也是要紧的！地位越高，生活也就越舒服，你的病自然会一天比一天好起来。

栗晚成 是，我会那样，一天一天好起来，有好身体才能做出大事业来！

达玉琴 不是我专讲物质的享受，你既是英雄，就应该得到更好的房子，更好的服装，更有营养的食品，更多的娱乐机会，你应该有汽车！

栗晚成 一定得有汽车，解决我走路的困难！你看，我一定会有发展？

达玉琴 我绝对相信，你的前途无量！

栗晚成 我早就有百分之八十二点六的信心，可是经你这么一说，我才有了百分之百的信心！

达玉琴 你再说说你的英雄事迹，再说说！

栗晚成 你都听过了，再说那一套真有点不够谦虚的！

达玉琴 再说说！你一说那些，就眉飞色舞，忘了痛苦，有了信心！

栗晚成 你真想再听？

达玉琴 听一千遍一万遍也不厌烦！你这个老实人，一点也不懂英雄崇拜的心理！今天不用多说，只说朝鲜东线那最精彩的一段吧！你是在多少团来着?

栗晚成　十二军三十五师一〇三团。我是团参谋长!

达玉琴　军长是……

栗晚成　常充将军,我的老首长!

达玉琴　哼,有那么一天,你会升到军长!

栗晚成　我已经转业,怎能够……

达玉琴　凭你的英雄事迹,你会转回去!

栗晚成　(惊异)你怎么知道的? 怎么知道的?

达玉琴　凭我的直觉,直觉! 我真说对了吗?

栗晚成　我告诉你,你可别告诉别人哪!

达玉琴　我懂得怎样保密!

栗晚成　北京来了电话!

达玉琴　北京? 谁打来的?

栗晚成　别告诉第二个人哪!

达玉琴　看你,怎这么不信任我!

栗晚成　薛总参谋长来的电话,叫我到军委会去!

达玉琴　薛总参谋长! 到军委会去! 你去不去呢?

栗晚成　我正在考虑!

达玉琴　人往高处走,水往低处流。有什么可考虑的? 就去吧! 就赶紧去吧!

栗晚成　在这里,我虽然有病,可是并没耽误了工作,而且帮助了别人。到

　　　　中央去,我怕自己的能力不够,不能称职!

达玉琴　叫你干什么去?

栗晚成　大概是做军政处处长。

达玉琴　你又忘了英雄的感情! 你的能力够,再重大一点的工作也担当得起

　　　　来! 你满可以做个部长! 栗部长,多么悦耳!

栗晚成　你这么信任我?

达玉琴　谦虚是好的, 可不要过火! 过度的谦虚容易变成懦弱!

栗晚成　我得给洪司令员写封信去, 请求指示! 洪司令员是我的老首长, 老朋友, 爱我就如同爱他自己的儿女一样。他会替我想好主意! 你可千万别对别人说呀!

达玉琴　你为什么这样怕叫别人知道呢? 政府重用你是你的光荣!

栗晚成　是呀, 光荣! 我既须谦虚, 又有英雄气概! 你看, (夹起一个枕头, 大模大样地走了几步) 象不象?

达玉琴　象什么呀?

栗晚成　军政处处长! 夹着皮包, 穿着顶讲究的制服, 到军委会去办公!

达玉琴　(抢过枕头来) 不用你自己拿着, 你有警卫员! 你看, 汽车还没站稳, 警卫员就跳下去, 给你开开车门, 你慢慢地下来。多么威风, 何等的气派!

栗晚成　是, 是! 我就是那样! 我有智慧, 有胆量, 坐着象一辆坦克, 站起来象一门高射炮!

林树桐　(在门口喊) 栗主任, 电话!

栗晚成　来了!

达玉琴　(关切地) 不拄拐子行吗? 我搀着你点!

栗晚成　行! 行! 我能走!

〔达玉琴还是搀了栗晚成, 一同走到门口。

栗晚成　行了! 行了! (走出去)

达玉琴　(站在门口) 林科长, 进来!

林树桐　(进来) 谈得怎样啦? 就快快订婚、结婚吧, 岁数都相当的大, 啊——不算太小了, 还等什么呢? 相当的合适就行了, 别要求的太严格!

达玉琴　看样子，他有顾虑！他不痛痛快快地表示态度！

林树桐　什么顾虑？

达玉琴　我告诉你，你可千万别告诉别人哪！

林树桐　我会相当地，啊——绝对地保密！

达玉琴　薛总参谋长给他打来电话，叫他进京！

林树桐　这跟结婚不结婚有什么关系？

达玉琴　你真傻！在北京，才貌双全的姑娘至少也有几十万！我没到过北
　　　　京，没见过大场面，我怕配不上一位英雄！

林树桐　对！相当对！（到门口喊）老卜！老卜！快来！

　　　　〔卜希霖匆匆地跑上。

卜希霖　什么事？

林树桐　我告诉你，你可千万别告诉别人哪！

卜希霖　我懂得怎么保密！

林树桐　薛总参谋长给老栗打来电话，叫他进京！

卜希霖　我早就猜到他不能在这里干长了！咱们对他照顾得不够，给他的地
　　　　位也太低！再说，武汉这里的气候对他也不太好！

林树桐　在北京，才貌双全的姑娘至少有几十万，恐怕他不会再积极地向玉
　　　　琴求婚了！

卜希霖　有理！有理！老林，咱们得给他更多的压力！

达玉琴　那够多么难为情啊！没有他，难道我还不活着了吗？我只是想帮助
　　　　他，并不为我自己打算什么！

卜希霖　就是！玉琴，他也许能够找到比你更美、更有才干的姑娘，可是不
　　　　易找到像你这么忠诚，肯为一个英雄牺牲自己的人，是不是？

达玉琴　对！除了成全一个英雄，我没有别的愿望！

林树桐　玉琴，你必须争取主动！

〔栗晚成和马昭说着话进来。马昭四十多岁，中等身材，很结实。他办事颇有气魄，但失之粗心大意。

卜希霖　（对马昭）马处长，我告诉你，你可千万别告诉别人！

马　昭　什么事需要这么保密？

卜希霖　老栗接到薛总参谋长的电话！

栗晚成　玉琴！你……

达玉琴　我是替你高兴！有机会到中央去做事，还不值得高兴吗？

马　昭　老栗，你走不了！

栗晚成　怎么？

马　昭　我的事情多，人事处的工作我一个人忙不过来，刘副处长又出了差，一时不能回来，非添个得力的副处长不可！我反映上去，上级已经同意。你是老干部，战斗英雄，模范党员，你得帮助我！老卜，老林，你们看我的意见对不对？当然，我的意见差不多总是对的！

达玉琴　他谦虚得过火，老怕不能称职！

栗晚成　我……我有些做事经验，我愿意多做事！可是我的身体不支持我！中……中了毒气不象别的病，真不好治！我必须和洪司令员商议商议！

马　昭　无论怎么说，你得帮助我！报纸上常登载你的事迹，各处学校请你讲演，人人知道你是英雄，我就该重用英雄！

卜希霖　马处长，我跟老林会说服他！同时，咱们大家一齐劝他和玉琴同志赶快结婚！好让他死心踏地在这里工作！

马　昭　是嘛，我看不出为什么你们还不赶快结婚！我做事的窍门就是讲效率，看事要准，行动要快！假若不是这样，我们就没法子办成一件事！你们俩这点事，既无须开会，又不必讨论章程，何必这么拖延着呢？

栗晚成　容……容我考虑考虑！

达玉琴　（生了气）好吧，你慢慢考虑吧，我走啦，再见！

卜希霖　玉琴！等一等！（拉住达玉琴，对栗晚成）我告诉你，老栗，你这个态度对不起玉琴啊！

林树桐　连我也觉得相当难过，是我把玉琴介绍给你的！我知道，你愿意上北京，那里至少有几十万才貌双全的姑娘！可是，你要想一想，在哪里都是一样为人民服务，而且这里特别需要你！至于玉琴呢，她是我的同乡，我亲眼看她长大的，我保证她会真心地爱你，帮助你！

马　昭　老林的话说得正确扼要！你到底要怎么决定，老栗？

栗晚成　我……我……我……噢，噢！（用手揪住脖子，十分痛苦）

众　人　怎么啦？怎么啦？

达玉琴　（搀住栗晚成）是不是病又犯了？

〔栗晚成痛苦地点点头。

达玉琴　（急搀栗晚成到床前，叫他坐下）要点开水吗？

栗晚成　（摆手）不……不……不要！

达玉琴　先别说话！

栗晚成　没关系！我……会会克服痛苦！马处长，允许我请半个月的假吧。我到北京去看看。

马　昭　（笑着）哼，你一去就不回头了！

栗晚成　我回来，一定回来！你们给我的温暖、帮助、照顾，实在太感动我了！你们这样信任我，我愿意在这里一辈子，贡献出我的一切！可是，中央的……

马　昭　好吧！我去给洪司令员写封信，交给你带了去。他是我的老朋友，他会帮助你解决问题。

栗晚成　马处长，你也认识洪司令员？

马　昭　老朋友了！他给我题的字，写的对联，我都保存着呢，有工夫你可以来看看!

栗晚成　我也有他的签字,就在(指写字台上的小册子)那个小本里。

马　昭　等闲着再看!你们好好地照顾他!明天见!(下)

栗晚成　再见,马处长!(对大家)我躺一躺就会好了的!(躺下)

金　丹　(内声)栗秘书主任在吗?

林树桐　在!干嘛?

　　　　〔金丹上。

金　丹　(交介绍信)大江报的记者,金丹。

卜希霖　栗主任不舒服,你明天再来好不好?

金　丹　那……

栗晚成　(坐起来)来吧!我可以跟你谈谈!

卜希霖　你不可以,栗同志!你应当保重自己!

金　丹　只谈十分钟行不行?

卜希霖　顶好一分钟也不谈!我知道你的任务重要,可也应当体谅一位有病
　　　　的英雄!是不是,同志?

达玉琴　同志,你是不是要问他的英雄事迹?

金　丹　是!

达玉琴　好,我会替他说。你要问哪一段?是老红军时期的,解放战争时期
　　　　的,还是抗美援朝时期的?我都知道。

卜希霖　老栗你看看,玉琴多么能帮助你!玉琴说!我也愿意听听!

金　丹　说抗美援朝里最精彩的一段吧!

栗晚成　说我怎么中毒!玉琴,说我怎么中毒!

达玉琴　好!坐下!

金　丹　(掏出笔记本,坐下)请说吧!

达玉琴　现在我就是栗晚成同志,十二军三十五师一〇三团的团参谋长。番

号请务必保密！（模仿栗晚成的神态，但只掀起一点衣襟）看，有一天，刚刚天亮，敌人反扑，打白刃战。两个塔似的美国兵一齐扑向我来，两把刺刀同时刺到这里，我连眼也没眨巴一下，拍，拍，两手枪，两个"塔"全倒下去。

……

——幕徐落

第三幕

时　间　一九五四年冬，下午。

地　点　北京，农林部的办公厅主任办公室。

人　物　达玉琴　荆友忠　林树桐　冯福庭　卜希霖　铁　刚　马　昭

〔幕启：这个办公室跟别的办公室差不多：写字台、电话机、小桌、

沙发、衣架等都应有尽有。

屋中虽然相当整洁，但是还可以看出工作的繁重：不但写字台上有成

堆的文件，连小桌上，甚至椅子上都有刚拆开的或没拆开的函件。

前面是玻璃窗，可以望见北海的一角。有两个门，一通外边，一通

另一间办公室——达玉琴就在这里工作。

在各大行政区撤销之后，咱们在前幕见过的老朋友，像马昭、卜希

霖、林树桐和达玉琴都调到这里来。马昭是办公厅主任，卜希霖已升

为司长，林树桐是人事处处长，达玉琴是办公厅主任办公室的干部。

达玉琴已和栗晚成结了婚。

这里还有咱们的一位老朋友，荆友忠。他参加了抗美援朝战争，现

在转业到这里来。还是那么热情，不过经过三四年的锻炼，他已很

成熟了。

至于栗晚成呢，他也随着大家调到北京来，可是因为身体不好，还

在医院里疗养，只拿处长级的待遇，没有正式工作。

〔现在，还没有上班。达玉琴独自在屋中走来走去，心情似乎非常不

安。想整理一下桌上的文件，又安不下心去，时时看壁上的钟。看完，又看看手表，好像不大信任那座钟似的。

〔荆友忠轻轻开开门，进来。

荆友忠　不晚吧？玉琴同志。

达玉琴　不晚。

荆友忠　找我有什么事？

达玉琴　要紧的事！

荆友忠　就请说吧！

达玉琴　我问你，你跟栗晚成有什么仇恨？

荆友忠　我跟他远日无仇，近日无怨！

达玉琴　那么，你为什么怀疑他呢？

荆友忠　你听谁说的？

达玉琴　那你不必管！

荆友忠　喝！咱们这里真会闹小广播！

达玉琴　说说你为什么跟他过不去！

荆友忠　我从头儿说吧。当初，他跟我一同在陕西农业干训班学习。那时候，我很年轻、很幼稚，我崇拜他。

达玉琴　当初崇拜他，现在又怀疑他，这不是两面派吗？

荆友忠　两面派并不这么讲。随着年岁的增长，一个人会慢慢成熟起来。

达玉琴　就是疑心越来越多吗？

荆友忠　别这么说话吧，玉琴同志。不是疑心，是警惕，越来越多。你看，（掏出张报纸来）前几天报纸上发表了二百多位战斗英雄的名单，里边没有栗晚成的名字。

达玉琴　（有点慌，但仍强辩）这跟你有什么相干呢？

荆友忠　玉琴同志，我要是对他有什么成见，我就不会对你提这些了，你是他的爱人啊。据我看，国家的事就是大家的事，人人应当管。所以，尽管你是他的爱人，我也还对你说，你一方面是他的爱人，另一方面也跟我一样，是个公民。

达玉琴　（思索）你怎么知道这不是第一批名单，以后还会发表第二批、第三批呢？

荆友忠　不过，还有不可解的地方。当初，他说他要去参加抗美援朝，他去了没去，我不知道。我自己可是去了。在朝鲜，我打听过，没有人知道他。

达玉琴　你太可笑了，怎能那么巧，你一打听就正好打听出来。

荆友忠　是呀，所以当时我并没把这件事挂在心上。可是，我来到这里之后，听说他做过十二军三十五师一〇三团的团参谋长。这一团恰好和我们并肩作过战，我见过那一团的首长们，并没有他！这，你怎么解释呢？

达玉琴　那，那，你怎么解释？

荆友忠　我想不通！

达玉琴　想不通就别想了吧！难道你要证明他是冒充吗？

荆友忠　即使我那么想，也不算过火。

达玉琴　你要晓得，在咱们的社会里，没有人敢冒充英雄，同志！

荆友忠　玉琴同志，最亲亲不过夫妇，他有什么毛病总瞒不过你去。

达玉琴　你是说，我知道他有毛病，可是不肯说，是吧？

荆友忠　那很可能，假若你的思想有……

达玉琴　有什么？你算了吧，都是同事、朋友，有工夫为什么不给朋友说几句好话呢？

荆友忠　我当初崇拜过他，你是不是也……

达玉琴　我也崇拜过他，可是我崇拜谁就永远爱护谁，不象你反复无常！我看，你的思想才有问题呢！

荆友忠　怎么？

达玉琴　你假装积极、警惕，其实是为耍点小聪明，想往上爬。为想往上爬，你不惜诬蔑一位英雄。

荆友忠　我丝毫没有那种卑鄙的想法！我在朝鲜战场上经过了炮火的锻炼，我不会做损人利己的事！你是他的爱人，你应当帮我把这件事搞清楚。

达玉琴　叫我随着你诬蔑我的爱人？我还没得神经病！告诉你吧，别再捣乱，无事生非！

荆友忠　这不是捣乱，玉琴同志！今天搞不清楚的事，明天也不会有什么好结果。你也做了几年的事，我相信你也经常参加政治学习，你应当知道照我的办法做，对你有利，不是有害！

达玉琴　你一定要往下搞？

荆友忠　一定！并且希望你帮助我！

达玉琴　我不会帮助你！这里的马主任、卜司长和林处长都是我的老首长，他们都很器重栗晚成。你要是故意捣乱，他们会帮助我，你不会得到什么便宜！

荆友忠　我根本不想得什么便宜！我要做我该做的事，我也希望你那么做！

达玉琴　（看恐吓不成，改为拉拢）得了吧，友忠同志，你和我的爱人是老朋友，那么你也就是我的朋友，让咱们团结得好好的，何必这么瞎闹呢？星期天，你上我那里玩玩，吃点家常便饭，不好吗？老栗星期天可能回家来看看，你们俩喝两杯六十度，不好吗？

荆友忠　啊……他还在医院里？他脖子里的那颗子弹还……

达玉琴　什么子弹？他是中了毒气！

荆友忠　噢！那……

达玉琴　告诉我，这是怎么一回事，干什么这样要说又不说的呢？

荆友忠　你不知道他的脖子里有一颗子弹？

达玉琴　我……他没有说过。可是，这有什么关系呢？有一颗子弹就更光
　　　　荣，没有呢就更舒服点，不是吗？

　　　　〔上班铃响。

荆友忠　上班了，咱们再谈吧。（要走）

达玉琴　听着，荆友忠！你顶好忘了这件事！

　　　　〔林树桐进来。荆友忠站住。

林树桐　友忠，你干吗上这儿来了？（没等回答，问达玉琴）马主任还没来？

达玉琴　还没有。

　　　　〔荆友忠要往外走。

林树桐　等等，友忠！

荆友忠　是，处长！

林树桐　友忠，你这种精神相当地值得表扬，可是警惕不等于无中生有，见
　　　　鬼见神。前天，你来反映意见，我又大致地看了看栗晚成的材料，他
　　　　千真万确是个战斗英雄。材料里有大江报发表过的他的英雄事迹。还
　　　　有：咱们的马主任——以前是中南农林部的人事处处长——给洪司令
　　　　员的信，和洪司令员给马主任的回信。这两封信都谈到栗晚成的工作
　　　　问题。有这些材料，你可以相当地满意了吧？

荆友忠　我对栗同志没有丝毫的成见，林处长。

林树桐　你参加过抗美援朝，我相当地了解你的动机！我的警惕性也相当的高！

荆友忠　林处长，你在中南跟他相处很久，就没有看出他的任何缺点？任何
　　　　可疑的地方？

达玉琴　荆友忠，你确是有神经病，你怎么敢跟人事处处长摸底呢！

林树桐　友忠，栗晚成的确有相当的缺点，可是谁没有缺点呢？我不压制批

评，可是你也要小心谨慎，别太冒失！在他的材料里，他做过的事几乎每件都有高级首长给他作证！

荆友忠　处长，你跟那些位首长对证过吗？

林树桐　你太天真了，友忠！我能去麻烦那些位首长吗？

达玉琴　我刚刚说过，无论怎样，谁也不敢冒充英雄！

林树桐　这是相当有总结性的一句话！一个人可以冒充学生，冒充干部，可是谁也不敢、不能冒充英雄！就拿栗晚成来说，他身上有那么多伤，伤能是假的吗？

达玉琴　你就不想想他流血的痛苦！中毒的痛苦！我们成全英雄，友忠你打击英雄！

荆友忠　林处长，咱们应当把这件事弄个水落石出！玉琴同志，请你也平心静气地想一想！（严肃高傲地走出去）

林树桐　玉琴，这个小家伙的动机是相当纯正的，不要错想了他。咱们要教育他，叫他看明白了：培养一个英雄多么不易，打击英雄可是易如反掌！

达玉琴　这样乱挑拨离间的干部就该开除！开除！

林树桐　不能那么说，玉琴，你看，林大嫂不是也不大喜欢晚成吗？你能说她有什么成见？

达玉琴　大嫂是另一回事，她是个家庭妇女，不懂得新事情。

林树桐　不管怎样吧，你可千万别把这回事告诉栗晚成，他是最爱惜羽毛的人！

〔勤务员冯福庭慌慌张张地进来，手里拿着一封电报。

冯福庭　马主任还没来？

达玉琴　没有。有什么事？

冯福庭　啊——（本想走出去，又改了主意）好，我就跟林处长说说吧！

林树桐　什么事，这么大惊小怪的？老冯！

冯福庭　我……我犯了错误！林处长，请你帮帮我的忙！

林树桐　犯了什么错误？

冯福庭　是这么一回事，林处长。昨天晚上下了班，来了这封电报。收发室
　　　　没有人。我不收下吧，这是电报；收下吧，我又不该管收发。

林树桐　咱们这里是相当的乱七八糟，玉琴！收发室在夜里也应该有人值
　　　　班啊！

达玉琴　现在已经好多了！咱们刚到这里的时候，你记得，信和电报不是都
　　　　扔在一个大筐子里，让大家随便去拿吗？老冯，你说吧。

冯福庭　我正进退两难，送报的扭头儿走啦！

林树桐　他没叫你打图章？

冯福庭　没有！

达玉琴　他是送报员吗？

冯福庭　黑灯瞎火的，我没看清楚！

林树桐　看这份儿乱，简直不象个机关！

冯福庭　看了看电报，我没有办法。

达玉琴　怎么？

冯福庭　我不识字啊！想了半天，我把它放在了枕头底下，预备今天一清
　　　　早，收发室来了人，就交出去。可是，今天早上一起来，我就忙着
　　　　升火、收拾院子，忙得连被子也没顾得叠好，更甭提看那封电报
　　　　了！刚才抓空儿去收拾被子，一掀枕头，我出了一身冷汗！我赶紧
　　　　把电报送到收发室，那里的同志们不收！他们说，没有收据簿子，
　　　　不合手续！林处长，我这个错误不小，你得帮助帮助我！

林树桐　拿来，我看看！

冯福庭　处长你发发善心，别给我处分！（递电报）

林树桐　（读）农林部转栗晚成……

达玉琴　他的？打开看看！

林树桐　那好吗？

达玉琴　明明叫咱们给转，咱们就可以看！再说，我是他的爱人！

林树桐　对！（拆开信封）军用电报！洪司令员嘱代告栗晚成，限三日内到
　　　　达兰州，参加军事会议。周光启，天津。

达玉琴　周光启是谁？

林树桐　是谁？空军司令员！

达玉琴　空军司令员！（要走）

林树桐　你干什么去？

达玉琴　找荆友忠那个小家伙去，叫他看看，空军司令员给栗晚成来了电报！

林树桐　你算了吧？

　　　　〔达玉琴止住。

林树桐　老冯，你赶快骑车子到医院去，叫栗同志马上来。电报已经误了一
　　　　夜半天，不能再耽误一分钟！听见没有？

冯福庭　听见了！他要是走不动，我把他背了来！将功赎罪，我可以不受处
　　　　分了吧？

林树桐　可以！快去！那么，就要求医院用汽车送他来！

冯福庭　对！（要跑）

林树桐　拿着电报！

冯福庭　对！（接过电报，飞跑出去）

林树桐　（兴奋地）要有大变化！玉琴，你看着，要有大变化！你去看看，卜
　　　　司长来了没有？他昨天还去看栗晚成，他可能知道点底细。

达玉琴　好！（刚走至门口，站住了）卜司长来了。（闪开，让卜希霖进来）

卜希霖　马主任还没来？（没等回答）老林，你猜，谁来了？

林树桐　谁？

卜希霖　（回手拉铁刚）老铁，老马还没来，老林在这里呢。

〔铁刚拉着卜希霖的手，走进来。

铁　刚　老林！你还活着哪？

林树桐　哎哟，老铁！什么风把你吹来了？（亲热地握手）

〔达玉琴给他们倒上茶，走进旁室。

铁　刚　从新疆调回来了。在医院里住了几天。

林树桐　怎么啦？有什么毛病吗？

铁　刚　没有一点毛病！钟表用久了不是就得擦擦油泥吗？我到医院里去擦
　　　　擦油泥！在医院里，我遇到你们的一位干部。

林树桐　谁？

铁　刚　栗晚成。喝，我们一见如故。由他的嘴里，我才知道了你们都在这
　　　　里。哼，多么快，一下子就四年没见喽！

卜希霖　老林，昨天我去看栗晚成。一看，这个家伙也在那里呢。他跟栗
　　　　晚成那个亲热劲儿，就好像是一胎双生的亲兄弟！哈哈！

铁　刚　老栗是个很可爱的人！那么年轻，那么勇敢，又那么细心。你看，
　　　　他用我一张信纸都要问问我。我就说了，你用吧，用一张信纸还要问
　　　　一声？你看他说什么？他说：铁副部长，因为你的信纸是军事机关里
　　　　的，不可以随便使用！他就是这么细心，这么守纪律！

林树桐　卜司长，周司令员给栗晚成来了一封电报，叫他十万火急到兰州去
　　　　参加军事会议。你昨天没听见他说什么？

铁　刚　我知道点！前两天他跟我谈心，他说他可能去做师长！上兰州参加
　　　　军事会议？对，对，这前后两个消息一碰，就正合适。

卜希霖　老林，咱们这回可没法留住他了！在中南的时候，军委会要调他
　　　　来做军政处处长，老马亲自给洪司令员写了信，洪司令员回信说：
　　　　他的身体不好，应当先在中南一边做事一边休养，还恳切地嘱咐老
　　　　马，特别照顾他。这样，我们才留住了他，叫他担任了人事处副

处长。大家来到北京，老马和部长商议了好几次，到底给他什么职务，可是始终没做出决定，只叫他拿处长的待遇，在医院里养病。我每次到医院去看他，他虽然不明说，可是话里带出来不满的情绪。本来是嘛，他是个英雄，英雄无用武之地怎能不着急呢！咱们都不甘心不做事，白拿薪水，何况一位英雄呢？

林树桐　可是，咱们并非不想重用他，他不是有病吗？咱们要是不照顾他的身体，非叫他上班办公不可，那才违反了政府照顾干部的原则！

卜希霖　可是，你不明白英雄的心理！看吧，咱们丢了一个最有希望的干部！

铁　刚　老卜，别太本位主义啊，他是部队培养出来的人才，难道不该再回到部队里去服务吗？再说，你们一向照顾他很周到，部队应当感谢你们呀！

卜希霖　这话对，说得好！哈哈！

〔电话铃响，达玉琴急忙跑出来接电话。

达玉琴　（听电话）……等一等。（用手遮住听筒）铁副部长！

铁　刚　喝，我刚刚来到这里，电话就追上来了！谁？

达玉琴　医院！

铁　刚　医院？我已经出了院！

达玉琴　可是还没办手续，你的文件什么的，还在病房里乱扔着呢！

铁　刚　麻烦哪！真麻烦！好，好，告诉他们，我马上回去！

〔达玉琴轻声地回话以后挂上电话。

铁　刚　老卜，没办法，我非走不可！我改天再来看老马，你们替我问他好。（很不愿站起来地站起来）

卜希霖　等薪水下来，我好好地请你吃一顿全聚德！哈哈！

铁　刚　是呀，我一下火车，就想上全聚德，可是他们非叫我上医院不可！好，再见吧！（跟他们握手）

林树桐　玉琴，我介绍一下。老铁，这就是老栗的爱人！

铁　刚　真的！告诉你，太太，啊，同志，你的爱人是个了不起的人！

达玉琴　（得意）别这么夸奖他吧！

林树桐　玉琴，你送铁副部长出去吧。再见，老铁！

　　　　〔达玉琴领铁刚出去。

　　　　〔电话铃响，林树桐去接。

林树桐　……马主任？……你快来吧，一件急待解决的事，等着你来做决
　　　　定！……好！（放下电话）

　　　　〔荆友忠进来。

荆友忠　卜司长，林处长，我想出一个好主意！

林树桐　（冷淡地）什么好主意？

荆友忠　还是那个英雄名单问题。请处长问问军委会，不就水落石出了吗？
　　　　军委会就在北京！

林树桐　请你放心吧，栗晚成马上去做师长！也许你应当怀疑英雄，可是我
　　　　们信任英雄！

荆友忠　（惊异）那……

卜希霖　荆同志，你是很好的青年，我喜欢你！可是，你还缺乏经验，还不
　　　　能全面考虑问题！你想想，凭我们这几只老干部的眼睛，好几年的
　　　　观察，还能看不出一个人的真假虚实来吗？你忘了这件事吧，好好
　　　　地去工作，你也会成为模范人物。告诉你一句最有用的话：少怀
　　　　疑别人，多鞭策自己！实践这句话会给你带来无穷的好处，哈哈！
　　　　你去吧！

荆友忠　是！（走出去）

林树桐　这个小家伙！看我那一句——也许你应当怀疑英雄，可是我们信任
　　　　英雄，说得多么有劲！

卜希霖　我那一句也不软！少怀疑别人，多鞭策自己！不但咱们的话好，咱
　　　　们的态度也好，既没压制批评，又教育了青年干部！哈哈！

　　　〔达玉琴回来，夹着马昭装文件的皮包。

达玉琴　马主任来了。（把皮包放在桌上，入旁室）

　　　〔马昭匆匆进来。

马　昭　有什么要紧的事啊？老林！

林树桐　栗晚成的事。

马　昭　他又怎么啦？（坐下，拿起桌上的文件之一，随便一看，随便放下）

卜希霖　这回咱们留不住他了，老马！

马　昭　（又拿起一件公文，写上两个字）部队又要调他走？

林树桐　到兰州去开会，听老铁说……

马　昭　（顺口搭音地）哪个老铁？

卜希霖　铁刚。他刚才走，叫我们问你好。他说栗晚成大概去做师长。

马　昭　那好哇，我看他到部队去也许比在这里合适。可顾虑的只是他的健康。

　　　〔敲门声甚急。

马　昭　进来！

　　　〔冯福庭气喘吁吁地跑进来。

冯福庭　栗同志来了！栗同志来了！林处长，我不会受处分了吧？

林树桐　你去吧！

冯福庭　是！（拉着屋门，敬待栗晚成进来）

　　　〔马昭等一齐注视屋门。屋中紧张的静寂。

冯福庭　请！（下）

　　　〔栗晚成慢慢进来。他的腿还有点瘸，可是步子迈得相当大了。他
　　　　的亦步亦趋表现出在稳重之中带着积极与紧张。他的态度是极有礼
　　　　貌，又保持着"英雄"的高贵身份，不卑不亢。一进门，紧走了两

步，然后立定，向大家敬礼。而后，又紧走两步，亲热地和他们

一一握手。他的制服是黄呢子的，胸前佩满了徽章。

马　昭　坐下！坐下！健康怎样啊？

栗晚成　有、有一点点进步！谢谢主任的关切！

马　昭　（开玩笑地）怎么，身体刚好一点就要开小差吗？

栗晚成　（微微一笑）洪司令员的命令，我只得服从！（极恭敬地递上电报）

马　昭　（大致地看了一下）见着洪司令员替我问候啊！你打算什么时候走呢？

栗晚成　非马上走不可了！

林树桐　只有坐飞机才不致误了期限！

马　昭　（又看了看电报）好吧，紧急的事需要紧急的措施，我批准你坐

飞机去！（在电报上极快地写了几个字）幸而我们有飞机啊，我的

天！你还有什么困难，需要我们帮助？（把电报递还栗晚成）

　　　　〔栗晚成毕恭毕敬地接过来，放在口袋里，坐下。

马　昭　快说啊，我这里还有这么一大堆文件呢！

　　　　〔栗晚成把手放在膝上，愣着；忽然低下头去，象要哭的样子。

马　昭　怎么啦？到哪里都是去为国家服务，何必这么动感情呢？你是我一

手提拔起来的，我也舍不得你呀！

卜希霖　我们都舍不得你，无论从私人感情上说，还是从这里的事业上说！

　　　　〔栗晚成仍低头不语。

林树桐　老栗，有话说嘛！

栗晚成　我……我……我说不出口来！

卜希霖　当着老同志，老朋友，有什么说不出口的事！

栗晚成　国家这么照顾我，爱护我，我怎能再开口要求……

卜希霖　是不是欠了谁的债？

栗晚成　不是！我向来节约！

林树桐　是不是需要一件皮大衣？

栗晚成　不是！我在朝鲜的冰天雪地里受过锻炼！

马　昭　栗同志，说吧，你知道这个办公厅是全部里最忙的地方！

栗晚成　唉！我的老父亲死……死……啦！（低泣）

卜希霖　老栗！老人们都有个……不要，不要太伤心吧！（自己弹泪）

林树桐　是不是家里有困难呢？

栗晚成　我的老人家是贫农……（掏出一封信来）老母亲来的信，我实在不
　　　　好意思叫组织上看！

　　　　〔卜希霖急忙接过信来，递给了马昭。

马　昭　（大致地看了看，连连点头叹息）唉！唉！卜司长，你看补助一百
　　　　怎样？

卜希霖　二百吧！死的是英雄的父亲！

马　昭　好吧！为照顾干部，政府还不在乎这点钱！（在信上批了几个字）

卜希霖　（急忙去拿信，递给栗晚成）不要再难过！走吧，我带你去领款，
　　　　招呼他们给你买飞机票。你不知道，有的干部多么官僚主义，我带
　　　　你去才能马上办好一切！走！

栗晚成　（站起来）马主任，再会了！我不会说什么，只是请相信我吧，我必
　　　　定忘我地去服务，为保卫祖国流尽我最后的一滴血……（感情是那么
　　　　激动，说不下去了！匆忙地和马昭握手）再……再会吧！

马　昭　我派部里的汽车送你到飞机场，我可就不送了，你知道我有多么
　　　　忙！保重！为国家保重你自己！

栗晚成　（转向林树桐）再会！替我问候林大嫂！（挺身疾步往外走，激昂
　　　　慷慨）

卜希霖　等等！你不跟玉琴告别吗？（叫）玉琴！玉琴！

达玉琴　（从室内跑出来）晚成，你为了工作就连我也忘了吗？

栗晚成　（急赶过来）玉琴，我到了兰州就写信来。你好好看家，好好工
　　　　作，好好学习！这里的首长都会照应你，我非常放心！（轻轻拥抱
　　　　达玉琴，而后决然放下手来，昂首往外走）

达玉琴　我有许多话嘱咐你呢！

卜希霖　玉琴，来，同我一块儿给他办手续去！

　　　〔卜希霖和达玉琴同下。

　　　　　　　　　　　　　　　　　　　　　　　　——幕落

第四幕

时　间　前幕后四五日，晚间。

地　点　西安，农业技术研究所的招待室。

人　物　唐石青　杨柱国　王乐民　杜任先　栗晚成

〔幕启：一间招待室。摆着一套沙发、两把椅子，还有一张铺着白桌
　　布的圆桌。桌上放着一个小红瓷瓶，并没有花。瓶旁有个很大的烟
　　灰碟，好象要求每个客人都必须吸烟似的。靠墙角有个衣帽架，挂
　　着一件大衣和一顶帽子。和这斜对着的墙角放着一张小茶几，几上
　　有暖水瓶和茶具。

墙上挂着几张大小不同的图表，都是关于农业生产的，如"碧蚂一
号"新种麦子和别种麦子生产量的比较图表等。

〔公安厅的唐石青处长来访研究所主任杨柱国。我们在第一幕里看
　　见过这位主任，那时候他是在西北农林学院工作，现在调到这里
　　来了。

唐处长心里很着急，可是聚精会神地看着墙上的图表，好象已下了
决心改业，去做个农业专家似的。他是个经验丰富的老干部。已经
四十来岁了，看起来还很年轻，头发还没有多少根白的，而且梳得
很光溜。他的身量很高，可是全身都是那么柔软灵活，使人不易感
到他是大个子。他的脸刮得很光，眼睛很大很亮；脸上与眼睛里经
常发出笑意，老象心中有什么喜事，可以随时大笑起来。

〔杨柱国匆匆地走进来。他还是那么爽直可爱，可是看得出来，他更
老练了些，脑门上增加了些皱纹。

杨柱国　唐处长，老唐！

唐石青　（似乎很舍不得停止研究"碧蚂一号"，慢慢转过身来）老杨！
（亲热地握手）好啊，你的贡献太大啦！

杨柱国　（拉唐石青坐沙发上）什么贡献？

唐石青　"碧蚂一号"麦子！一亩地增产五十斤到一百五十斤，贡献还小吗？

杨柱国　那是西北农林学院的成绩，不是我们这里的，更不是我个人的。

唐石青　你做过农林学院的党支书啊。

杨柱国　是呀，那时候我支持了"碧蚂一号"的试验，可是我不能乱说，说
我自己已经是科学家了！

唐石青　老朋友，这里是农业技术研究所，近水楼台，你要是不错过学习
的机会呀，你就能成为专家！哼，一看见这些图表，就令人喜爱科
学，钦佩科学家！科学和艺术是人类进步的两个车轮子，把我们推
送到幸福的大路上去。老杨，我前两天跟白捡似的买到一小幅王石
谷，绝对是真的！

杨柱国　怎么见得是真的？

唐石青　要是看不出真假，还配做公安厅的处长吗？

杨柱国　你算了吧！你不是为谈"碧蚂一号"和王石谷来的吧？

唐石青　但愿在我七八十岁的时候，能够天天跟男女朋友们谈谈科学，听听
音乐，讨论小说，欣赏美术作品，现在还做不到！

杨柱国　谈谈现在的事吧！你干什么来了？

唐石青　来访问一位贵宾。

杨柱国　来看栗晚成？

唐石青　嗯！军参谋长兼师长！

杨柱国　他出去一天了，还没回来。

唐石青　他现在要是在这里，咱们俩不就不好谈话了吗？

杨柱国　你呀，老唐，真有一套！什么事都先打听明白了。

唐石青　有备无患嘛！他是住在东小院里，对吧？东小院有个后门，对吧？

杨柱国　（严肃起来）什么？前后左右你全都布置下人了吗？

唐石青　谁都可以随便出入，没人拦阻！

杨柱国　这不大对呀！

唐石青　什么不大对？你知道，我专管不大对的事！

杨柱国　省委张书记正颜厉色地告诉我，不许我有任何动作！你怎么……

唐石青　省委张书记告诉了我们厅长，厅长叫我上这儿来！

杨柱国　噢！我明白了，明白了！张书记怕我乱搞，打草惊蛇！

唐石青　你没有乱搞？

杨柱国　没有！我一动也没动！我能不服从上级的指示？

唐石青　对！从现在这一分钟起，我负全责，你还是不要有任何举动！你知
　　　　道，这是我平生遇到的一个最难办的案子！他是军参谋长兼师长，
　　　　我要是错待了他行不行？

杨柱国　不行！

唐石青　我没有他的任何材料，我怎么不明白"碧蚂一号"麦子怎样试验
　　　　成功的，怎么不了解他！今天下午五点半我才接受了这个任务；
　　　　六点，我召集干部们开紧急会议。现在（看手表）差一分七点，
　　　　我已经在这里了。在一接受任务的时候，我只能想到他是空降部
　　　　队；他是谁，他是干什么的，我全不知道！

杨柱国　他的确不是从天上掉下来的。

唐石青　谢天谢地！说吧，把你所知道的都告诉我！

杨柱国　要纸不要，记一记？

唐石青　用不着！我的脑子就是笔记本！十年前，咱们俩在一块儿搞地下工
　　　　作的时候，你看见过我用笔记本吗？

杨柱国　甭跟老同志吹你的天才吧！听着，五一年秋天，我认识了他。

唐石青　在哪里？

杨柱国　西北农林学院。那时候，我是学院的党支书。他是到干部农业技术
　　　　训练班来受训的。

唐石青　干训班的党支书是谁？

杨柱国　平亦奇。

唐石青　他现在在哪里？

杨柱国　还在农林学院做事。

唐石青　好。栗晚成是哪里派来的？

杨柱国　安康专署。

唐石青　他有文件？

杨柱国　当然！

唐石青　你都看过？

杨柱国　大致地！那时候，学院里正进行"三反"运动，就极忙，平亦奇可
　　　　能都……

唐石青　等等！（又去看图表。看了一会儿，转过身来，自言自语地）他既
　　　　不是从天上掉下来的，就必定是一步一步爬上来的，也许每一步都
　　　　有毛病。（走到门口，啾了一声）

　　　〔王乐民，二十多岁的干部，应声而入。手中已预备好笔记本。

唐石青　乐民，马上出发，骑摩托车到西北农林学院，找平亦奇，平亦奇同志。

　　　〔王乐民记录着唐石青的话。

唐石青　限你十二点以前跟他一同赶回来，我在招待所里等你们。告诉刘科

长，马上挂长途电话，跟安康要一切有关栗晚成的材料，了解他家
庭的情况。听明白了？

王乐民　都记下来了，处长。

唐石青　好，飞跑！顶好比飞更快一点！

王乐民　是，处长！（下）

唐石青　老杨，我的心直扑通！想想看，他要是个特务，从五一年到现在，他
会知道咱们多少事情啊！老杨，当初，他给你的印象是……

杨柱国　（想了想）可以说是老成持重，谦虚热情。

唐石青　都是好字眼。他也有缺点没有呢？

杨柱国　啊——有时候，他爱吹嘘自己，说大话。

唐石青　嗯！他什么时候离开干训班的？

杨柱国　他只在干训班学习了一个多月，就到中南受训去了，准备参加抗美
援朝。

唐石青　谁调他到中南去的？

杨柱国　我记得是军政大学组织部。

唐石青　（几乎跳起来）什么？什么？军政大学组织部？军政大学组织部会
直接向干训班调干部？

杨柱国　我当时也这么考虑过。后来一想呢，他既是去受训，可能是由军政
大学布置学习。

唐石青　怎么可能？

杨柱国　我不知道，我那么推测。

唐石青　同志，主任，老朋友，你根据什么原则去推测的？

杨柱国　他是战斗英雄，又是模范党员，我信任他，所以也信任那个文件。

唐石青　这是什么逻辑呢？你是这个农业技术研究所的主任，又是我的老朋
友，我完全信任你。可是，假若今天你告诉我，军政大学组织部来一

封文件调你走，我就应当因为信任你，也就相信那个文件合理吗？

杨柱国　我不大懂部队办事的手续！

唐石青　你也不懂得问问吗？咱们不懂的事情可多了！

杨柱国　那……

唐石青　好，（开玩笑地）先记你一过吧！你批准了他到中南去？

杨柱国　对！大家还给他开了盛大的欢送会。

唐石青　以后呢？

杨柱国　以后失去了联系。一直到前几天，他忽然给我来了一封信。

唐石青　你们既然失去了联系，他怎么知道你在这里？

杨柱国　信寄到了农林学院，由学院转过来的。信里说，他在朝鲜立过大功，成了战斗英雄，现在洪司令员叫他到兰州去参加军事会议。会议后，他到西安来休息几天，愿意住在我这里。我回了信，欢迎他来，因为他是一位英雄！

唐石青　他果然来了。怎么来的？

杨柱国　坐飞机来的。

唐石青　你怎么知道？

杨柱国　他带着一联飞机票，还有飞机上给旅客预备的纸口袋，叫什么来着？

唐石青　清洁袋。他告诉你，他是军参谋长兼师长？

杨柱国　对。这回，我有点怀疑了。

唐石青　怀疑什么呢？

杨柱国　第一是他提升得太快了，怎么这么年轻就做军参谋长兼师长呢？我仿佛记得，在干训班的时候他才二十五岁。那么，今年他不会过三十。第二是他没带着警卫员。我想，一位高级军官，怎么不带警卫员呢？

唐石青　同志，你有了进步，不再只信任个人，而不信任制度了。你没问他为什么没带警卫员？

杨柱国　问了。他说，上级不批准警卫员坐飞机。我可就想了：他既住在我这里，我又没法子保卫他，万一出点什么事故，谁负责呢？因此，我劝他到军区去报到一下。

唐石青　你想的好！老杨，我取消刚才给你记的那一过！他去了没有？

杨柱国　去了，并且告诉我，他见到了赵司令员。

唐石青　哪个赵司令员？

杨柱国　就是咱们陕西军区的。

唐石青　故事越来越好听了，咱们的赵司令员到北京去了，还没回来！

杨柱国　就是嘛，我也知道！我还怕错疑了好人，又问他军区在哪里。我的确不知道军区在哪条街上。他说，在鼓楼前。我可是知道，鼓楼前的是西北军区，不是陕西军区。老唐，听到了这些驴唇不对马嘴的话，我飞也似的跑到省委会去，恰好见到了张书记。

唐石青　老杨，似乎得给你记一功了吧？

杨柱国　记一功？张书记泼了我一头冷水！他正颜厉色地说："不要无中生有地乱怀疑一位高级首长，一位英雄！栗师长的警惕性高，不愿意告诉你陕西军区在哪里！师长没见着赵司令员，可是见到了别位首长，他没有责任告诉你！"老唐，张书记是我平日最佩服的一位老同志，可是他这回的态度未免使我失望！不过，刚才听你那么一说，我才了解：一位省委书记必须沉得住气，不能象我这么冒冒失失的！

唐石青　是呀，一点不错！可是，我怎么办呢？你看，咱们刚才说的不过是一些小小的漏洞，断定不了什么。他到底是谁，他是干什么的？他的目的何在？全不知道！咱们能说他不是师长？

杨柱国　不能！他是千真万确坐飞机来的！

唐石青　咱们能说他是骗子？

杨柱国　谁能一骗就骗到飞机票呢?

唐石青　也没有那样的疯子,骗到了钱之后,去坐飞机玩玩!(想)老杨,刚才你说他去看赵司令员,可是并没去,他上哪里去了呢?

杨柱国　我不知道!

唐石青　嗯!这里有文章!可能有很好的文章!要搞清楚!

　　〔杜任先,一个青年公安干部,进来。

杜任先　处长,他回来了!

唐石青　老杨,到了我受考验的时候了,从现在起,我是市人民委员会的交际处长,来请他到招待所去住。你请他过来。

杨柱国　为什么你不到东小院去看他呢?那不可以多看见些东西吗?

唐石青　不!那会叫他怀疑,我是来检查他的。这里好,这是客厅,谁都可以进来。

杨柱国　好!我去。(下)

唐石青　他坐什么车回来的?

杜任先　走着回来的。

唐石青　走得快,还是慢?是自自在在地,还是慌慌张张?

杜任先　不快不慢,自自在在。

唐石青　好,你去吧。

杜任先　是。(下)

　　〔唐石青又看墙上的图表,看得非常入神,倒好象那都是美术作品。看了一张,又去看第二张,还回头再看第一张,似乎是比较两张的风格有何不同,或是研究它们相互的关系。外边有了说话的声音,他还入神地看图表。直到杨柱国拉开门,他才慢慢转过身来。杨柱国同栗晚成进来。栗晚成戴着军帽,穿着藏青色的呢大衣,里边是一身暗黄色的粗呢子制服,胸前有人民解放军的符号和一大串徽章。唐石青极亲热地赶过来，要伸手，又不敢冒昧，直到栗晚成伸出手，他才敢握住，握得亲热。

唐石青　（还握着栗晚成的手，问杨柱国）这就是栗军参谋长兼师长？久仰！久仰！

杨柱国　栗师长，这是交际处的唐处长，我的老朋友！

栗晚成　（没把处长放在眼里）唐处长，你的工作做得不坏，很不坏！刚才听杨主任说，你来请我到招待所去，我谢谢你！（老气横秋地脱大衣）

唐石青　（忙接过去，挂在衣架上）是呀，师长！（假装严肃地）你不该这么对待我们哪！

栗晚成　（稍吃一惊）怎……怎么？

唐石青　你看，凭你的英名，你的功勋，你怎么悄悄地来了，不叫我们知道，让我们犯招待不周，保卫不周的错误呢？师长，你看西安也还有个七层楼的招待所，也还有个小小的交际处。况且，交际处是由我负责啊！请坐吧，师长！

〔大家落座。

唐石青　师长，我首先向你道歉，我的确不晓得你来了。我刚才来看杨主任，才知道你住在这里。我赶紧报告给市长，市长指示我马上接你到招待所去。杨主任，请你别多心，招待所实在比你这里宽敞一点，舒服一点，洗洗澡，理理发，要茶水，都方便。

栗晚成　处长，我谢谢你的厚意，可是你知道招待所也有招待所的短处。况且，军人应当谦虚，我不愿受特殊的招待；军人有军人的感情，我愿意住在老朋友这里！

唐石青　我了解你，师长！好容易休息几天，一进招待所就招来一群新闻记者、一群朋友，实在麻烦！独自一个人，不带警卫员，住在老朋友家里，自由自在地逛逛街，坐坐三轮车，的确另有风味，几乎可以说是一种享受！

栗晚成　唐处长，你实在是个有经验的事务人才！将来一有机会，我会调你到师部来帮助我！

唐石青　先谢谢师长！可是，师长也得给我们想想，万一因为保卫的不好，出点什么岔子，我们就犯了严重的错误。

杨柱国　唐处长说的对！尽管我舍不得把招待一位英雄的光荣让出去，可是我也愿你到招待所去！

栗晚成　在这里，我给你添许多麻烦！

杨柱国　不是怕麻烦，我的心理也跟唐处长的一样！

唐石青　师长就答应下吧！我会给你好好地布置一下，不叫一个新闻记者知道，把饭开到屋里来！

栗晚成　这倒叫我为难了！那么，明……明……

唐石青　好！就是明天早晨吧。（想）啊，恰好，明天早晨可以腾出一个双间来，有卧室、有客厅。就那么办吧！师长真是太辛苦了，在朝鲜立了那么大的大功，回来还四处奔走，不得休息！

栗晚成　义……义不容辞啊！在咱们的社会里，哪一个干部都必须一个人当几个人用。洪司令员，我的老首长，调我来，（掏出一张电报，但没给唐石青看，又收回去）我能够不服从命令吗？

唐石青　就是！师长，老杨，我回去啦。明天早九点，我来接栗师长，万一我实在没工夫，我派一个科长来。（要去拿大衣，又停住）师长，我想求你一点小事，又……又……

栗晚成　说吧！我多少是个英雄，只要我能做，我决不拒绝朋友的要求！

唐石青　说出来，实在觉得太幼稚！

杨柱国　说吧！在英雄面前，我们都觉得有点幼稚！

唐石青　我，算了吧，我不应当多耽误师长的时间！（又去拿大衣）

栗晚成　说吧！我就怕人家以为英雄是不容易接近的！事实上，英雄之所以为英雄，正因为他谦虚热情。

唐石青　那么，你可别见笑啊！我在招待所时常会见到战斗英雄、劳动模范。每逢见到他们，我总要问问他们的事迹，记下来，有工夫的时候，我用这些材料编些快板什么的，得点稿费。

杨柱国　老唐，你什么时候做了作家呢？

唐石青　（既自傲，又难为情地）要不仗着那点稿费，我怎么买得起"王石谷"什么的呢？师长，可以不可以告诉我一小段呢？我知道这太不象话了，可是……

杨柱国　栗师长，说一小段，我也听听！

栗晚成　你们的天真，引起了我的天真！好，我就说一小段吧！

唐石青　（鼓掌）好！好！（拿暖水瓶给栗晚成倒水）老杨，你喝吧？

杨柱国　不喝！真是礼从外来，我简直地不会招待朋友！

唐石青　（坐下）师长！

栗晚成　（挺了挺胸，摸了摸脖子，皱上眉头，又展开眉头）那，那是我们七天七夜的苦战的第七天，刚刚拂晓。

唐石青　对！美帝反扑永远在天刚亮的时候。

杨柱国　你怎么知道？

唐石青　报纸上说了多少次。

栗晚成　（狠狠地瞪了唐石青一眼，更加劲地说）刚刚拂晓，敌人反扑，打白刃战，两个塔似的美国兵一齐扑向我来。

唐石青　那时候你就是师长？

栗晚成　（象皮球挨了一针，泄了气，但再接再厉）不……不……不是！那时候我还是团参谋长！（极快地想起主意）那，那，我本来是在后边指挥，可是被敌人包围住，不能不亲自去打白刃战。两个塔似的美国兵一齐扑向我来，两把刺刀同时刺到（急掀军衣，露出腹部）这里。我连眼也没眨巴一下，拍，拍，两手枪，两个"塔"全倒下。我扯下军衣的袖子，自己包扎了一下，继续前进！我爬、滚、跑、跳，帽子丢了，衣裳碎成一条条的，可是继续前进，象一只受了伤的猛虎！

唐石青　师长！师长！别谈了！我听不下去了，我要哭！就凭这一段，我就可以写出极生动的快板来。等师长到了招待所，我再多讨教。再见吧，师长！（握手）再见，老杨！（握手。拿起帽子，大衣，潇洒地往外走，走到门口又站住）师长，你今年不会过三十吧？

栗晚成　我……我三十三！

唐石青　看着也就象二十七八的，多么英俊哪！老杨，给我找一份"碧蚂一号"的详细说明，谢谢啊！（下）

　　　　〔栗晚成有点不安，但强作镇定。杨柱国不说话，看着栗晚成。

栗晚成　他……他是干什么的？

杨柱国　干什么的？交际处的处长！

栗晚成　看，看着有点不大象！

杨柱国　不大象？怎么不象？

栗晚成　没什么，只是那么一点感觉！

杨柱国　难道你还能怀疑他冒充处长？

栗晚成　没有的事！我还不知道咱们是生活在什么社会里！

杨柱国　说的好！我知道你绝对忠诚，同时又知道你怎么警惕！

栗晚成　杨主任，你永远是这么鼓舞我！（忙岔开话）想当初，我在干训班学习的时候，你待我就是那么好，叫我即使是在枪林弹雨之中，也时常想念你！我时常对自己说：什么时候才能再见到杨柱国同志呢！天遂人愿，我居然得到这个机会，真不容易！在朝鲜，敌人的炮火那么厉害，打过一阵炮去，看吧，山头会矮了好几尺，山还那样呢，何况人呢？

杨柱国　栗师长，我去弄点酒、花生米、豆腐干，咱们畅谈一晚上！我们非畅谈畅谈不可啦！你要是愿意见见科学家，我约一两位会喝酒的来。咱们上自天文，下至地理，无所不谈，好不好？我说，你结了婚没有？

　　〔栗晚成点头。

杨柱国　幸福的妇人！她在哪里？

栗晚成　在北京。

杨柱国　也做事吧？

栗晚成　在农林部。

杨柱国　我真想见见她！她必定是个有眼光，有本事的女同志！好吧，为了你们夫妇的幸福生活，我也得去弄点酒来，喝一喝！

栗晚成　我、我不大喝酒。

杨柱国　不"大"喝，就是喝。咱们谁也不准勉强谁，尽量，尽欢而散。喝完，睡个顶香甜的，无忧无虑的大觉，不好吗？

栗晚成　杨主任，你总是这么热诚！

杨柱国　你知道，在干训班的时候，我就给你下了结论，八个大字：老成持重，谦虚热情！

栗晚成　好！咱们喝两杯！

——幕落

第五幕

第一场

时　间　前幕次日上午。

地　点　西安，某招待所内。

人　物　唐石青　杨柱国　杜任先　王乐民　平亦奇。

〔幕启：招待所二楼上的一个双间客室，现在作为唐处长临时办公的地方。左前方有门，通到走廊。右壁有门，（现在关着）通到卧室。咱们看见的是卧室的外间，布置得像个小客厅。一进门，靠墙放着一张三屉桌，上面有茶具、花瓶。屋子当中有一套沙发，围着一张矮桌，桌上有烟灰碟和茶杯什么的，相当凌乱，好象有人在这里熬过了一夜。斜对卧室门的一角有一张写字台，上面堆着许多文件，乱放着一些文具，还有一架电话机。靠近写字台的壁上挂着一幅山水画。

〔唐处长一夜没睡，已经十分疲乏，可是还强打精神，坐在写字台前，阅读文件。

〔有敲门的声音。

唐石青　（并没转身）进来!

〔杨柱国非常紧张地走进来。

杨柱国　老唐! 你一夜没睡吧?

唐石青　（转过身来）哟，你！（站起来）一夜不睡算得了什么呢！再有三

　　　　天三夜，（说着，打了个扯天扯地的大哈欠）就，就连哈欠也不打

　　　　了！你干什么来了？坐下。你这么早出来，不招他起疑吗？

　　〔唐石青、杨柱国都坐下。

杨柱国　我留下了话，说我头疼，出来蹓跶，一会儿就回去，好在这里离我

　　　　那里不远。我差不多也一夜没睡，跟他喝酒就喝到了十二点。

唐石青　是呀，你来电话的时候已经是十二点半了。你行，能问出他老婆

　　　　在哪里。我们已经跟农林部取得联系，我正等着北京的电话。告诉

　　　　我，夜里他喝了酒吗？

杨柱国　只喝了一点。

唐石青　他很谨慎？

杨柱国　很谨慎！他有点心神不安。他甚至怀疑了你！

唐石青　真的？那要不是他太聪明，就是我太笨——没演好交际处长那一场

　　　　戏！我还以为我的那些无聊的奉承，过火谦卑的态度，都正合他的

　　　　心意呢！你看，一位演员的成功是多么不容易啊！

杨柱国　你表演的不错！

唐石青　你别夸奖我吧，说他！他又说了什么？

杨柱国　他结巴得厉害。我假装有点醉意，问东问西，他每一个字都哼哧半

　　　　天，什么也不好好回答。

唐石青　嗯！他的结巴大概是一种技术！

杨柱国　因为他是那样，所以我给你打完电话，还睡不着。

唐石青　《法门寺》里有一句好词儿："睡不着就起来坐着吧！"

杨柱国　我是又闷气又害怕！

唐石青　干什么闷气？

杨柱国　在电话里，我问你看出什么破绽，你一句也不告诉我！我还不憋得慌？

唐石青　电话上不应当随便说话呀！怕什么呢？

杨柱国　我怕他自杀！

唐石青　他干什么自杀？

杨柱国　假若他真是个骗子，怕叫你看穿了，他还不……

唐石青　你呀，老杨，有点神经过敏！他要不是骗子，他就不会自杀！假若他是
　　　　个骗子，也不会自杀！骗子永远想占别人的便宜，自己不吃亏！

杨柱国　我不跟你辩论，说不过你！告诉我，你昨天晚上到底看出什么来了？

唐石青　要是还不告诉你，你就也快自杀了吧？

杨柱国　快点说吧！你说明白了，我也好帮你！

唐石青　我只看出几个漏洞，我们还不能仗着这些漏洞断定什么。

杨柱国　就说说那些漏洞吧！

唐石青　第一，他的大衣不对！

杨柱国　藏青色的，怎么不对？

唐石青　你自己想，我不告诉你！

杨柱国　他也许有不止一个理由穿藏青的大衣。

唐石青　所以我说只是个漏洞，我并不拿这个当作什么证据。

杨柱国　还有？

唐石青　第二，他的制服也不对！

杨柱国　怎么不对？

唐石青　也请你自己想，这是很好的训练！

杨柱国　不管怎样吧，你真是心细如发！

唐石青　难道不应该细心吗？我能马马虎虎错待了一位英雄？假若他真是英
　　　　雄。第三，老杨，假若我是位师长，我会叫一个初次见面的交际处
　　　　长看肚子吗？（模仿栗晚成掀起内衣）两个塔似的美国兵……这象
　　　　高级首长的风度吗？

杨柱国　不大象！

唐石青　第四，他身上带着军用电报。按照部队的制度，电报看完马上收回，军事秘密不能随便带在身上，更不能随便拿出来给别人看！这是个大漏洞！

杨柱国　的确是个大漏洞！还有什么呢？

唐石青　第五，你记得他不过三十岁，可是他自己说三十三！

杨柱国　三十岁做军参谋长兼师长似乎太年轻了些，他自己添上了三岁。

唐石青　第六，他既是首长，就不会自己去打白刃战。

杨柱国　你提醒了他一句，他赶快改嘴，说他是叫敌人包围起来了。老唐，有你这六点，再加上我昨天说的那些，就可以肯定他是冒充了！

唐石青　还不能那么着急！

杨柱国　不着急？我恨这样的骗子！

唐石青　愤恨并不等于着急，我不应当冒冒失失地就肯定什么。他都骗了谁？骗了什么？都还没有证据！

杨柱国　骗了谁？骗了国家，骗了人民，而且骗了我！

唐石青　骗了你？当然要骗你！昨天晚上我看到的，你就没看出来，你的眼睛就是预备受骗的！老杨，赶紧回去！等一会儿，我叫王科长去接他，他要是不肯来，你得帮助王科长劝驾。

杨柱国　好，我马上回去。那什么，平亦奇来了没有？

唐石青　来了。（指卧室的门）在里边睡觉呢。他夜里一点才赶到的。

杨柱国　他是个很好的干部，不过，跟我一样，一忙起来就粗心大意！在干训班那一段，我跟他平分秋色，都有错误！再见，老唐，祝你成功！（往外走）

　　　〔杜任先进来。他已改扮成茶房的样子，提着一把水壶。

杜任先　杨主任！早！

杨柱国　　早！（打量了他一下，没敢说什么。下）

杜任先　　（一边往暖水瓶里灌水，一边问）处长，看看行不行啊？

唐石青　　（上下打量）差不多！去换上一双布鞋！招待所必须安静，你穿着带铁掌的皮鞋，叮叮当当的象什么话！还有，头发上点油，梳得光光的！这么乱七八糟的，是故意叫他看出来你一夜没睡吗？

杜任先　　是，处长，我再加加工去。还有会儿工夫才到九点，处长到里边闭闭眼去吧！

唐石青　　我还挺得住！不愿意进去把平亦奇吵醒了。王科长还没来？

杜任先　　还在厅里等着北京的电话。

唐石青　　但愿王科长一进门就说：处长，农林部来了回电，说栗晚成确是冒充！那够多么痛快！

杜任先　　可是，处长常常指示我们：做事情应当多往难处想，不要希望侥幸成功。

唐石青　　对！那么我就考考你吧。他来到，你头一件做什么？

杜任先　　请他登记。

唐石青　　怎么做？

杜任先　　（模仿茶房，拿起一张纸当登记簿子）栗师长，那什么，一点小小的手续，请登记一下。请把军人通行证……我们登记一下号数。行不行，处长？

唐石青　　还好！他要是没有通行证呢？

杜任先　　他也许拿出别的证件来，我就拿过来给处长看。

唐石青　　嗯！他要是什么都没有呢？

杜任先　　那我就加倍的客气，连声地说：没关系！没关系！

唐石青　　好！换鞋去！

杜任先　　是！处长！（下）

〔唐石青看了看卧室的门，真想进去休息一下，但是一狠心，开始做体操。正在做着，有人敲门。

唐石青　（停止运动）进来！

　　　　〔王乐民匆匆进来。

唐石青　北京的电话来了没有？

王乐民　来了！来了！

唐石青　怎样？快说！

王乐民　栗晚成千真万确是战斗英雄！

唐石青　他是战——斗——英——雄！谁说的？

王乐民　农林部人事处处长说的！他的飞机票也是农林部给买的！

唐石青　（愣了半天）好吧，原来是一场虚惊！幸而我对他没有失礼的地方！你还是去接他。他既是真正的英雄，咱们就更该好好地招待他，保卫他了！我睡一会儿去。

　　　　（往卧室走。走了两步，站住）我说，乐民，我不是做梦哪？

王乐民　不是！怎么啦？处长！

唐石青　既不是做梦，咱们就得继续往下干！

王乐民　继续往下干？

唐石青　昨天晚上发现的那些漏洞不许我去睡觉！

王乐民　不管农林部怎么说？

唐石青　农林部并没给咱们解释开那些漏洞！我极希望他不是个骗子，但是我也不能轻易放过一个骗子！（看看手表）你接他去吧。坐交际处的车，别坐公安厅的！

王乐民　预备下的是交际处的车！（下）

　　　　〔电话铃响。

唐石青　（接电话）喂……我就是唐石青。……李厅长？我正要请示！……

嗯！继续进行？好！……省委张书记也……噢！……军委会……对！我随时汇报，随时请示！……对！（放下电话机。搓了搓手，揉了揉太阳穴，精神百倍地哼了两句秦腔）

平亦奇 （轻轻地开开卧室的门）唐处长，你始终没睡？

唐石青 嗯！我常想，一个人要是能够只睡一个钟头的觉，干二十三个钟头的活儿，有多么好啊！

平亦奇 我也那么幻想过，可是我至少得睡八个钟头！（指写字台上的文件）那些材料有什么用吗？

唐石青 没有！我得等安康的材料来到，跟你拿来的对证一下，才能看出些破绽。查考一个人的历史得从根儿上来。咱们是个新国家、新社会，在天翻地覆的大革命以后，许多事接不上头儿，许多人要改头换面。他怎么来到安康，怎么入的党，都该首先弄清楚。根儿上有了毛病，一切就都有了毛病！你和杨柱国的错误是在不该轻易相信军政大学组织部的那个调干文件！

平亦奇 现在我看清楚了，那不合手续。可是文件并不假。

唐石青 你怎么知道它不假？

平亦奇 信纸、关防都对！

唐石青 你怎么知道，信纸和关防不能假造，不能偷用？请原谅我这么问，你是不是只看了看信纸和关防，并没看内容呢？

平亦奇 我没细看，杨支书看了！

唐石青 亦奇同志，再请你原谅我，文件是为看的，不是为由这里送到那里的！想吧，想想他的一切可怀疑的地方！我们不应当乱怀疑好人，可是我破获过的骗子都假装好人！到今天为止，我还没发现一个好人假装坏人的。想想吧！

平亦奇 （想）处长，处长，我想起来了！

唐石青　想起什么来了?

平亦奇　他会刻图章!

唐石青　啊哈! 这真有趣! 你看见过?

平亦奇　听荆友忠说的。

唐石青　荆友忠是谁? 在哪里?

平亦奇　他也是五一年来受训的,后来去参军。我不知道现在他在哪里。他崇
　　　　拜栗晚成,他告诉我,栗晚成给一个青年农民刻过一块木头图章。

唐石青　这个青年农民在哪里?

平亦奇　在学院附近,我认识他。

唐石青　好! 你赶紧回去,找到他,详细地问问他:栗晚成都叫他做过什
　　　　么。问完了,请马上给我打电话!

平亦奇　我马上走。

　　　　〔外面汽车响,平亦奇站住了。

唐石青　等等! 他来了! 你等一会儿再出去,省得碰上他。告诉我,学院附
　　　　近的镇子上,有没有刻字的?

平亦奇　可能有,那是个不小的镇市。

唐石青　去调查一下。噢,你太忙,我会通知那里的派出所去调查。

平亦奇　他自己会刻字,还用……

唐石青　刻字不是容易掌握的技术,他也许刻得很好,也许正在练习。哼,还
　　　　许是在西安找人替他刻呢。我问你,军政大学的文件是怎么来的?

平亦奇　直接寄给栗晚成的。

唐石青　你们是由他的手里看到文件的? 我的天! 这一转手之间,能变出多
　　　　少戏法来呀! 学院里现在还有没有认识他的人?

平亦奇　还有——大概还有两三个。

唐石青　好,叫他们都回忆一下,凡是有关于栗晚成的,哪怕是很细微的一件

事，平淡的一句话，只要想起来，就请你都记下来，赶快告诉我。

平亦奇　好，我可以走了吧？

唐石青　可以啦！（握手）谢谢你啊！

　　　　〔平亦奇下。

唐石青　（要电话）喂，接刘科长。我是唐石青……喂，刘科长吗？通知西
　　　　北农林学院的镇子上，调查有没有刻字匠，要是有，调查有没有和
　　　　栗晚成发生过关系的，有没有刻过军政大学组织部的关防的。要是
　　　　没有，调查这里的刻字铺……对！好！（放下电话机）

　　　　〔敲门声。

唐石青　进来！

　　　　〔杜任先拿着一本登记簿和一张电报，很紧张地走进来。

杜任先　处长！处长！

唐石青　别这么紧张，小杜！

杜任先　他，他没有通行证！他把这个交给了我！（递电报）

唐石青　我正要看看它是什么宝贝！昨天晚上，他拿出来了，可没给我看。
　　　　（接过来，看了一会儿）赶快给他送回去，谢谢他！

杜任先　（想知道底细）处长！处长！

唐石青　快去吧！告诉王科长，跟他周旋完了，到这里来守着电话，我可以
　　　　睡一会儿去了！

杜任先　是！处长！（莫名其妙地走出去）

唐石青　（要电话）喂，我是唐石青，请接李厅长……喂，李厅长？能不能
　　　　调农林部的一位或两位干部坐飞机来一趟，带着一切有关栗晚成的
　　　　文件？……是。对！他交出一张电报……啊……噢！是军用电报，
　　　　我从来没见过的一种新奇的军用电报！……好！

　　　　　　　　　　　　　　　　　　　　　　　　　　——幕落

第二场

时　间　前场次日下午四点。

地　点　同前场。

人　物　杜任先　王乐民　唐石青　杨柱国　林树桐　栗晚成　程二立
　　　　荆友忠

〔幕启：地点仍同前场，但是增加了两三把椅子和一个衣帽架。架上
　挂着一件草黄色的皮大衣，一件细呢子的军服上身，都合乎志愿军
　首长们的制服的规格。三屉桌上放着几瓶各样的酒和一些酒杯，小
　桌上有几碟糖果、鲜果和香烟，象是要开个小酒会的样子。写字台
　上收拾得整整齐齐，乱堆着的文件已经都收拾起来。

〔杜任先还是茶房打扮，正往花瓶里插花。然后，他看了看屋中，用
　抹布东擦一把，西擦一把，力求室内出色整洁。

〔王乐民进来，四下里看了一眼。

杜任先　科长看行不行啊？

王乐民　很好！唐处长呢？

杜任先　（指卧室）在里边呢。

王乐民　（轻敲了一下卧室的门，推开一点，并未进去）处长，我请林处长
　　　　来吧？

唐石青　（内声）好吧！

〔王乐民下。唐石青和杨柱国先后出来。

杨柱国　（对杜任先说）布置得很好啊，杜同志！

杜任先　我哪会这一套，都是现学的。

唐石青　在咱们这个社会里，最大的幸福就是有机会学习。什么都在建设，什么建设都是学问，什么学问都是公开的，给我们无穷无尽的学习机会。

杨柱国　前天，你告诉我：既然接近科学家，就应该抓紧机会学习，我一定要有计划地学习业务！

唐石青　你可是还没给我找来关于"碧蚂一号"麦子的详细说明！

杨柱国　我一定给你找到！

　　　　〔王乐民同林树桐上。

唐石青　欢迎！欢迎！（握手，介绍）农林部林处长，农业研究所杨主任。

杨柱国　（与林树桐握手）欢迎你来到西安！

林树桐　哎呀，西安的建设真不得了啊！那么好的大马路，那么好的招待所，那么多的工厂、学校，真了不起！

杨柱国　是呀，原先西安是马路不平，电灯不明，电话不灵；现在是平了，明了，灵了！

唐石青　（对杜任先）倒酒吧。

　　　　〔杜任先倒酒。

唐石青　林处长，咱们先谈一谈，待会儿再请栗师长来。（对王乐民）乐民，你忙去吧，过十分钟，把栗师长请过来。

　　　　〔杜任先送酒给大家。

王乐民　是，处长！（下）

唐石青　（举杯）林处长，祝你健康！

林树桐　（举杯）祝你们健康！（和唐石青碰杯）

　　　　〔大家坐下。

林树桐　唐处长，杨主任，我看哪，这件事情相当的复杂，可能有些误会。

唐石青　所以才请你来帮助我们。好在有你带来的那些文件，一定不至于冤枉了好人。

林树桐　那些文件你看过了？

唐石青　看过了。

林树桐　那么多文件真够你看的！既然看过了，误会也就不存在了。

唐石青　相反的，林处长，我越看越觉得可笑、可气！

林树桐　有什么可笑、可气的呢？请举个例说吧。

唐石青　好！他由西北到中南去，拿着两件彼此完全不相干的证件，党的关系是由西北农林学院出的文件，行政关系是由军政大学组织部出的文件。

杨柱国　党的介绍信是我签的字！

唐石青　这两种文件怎么会联系到一块儿呢？

林树桐　相当地，相当地……

唐石青　林处长，中南农林部好象根本没有人看过那两个文件，更不用说想一想它们怎么弄到一块儿去的。

林树桐　那时候，我并不管人事工作，唐处长！

唐石青　我批评的不是你，而是官僚主义！他的党员鉴定书就写得更可笑了。那里写着：他是在一九三五年参加了红军，推算起来，他才八岁！

杨柱国　那真可以算作革命的神童了！

唐石青　那里也写着，他在中学肄业一年。可是，党派他到中央大学去做地下工作。那时候，中央大学是国民党的，我们可以派人进去，但是必须经过考试。凭他的中学一年级的程度，怎么能够考进去呢？难道国民党的大学特别照顾共产党员？在同一文件上，他既然入了中央大学农学系，又忽然地参了军，入了军政大学预科，然后又忽然变成了志愿军。这一个文件，任何人随便一看都能看出好几个漏洞，可是在到我手里以前从来没有任何人看过它。

林树桐　唐处长，你可别忘了，那时候革命刚刚胜利，人事制度还相当的不健全！

唐石青　我知道！我也知道，有的人被胜利冲昏了头脑，根本不遵守制度，连文件看也不看，拿起笔就批！

林树桐　可是……唐处长，别误会我是替栗师长辩护，我是相当地想把事情搞清楚了。

唐石青　不是相当地，是彻底地搞清楚了！

林树桐　就是！就是！所以我才要问，马处长给洪司令员的信和洪司令员的回信，总不会不可靠吧？

唐石青　林处长，马处长给洪司令员的信是寄去的？还是有人捎去的？

林树桐　栗晚成亲自捎去的。

唐石青　那封信要是交给了洪司令员，怎么现在还在栗晚成的材料里呢？

林树桐　那也许，也许，我弄不清楚！

唐石青　是不是这样呢：栗晚成根本不认识洪司令员，他不敢交出那封信去！

林树桐　可是，那封回信呢？难道是假的？

唐石青　是呀！林处长，去信既然不敢交出去，回信还能不假造吗？

林树桐　唐处长，我再说一句，假若回信是假的，马处长怎么相信了呢？

唐石青　林处长，这就是最可笑的地方！我不认识马处长，可是我的确知道，有一种人专会信假为真，而且在受骗之后还夸奖自己纯正忠厚。林处长，还有更可笑的呢，他说薛总参谋长给他打来电话，请问，谁听见了？谁看见了？薛总参谋长干什么忽然地给栗晚成打电话？而且这个打电话的事也写在材料里！这可笑的出奇！

林树桐　那个，那个，唐处长你看，马昭同志、卜希霖同志和我自己，都看他年轻有为，是大家公认的一个英雄人物，所以都想尽可能地帮助他，培养他！我们的办事方法也许有偏差，可是我们的动机是好的！

唐石青　于是，你们就培养了一个骗子！

林树桐　一个骗子？

唐石青　一个很不高明的骗子！

林树桐　那，他越不高明，就越证明我们糟糕啊！可是，你不能否认他是残废军人吧？他身上的创伤总不会是假的吧？在咱们的社会里，谁敢冒充英雄呢？

唐石青　正因为你以为他不敢冒充英雄，他才钻了这个空子！请你放心，林处长，他根本没有伤！

林树桐　没有伤？

唐石青　林处长，他的腿没有毛病，你我跟他赛跑，他准跑第一！他的肚子上也没有刀伤，只有一个小疤疤。他的脖子上什么也没有，像一块最好的牛排那么光滑。

林树桐　可是，你怎么知道的？

唐石青　今天他叫人搓背来着，搓背的人顺手儿给他验了伤。我们这个小小的招待所里，设备还相当的齐全，搓背，理发，都方便。

林树桐　事情可真有点出乎意外的复杂了！我不能明白，假若他是个骗子，到了一个相当的程度，他为什么不适可而止地停顿下来，老老实实地做点事，保持住已经得到的地位，何必非弄到身败名裂不可呢？他相当的聪明，会想不出这个道理吗？

杨柱国　他不会那么想，林处长！他根本不想给我们做任何事情，他恨我们的胜利！他希望他和他所代表的那些肮脏东西胜利！他不会适可而止！在臭水坑子住惯了的鱼，怎能想到大海里去呢？

唐石青　对了，林处长！他说的话，你们相信，你们让他慢慢地确信自己真是英雄，真是功臣。他欲罢不能，怎能够适可而止呢？

林树桐　我可不是想给他解脱，我是要四面八方地设想，不固执己见，不随便武断！

唐石青　我也绝对不轻易判断什么。可是我比你多着一点东西，就是我会愤恨！想想看，这几年他由安康——这以前的事咱们还不知道——骗到中南，由中南骗到北京，由北京骗到西安，光是薪资、医药费、路费，他已经骗了国家多少钱，且不说政治上的损失！哪一分钱不是人民的血汗挣来的，就应当供给一个骗子去吃喝玩乐吗？

林树桐　那，那，请原谅我，我是要弄个水落石出，他怎么会去参加兰州的军事会议呢？

唐石青　兰州根本没有什么军事会议！洪司令员也向来没到过兰州。

林树桐　谁说的呢？

唐石青　省委张书记亲自给兰州打的电话！

林树桐　省委张书记？这个事相当严重了！

唐石青　的确严重，林处长！咱们这里摆着一个现成的骗子，敌人能够不争取他吗？

林树桐　（惊惶）他，他要是反革命……

　　　　〔敲门声。

唐石青　进来！

　　　　〔王乐民同栗晚成进来。

　　　　〔唐石青起立。杨柱国、林树桐也站起来。

唐石青　欢迎栗师长！（握手）

栗晚成　谢谢你照顾我，唐处长！不……不用说别的，天天能洗热水澡，对我的腿有很大的好处！

杨柱国　你看，我说对了吧？这里的确比我那里方便，不但天天可以洗澡，还有搓背的！

〔王乐民递给栗晚成一杯酒。

栗晚成　谢谢！林处长，你怎么来了？

林树桐　部里派我来视察一下。

唐石青　栗师长，这两天非常的忙，没能好好地招待你。今天抓工夫，凑几
　　　　个老朋友，大家喝点酒，谈一谈。你知道，咱们都得实行节约，所
　　　　以我不敢给你预备酒席。

栗晚成　我最怕宴会！我到处宣传节约！

唐石青　是嘛！我只弄了点水酒、花生、瓜子什么的，表示一点意思！好
　　　　吧，师长，（举杯）祝你健康！祝你取得更大的成功！

栗晚成　祝你们健康、成功！

唐石青　师长，你坐下，你的腿脚不方便！随便吃点，我们不拘形式！

　　　　〔栗晚成坐下，面对衣架。其余的有坐有立。

杨柱国　招待所都好，就是每层楼都缺少个足以容纳一二十人的小客厅。

唐石青　就是嘛！建筑学校，不问教师的意见，建筑招待所，不征求交际
　　　　处的意见，就是咱们的建筑专家的特殊作风。会把学校盖得像招待
　　　　所，招待所像学校！

杨柱国　（过去摸摸衣架上的衣服）这是谁的？

唐石青　一位志愿军首长的，他到楼下理发去了，把大衣脱在这里。

杨柱国　这个呢子多么细呀，咱们的制呢厂在技术上的确有了进步！

唐石青　是呀，我记得从五三年起吧，产量增高了很多，志愿军的首长都穿
　　　　上了细呢子的制服。

　　　　〔林树桐也过去看。

栗晚成　（赶紧声明）是，是呀！我……我的那一身没有穿来。

唐石青　旅行的时候，谁都爱穿旧衣服，又随便，又俭省。不过，你应当把
　　　　皮大衣穿来，你那件藏青的，实在太单薄！

栗晚成　（忙掩饰）还好！还好！在朝鲜的时候，经常有三尺多厚的雪！那是真冷！经过那个锻炼，我敢说，叫我上北冰洋我也不怕了！

唐石青　说得好！哈哈哈……师长，在朝鲜的时候，你是在……

栗晚成　十二军三十五师一〇三团。

唐石青　老杨，那位小朋友还没来吗？

栗晚成　（不安，赶紧问）谁呀？谁呀？

唐石青　乐民，把他叫来。

王乐民　好！（下）

杨柱国　一个最崇拜你的小朋友，你必定很喜欢看见他。

栗晚成　谁呢？

杨柱国　你等着瞧啊！

　　　　〔王乐民同程二立进来。程二立已长成了壮实的小伙子。

程二立　栗晚成，你还认识我吗？

栗晚成　你……你……是谁？叫栗师长！

程二立　程二立！

栗晚成　（假装想不起）程……程二立？

程二立　你忘了，你在干训班的时候，骗去了我的一根桃木棍！

栗晚成　你这是怎么说话呢？

程二立　你这个英雄啊，很不诚实！

栗晚成　（一颤）怎么，怎么，我会不诚实？小孩子！

程二立　我把我哥哥的番号告诉你，十二军三十五师一〇三团，你怎么不去看看他呀？我的爸爸妈妈还当面托付了你！

栗晚成　那，那么多志愿军，我哪能……

杨柱国　二立的哥哥不是跟你同在一个团里吗？你也在一〇三团呀！

栗晚成　（慌）那，那……（急中生智，假装微怒）我说，唐处长，你耍的是什么把戏？这是请我喝酒呢？还是……

唐石青　师长，我会做不少的事，就是不会耍把戏。

栗晚成　二立，你知道戏弄一位战斗英雄有什么结果！（起立，要走）

〔荆友忠猛地拉门进来，栗晚成抖了一下，又坐下。

程二立　荆同志！你好啊！你记得吗，当初我把我哥哥的番号……

荆友忠　记得！你告诉他那个番号的时候，我在旁边听着呢。（猛转向栗晚成）栗晚成，我也到了朝鲜，我知道十二军三十五师一〇三团没有你这么个人！

栗晚成　荆友忠，你干吗来了！

荆友忠　我奉部长的命令，同林处长来"视察"！

栗晚成　啊！林处长了解我的一切！是吧？林处长！

林树桐　啊……

栗晚成　唐处长，我以一个立过功的军人的资格问你，你到底是谁，到底要干什么？

唐石青　不要着急，好几年的事怎能一下子说清楚呢。二立，你们镇子上的王老二还在吗？

程二立　还在。现在他的觉悟提高了，有形迹可疑的来刻图章，他就报告给派出所，不象刻军政大学组织部关防的时候那么粗心了。

唐石青　他可是没要他的钱，因为看他是军人。在咱们的社会里，大家彼此信任，彼此尊重。对于军人，大家特别尊重。因此，在这个好社会里进行欺骗并不很难，你说对不对？

栗晚成　（大怒）我说，你扯这些个淡干什么？

杨柱国　别急！别急！你看，受了那个假图章的骗的是我，我该着急！

栗晚成　这我受不了！我给赵司令员打电话！

杨柱国　那得叫长途电话，他在北京呢！

栗晚成　（手与唇都颤起来）奇怪！奇怪！那么，我怎么见到了他呢？

〔屋中静寂得可怕，电话铃响。

唐石青　（接电话）喂……李厅长，我是唐石青……好！我听明白了。（放下电话机）李厅长的电话。他向军委会请示过了，他们不知道你这么一个军参谋长兼师长。

栗晚成　（站起来，抓头）奇怪！奇怪！奇怪！（忽然坐下，手摸脖子）噢！我……我……我……（要发昏）

〔众人哈哈地笑起来。

程二立　那颗子弹还离大动脉不远吗？

荆友忠　毒气还没散净吗？

唐石青　（极严厉地）栗晚成，说！你到底是谁？

栗晚成　林处长，林处长，你了解我，给我解释解释！

林树桐　恐怕，我，我解释不开了！

唐石青　栗晚成，拿出你的电报来！

栗晚成　没……没带在身上。

唐石青　在哪里呢？

栗晚成　箱……箱子里。

唐石青　乐民，你去拿。

栗晚成　你要检查我吗？

唐石青　乐民！

王乐民　（掏出检查证）栗晚成，我奉命令，检查你！林处长，请你做证人吧。（对栗晚成）走！（对杜任先）任先，你也来！

〔杜任先在前，栗晚成在中，王乐民在后，走出去。

程二立　唐处长，我谢谢你！谢谢你！我恨这个家伙！

荆友忠　林处长，这你就明白了部长为什么派我跟你来。我对你说我怀疑他，你完全不去考虑。我又反映给部长，部长要是再不处理，我会向更高的一级去检举！我怎么在朝鲜打击美国帝国主义，也怎么打击潜藏的敌人！

唐石青　二立，友忠，你们可也别忘了：二立随便把那个番号告诉了他，友忠你替他写过蜡版！

荆友忠　唐处长，我犯了错误！恐怕他就是利用我印的表格，另造了一份履历，到中南去的。

程二立　恰好用上我给他的那个志愿军的番号！

荆友忠　所以一到那里，他就变成志愿军了！

杨柱国　他还把调他受训的文件，改成到中南转业的！

唐石青　记住吧，青年同志们：只要小心一点，眼睛就更亮一点；只要粗心大意一点，就会帮助了敌人！友忠同志，你是愿意带着二立看看西安市去呢，还是帮助他写写材料？

荆友忠　办正事要紧！写材料去吧，二立？

程二立　对！走！

唐石青　谢谢你们！明天早晨，我请你们吃羊肉汤泡馍！

荆友忠　再见，处长！

　　　〔荆友忠同程二立下。

唐石青　小伙子们，多么可爱！

　　　〔电话铃响。

唐石青　（接电话）喂，我是唐石青……啊……啊……好！（放下电话机）林处长，安康的材料到了：栗晚成的父亲是地主，现在还受管制；他本人是国民党青年军、三青团团员。

　　　〔王乐民领栗晚成进来，杜任先拿着一只皮箱，就是咱们在第二幕看见过的那一只。

林树桐　（迎过去）你，你爸爸原来还活着？（真冒了火）呸！呸！硬说你
　　　　　爸爸死了，骗国家的钱？你，你混账！

栗晚成　林……林……林……

唐石青　就别再假装结巴啦，除了耽误时间，没有别的好处！

林树桐　说吧，你到底是干什么的？

栗晚成　我没有别的企图，只是为往上爬。爬得越高，享受越好！

杨柱国　看起来，你是个很简单的人哪。

栗晚成　我是简单！我只想骗点好吃好喝，没有别的！

唐石青　问你一件事：你说去看赵司令员的那天，你到底上哪里去了？

栗晚成　我，我没上哪里去！

杨柱国　可是你也没在我那里！

栗晚成　我，我不是反革命！

唐石青　你怎么不是呢？

栗晚成　（支持不住了，哀鸣）林处长，救救我！救救我！

唐石青　王科长，摘下他的符号、徽章来！

栗晚成　唐处长！（跪下了）

唐石青　起来，你的胆量哪儿去了？

栗晚成　（被王乐民拉起来）我的胆子最小！我不敢面对困苦、困难，我老
　　　　　想吃现成饭！

　　　　〔王乐民摘下栗晚成的符号、徽章，交给了唐石青。

唐石青　小杜，打开箱子。

　　　　〔杜任先开箱，唐石青找到电报，递给林树桐。

唐石青　林处长，这是一张普通电报纸，上面用钢笔写了"军用"两个字，
　　　　　你们就批准他坐飞机。这上边有签字——马昭。（又拿出一个小
　　　　　本，细细地看）

林树桐　我们的办公厅主任。

杨柱国　（愤恨）他花自己的钱一定不会这么大方！

林树桐　我接受这次的教训，我准备检讨自己！至于整个事件，由中南到北京，马主任应负最大的责任！

唐石青　（把小本递给林树桐）看看这个吧，极奇怪的一件东西。（指）看这里！

林树桐　（看）什么？你妈妈给你的信，说你爸爸死了，可是你起的信稿？

唐石青　党员鉴定书的底稿，洪司令员的信稿，他的全部历史的底稿，都在这里！咱们谁不记得自己的过去呢，他可是老得时时刻刻带着这个小本！

杨柱国　演话剧不是有提词的吗？没有这个小本提醒这位演员，他就忘记自己是谁了！

唐石青　（又拿起一些信封、信纸）看吧，各地方各机关的信封、信纸，还有军事机关的。（拿了两张给林树桐看）

林树桐　（看）这两张必定是从老铁那里偷来的。

唐石青　老铁是谁？

林树桐　铁副部长。别说了，说了丢人！

栗晚成　不是我偷的，是他给我的！

唐石青　（又由箱中拿出一张地图）这是谁给你的呢？一张军用地图，有你写的注解。这就是你到西安来的目的，是吧？你还敢说，你不是反革命？

栗晚成　唐处长，唐处长，你要枪毙我吗？

唐石青　我们有国法！你老老实实地交代，会有好处；你照旧狡猾，法律知道怎么严厉地裁判你！王科长，带他到他的屋里去。小杜，拿着这只箱子。（把刚才拿出来的东西放回）

栗晚成　林处长，看在达玉琴的面上，救救我啊！

林树桐　下去！

王乐民　别再耍无赖，走！

〔王乐民、杜任先带栗晚成下。

唐石青　（指桌上的徽章、符号）我要是在北京，逛一趟天桥或是东安市场，就会买到比这更多更好看的牌牌儿！看，这个是小学生的帽花，他也戴了这么好几年！（把符号递给林树桐）林处长，这是件很有意思的证物，你的！

林树桐　我的？（细看）噢，上面糊上了一块布，把我的名字遮住，写上了他的名字！嘿，我的姓名跟一个骗子的，密切地在一块儿相处了好几年！林大嫂催了我多少次，要回它来，可是我相当的马虎！唉，马主任、卜司长，还有我，都是用新社会的道德标准衡量了旧社会剩下的渣滓！

唐石青　据我看哪，林处长，你们恐怕是用旧社会的思想感情处理了新社会的事情！

杨柱国　你说得对，老唐！得啦，三天就破了案，我祝贺你的胜利！（举杯）

唐石青　领导的胜利，咱们大家的胜利！可是美中不足，这个小鸡尾酒会开得不很圆满！

————幕落·全剧终

残

雾

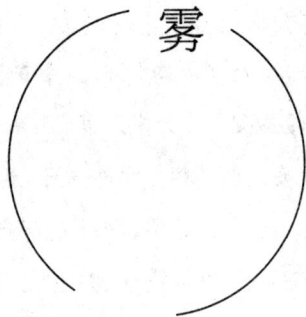
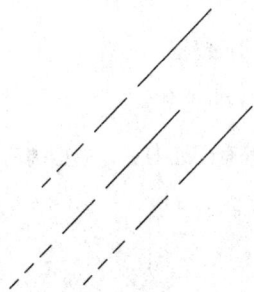

第一幕

时　间　二十七年初秋的一个上午。

地　点　重庆。洗局长家客厅。

客厅里不十分讲究，可也不算不讲究。装饰与布置大概是全家人的集体设计，大概也就是不十分讲究而又不算不讲究的原因。左壁设红木长几，几上有古瓶一尊，座钟一架。壁上悬大幅北方风景油画。右壁设方桌，覆花桌布，置洋磁茶壶茶碗成套。

正壁悬对联，字丑而下款值钱。堂中偏左有太师椅一把，铺红呢垫，是为"祖母椅"。距祖母椅不远，有洋式小圆桌一，上置镀银烟灰碟及洋火盒一份，炮台烟一听，四把椅子。另有一大躺椅，独立的在正壁对联下。电灯中悬。电话与对联为邻。

左壁有门通院中。开门略见花草。右壁有门通内室，故悬绸帘。地板上有地毯。

人　物

刘　妈——北方人，逃难，失去一家大小，屈做女仆。三十上下岁，真诚干净，最恨日本。

洗仲文——洗局长之弟，有点思想而不深刻。爱发愁，可是也会骂人打架。二十三四岁，穿洋服，稍微有点洋习气。

洗太太——洗局长之妻，大学毕业而以做太太为业，既不新又不旧，既不美又不丑，想独立而无毅力，受压迫又欲反抗。四十一岁，衣服还看得下去，脸上可已不多擦粉。

淑　菱——洗局长之女，十八岁，"新时代"的女儿，似生下来便知如何抹
　　　　口红者。

洗老太太——洗局长之母，六十多岁，只求饱暖，有小牌打，乐享晚年。没
　　　　　有思想，颇有身份。

杨茂臣——四十岁，职业无定，做汉奸也可以，做买办也可以，现在正做着
　　　　各种的官，官小而衔多；化零为整，收入颇可观。

杨太太——茂臣之妻，与丈夫精诚团结，形影不离。有心路，不顾脸面。
　　　　三十六七岁，仍自居为摩登少妇。

　　　〔幕启：

刘　　妈　（在客厅中收拾打扫。从茶几上拿起一只丝袜子，摇摇头；把袜
　　　　子放在椅子的扶手上。从烟灰碟中拿出两个颇长的烟头，放在掌
　　　　中掂了掂，叹息）什么时候，炮台烟还半支半支的扔！（收拾到
　　　　条案，抬头看了看壁上的大幅北方风景画。只看了一下，即急忙
　　　　象矫正自己似的，低头拂拭案尘。可是，手还在擦拭，眼又不由
　　　　的找到那张画；手由速而慢，以至停顿；摸索着提起衣巾，拭了
　　　　拭眼角；仍呆呆的看画）家？哼，连高山都丢了！（想用手摸摸
　　　　画上的山，只抬到半路，就落了下来；仍呆视着）

洗仲文　（进来打电话，没注意到刘妈，刘妈也没理会他。他用极高的调
　　　　门叫号数，要不是以为高声叫便可以早些叫通一些，就是心中有
　　　　点不痛快，对电话机发泄发泄）二二七八！

刘　　妈　哟！（显然是吓了一跳，可是极快的恢复了擦桌子的工作）

洗仲文　（声音更高了些）要二二七八，二二七八！（电话机中大概是专
　　　　摹仿着刮风与老鼠咬东西的声音，仲文耐性的等着）

刘　　妈　　（扭过头来）这儿的电话呀，跟这儿的耗子一样，老打不着！

洗仲文　　（微微摇头，叫她别出声。连连拨叫；等着；仍无消息；用力挂上耳机）没办法！

刘　　妈　　（胜利的）我说是不是？（凑近两步）二爷，这两天怎样了？

洗仲文　　（无聊的坐下）什么怎样了？

刘　　妈　　（悲而强笑的）仗打得怎样了？

洗仲文　　（随便的）还是那样。

刘　　妈　　二爷别那么说呀！难道咱们白丢了那么多地方，（回头看看壁上的画）白死了那么多人，就不往回打啦？我就永远回不去老家啦吗？

洗仲文　　（不由的笑了一下，很短）你别那么说！事情是那样吗，叫我怎么说呢？别忙，慢慢的打，准能打胜！

刘　　妈　　（手无力的垂下）可也对！咳！（低头愣了一会儿）二爷，您要不嫌麻烦啊，还得替我写封家信！

洗仲文　　你这一月的工钱，大概都买邮票用了吧？

刘　　妈　　（假意一笑，手又去提衣襟）那有什么法子呢！一家大小全没个信，活活把人急死！

洗仲文　　（同情的劝告）可是，你不是说过，他们和你一同逃出来，在中途走散了吗？你现在还往家里寄信，他们怎能接得到，还不是白费事？

刘　　妈　　（还抹着泪）我尽我的心就是了！万一，万一，他们有人又跑回家去呢。我是个女的；要不然我就不往外跑；要不是鬼子糟践女人，谁能舍得了家呢！老天爷瞎了眼，不把日本畜类都用雷霹了！

洗太太　　（慢慢的进来）刘妈，刘妈，快干活儿吧，别一天到晚老叨唠这一套！

刘　　妈　　是啦，太太！（一边转身，一边找补）我是心里真难受哇，太太！要不然我哪能这么贫嘴恶舌的讨人嫌！

洗 太 太 　得啦，快擦桌子吧！（看见椅子上的袜子）够多么好！客厅里脱袜子，多有规矩啊！

刘 　 妈 　等我擦完桌子，就给小姐送了去。年轻的人都是喇喇忽忽的！

洗 太 太 　（向仲文低了点声）给"他"打了电话啦？他说什么来着？

洗 仲 文 　（象很对不起嫂嫂似的，摇了摇头）又没打通！

洗 太 太 　再打一次试试！

洗 仲 文 　待会儿我找哥哥去。我怕打电话，一叫不通，我的脑子里就空出一块来；这儿的电话还是永远叫不通！大嫂，不用着急，有我呢！什么事都有我呢！大哥要是真不养活你，我会揍他！

洗 太 太 　你可别真去揍他呀；那么一来，我可就更难受了！

刘 　 妈 　（贪着听他们说话，手虽在桌上，可早已停止擦拭。仿佛是自言自语，巧妙的接过话来）这年月，着急才算白饶呢！太太，就想开了点吧；有什么主意呢！就说我吧，一家大小——

洗 太 太 　我没工夫再听你那一套，连我自己的事还愁不过来呢，没工夫再替别人发愁！你一家大小都逃散了，至少还落个"眼不见心不烦"哪。看我！看我！（凑过刘妈去，仿佛要打架似的）别看我这样，我也是大学毕业，在社会上我也有个名儿！当初，我的脸也不这么黄，腰也不这么粗，那小子，（觉得太过火了一点，迟顿了一下）你们老爷，也曾跪在我的脚底下，求爱，求婚！现在，我的脸黄了，腰粗了。生儿养女，操持家务，叫我变成了老太婆，我愿意吗？是我的过错吗？（咬住下嘴唇）可是，没法讲理：一个女子，只要脸一黄，腰一粗，公理就和她没有关系了。男人就跟此地的耗子一样，他糟蹋完了你，还翻着眼看着你，看你到底怎么生气。这个，我早就看明白了；自从淑菱，你们小姐，四五岁的时候，我就看明白了。可是，我忍着，象条忠诚的老狗似的，那么忍气吞声的忍着，吵架有什么用呢？咱们做女人的，美就是胜利；腰粗脸黄呀，趁早不必自讨无趣！

刘　妈　（未必听明白，而专为讨好）可就是！一点不假！

洗太太　现在更好了，老爷进门，一语不发。他的眼，他的鼻子，他的神气，他吸烟，他喝茶，都带出来："你还不快滚蛋吗？你讨厌！讨厌！快快滚，我好把年轻貌美的妇人接到家来！"你问他什么，他老是那个劲儿，一语不发，只给你那个神气看。我不能滚，这个家是他的，也是我的；我有权利住在这里！

刘　妈　无论怎么说，您是太太呀！嘻嘻。

洗太太　太太！哈哈！还不如一条狗呢！这几天更好了，爽性不回来了。钱，他拿着；人，不照面。老太太要吃要喝要耍钱；小姐要穿要戴要出去玩，我怎么办呢？你说你委屈，哼，我还不如你呢！你丢了家，我在家里头把家丢了！

刘　妈　太太到底比我强呀！

洗太太　比你强什么？打完仗，你还能回家去，我上哪儿？我告诉你，（低切的）我不久就比你还得低下好几层去呢！我看明白了人家的意思：人家不搭理我，而我还不滚；好，人家会把野娘们接到家里来，叫我伺候着。日本人就那么办，太太得伺候野娘们！

洗仲文　大嫂！（立起来）何必呢！哥哥不敢那么做；他要是真不要脸，还是那句话，我会搂他！

洗太太　（愣了一小会儿）我知道，跟刘妈说这些话仿佛有失身份。可是你总得叫我说说吧！难道这一肚子怨气连——

淑　菱　（光着一只脚）嗨喽，妈妈！又发牢骚哪？喝，二叔，你也在这儿哪？看见我一只袜子没有，刘妈？

〔刘妈慢慢的去拿袜子。

洗太太　这么大的姑娘了，就把袜子脱在客厅里啊？

淑　菱　有什么关系呢？（撒娇的拉住妈妈）妈，老说你是大学毕业。告
　　　　诉你，妈妈，现在的一个小学校的女孩儿也比妈你开通，也比你
　　　　多知道点事。你信不信，妈？

洗太太　（无可如何的笑了一下）别的我不知道，我知道你比我会花钱。

淑　菱　所以也多明白经济问题！（接过刘妈递给她的袜子）就说这样的丝
　　　　袜子吧；你要去买，妈，得花十五块钱；我呢，一分钱也不用花。
　　　　有的地方卖袜子，有的地方白给袜子，就看你会找那个地方不会
　　　　找！（一边说，一边坐下穿袜子）看，妈，你看，多么抱脚！

洗太太　（转过脸去）原谅我不能欣赏这种经济袜子！

刘　妈　也别说，可真是美！

淑　菱　刘妈！你今天没求二爷写家信哪？

刘　妈　小姐，就别拿我打哈哈了，您一点也不知道我心里多么难过！

淑　菱　我怎么不知道，那天我去看抗战电影，看见那么多难民，我还掉
　　　　了两个眼泪呢！

洗仲文　那就很不容易了！

淑　菱　然后，用粉扑擦了好大半天；红眼妈似的多丢人哪！（凑过仲文
　　　　去）二叔，借给我五块钱，我今天非出去不可！听说爸爸实行经
　　　　济封锁，真的吗？（见仲文点了点头）其实，我要是找爸爸去，
　　　　一定能要得出钱来。不过，妈妈和你既要抵抗，我就不能做汉
　　　　奸！所以二叔你得借给我钱，咱们是经济同盟！

洗仲文　淑菱，听我告诉你！我准给你五块钱，可是你得先好好的听我说
　　　　几句话。

淑　菱　拿五块钱来！话，用不着说；我准知道你要说什么，何必脱了裤

子放屁，费两道手呢？

洗 太 太　淑菱，那是怎么说话呢？你听听二叔说什么，他的话害不了你！

淑　　菱　我说我准知道二叔说什么，妈你不信；看我试验试验：（摹仿着仲文的声音和姿态）"淑菱，现在是抗战期间，凡是一个国民都该以最大的努力，去救亡图存！象你！淑菱，一个年轻力壮的女孩子，为什么把光阴都花费在烫头发，抹口红，看电影，讲恋爱上面；而不去做哪怕是一点啊，有益于抗战的事呢？"哈哈哈哈！学得象不象，妈？猜得对不对，二叔？得啦！二叔，那一套我都听腻了；听腻了的话，就跟破留声机片一样，听着叫人伤心！再说，难道我没关心抗战吗？抗战电影——等我想想，（屈指计算）啊，一共出过十二部了；二叔，你看过几部？我都看了！此外，朋友们约我去和军官们吃吃咖啡，或是跳跳舞，我都不拒绝；我不能上伤兵医院去慰劳呀！可是慰劳军官也是工作。你要知道，二叔，在抗战中，我们摩登女孩子只能以摩登女孩子的资格去尽力。假若你不许我烫头发，抹口红，我就不摩登了；假若你不许我看电影，喝咖啡，而叫我去"抬枪上马"，我就不是女孩子了。失去了这两重资格，我就什么也不是了；一个什么也不是的人，我问你，二叔，可怎么活下去呢？抗战不是为了争取生存吗？嘻！你当是我们女孩子们就都是木头做的，一点脑子没有哪？我刚才说的那一片话，就是我们一群女孩子在咖啡馆里费了好几小时的工夫讨论出来的！得了吧，拿五块钱来！

洗 太 太　（见仲文要掏钱）二爷，不能这么给她钱！

淑　　菱　妈妈！干吗这么厉害呢？！要厉害，怎么不跟爸爸施展施展去呢，单欺负我？！

洗 仲 文　淑菱！你——我要不看你是个女孩子，真会揍你一顿！

洗 太 太　好，好孩子，好孩子！（一软，坐在沙发上，手揾上眼，低声哭
　　　　　起来）

淑　　菱　（愣了一小会儿）妈！（叫出以后，又觉得不应当这么投降）
　　　　　哼！（向仲文）幸亏我是个女孩子，要不然早就叫你揍扁了！

刘　　妈　小姐！去劝劝太太吧！

淑　　菱　滚！滚你的！

　　　　〔刘妈象受了委屈的狗似的溜出去。

　　　　〔仲文看了看嫂子，不愿过去安慰，也许以为多哭一会儿她心中倒
　　　　　能痛快点。要向淑菱说话，话到嘴边上又咽下去，觉得对她多说
　　　　　话不是什么有用的事。

淑　　菱　你给我钱不给？（几乎是声色俱厉了）我要不是去会一个思想
　　　　　家，根本就用不着这样向你们低三下四的。这位文化人喝咖啡，
　　　　　得我给钱，我不能空手出去！你们不明白别的，还不懂得尊重文
　　　　　化人吗？我就是希望我自己会写文章，登在报纸上！你们自己都
　　　　　常把"大学毕业"挂在嘴边上！（见仲文不动）呕——（颇象空
　　　　　袭警报）

洗老太太　（扶着刘妈）怎么，又警报啦！（颤起来）

刘　　妈　不是，是小姐——唱歌哪。

洗老太太　啊！把我都吓出毛病来了，听见一个长声，我就以为是警报呢！
　　　　　（仲文过去搀老太太。洗太太明知老太太到了，可是故意的还低
　　　　　着头，故意的无礼貌仿佛是她最大的反抗）

　　　　〔老太太坐在由她专利的椅子上，慢慢的在衣袋里掏；掏了半天，
　　　　　摸出把小钥匙来，递给仲文。

洗老太太　去，去上我屋里——（看了刘妈一眼）刘妈你出去！（等刘妈
　　　　　走出去）上我屋里去拿我那对金镯子来。床旁边的小桌上，楠木

小箱里，有个小盒，开开小盒，把镯子拿来。（见仲文出去）菱儿！你妈又怎么啦？

淑　菱　（为是转变空气，把笑容搬运到脸上来，话声非常娇柔）我也不大清楚，奶奶！也许因为爸爸两三天没回来吧；我可说不清！奶奶，不用又戴上金镯子，刚才是我嚷着玩来的，不是警报！

洗老太太　十六那天，一清早，门口有辆汽车叫唤，我以为是警报呢，心里一动。赶到十点多钟，真警报了；你看，我的心不会白动！刚才你一嚷，我心里又动了一下；你等着，待一会儿准警报，错不了！反正我不躲，就坐在这儿；炸死，好戴着我一对心爱的金镯子，不致于空着手儿"走"了！

淑　菱　真要是炸死，恐怕连金镯子也炸碎了，才不上算呢。

〔洗太太轻轻的走出去。

洗老太太　唉，你就盼着奶奶炸死，没良心的丫头片子，白疼了你啦！

淑　菱　我哪能盼着奶奶被炸死呢。（声音娇极）我是说呀，何不把镯子交给我去献金？

洗老太太　来，我看看你的手。（拉着孙女的手）你怎么不把你的戒指献了去？单来找寻我这老婆子？

淑　菱　我们年轻的女孩子们哪，都献过金了。我们献金，不必从自己身上掏，我们会向别人要。人家拿钱，我们去献，既热心，又保存实力。象奶奶这么大年纪，一劝别人献金，（瘪着嘴学老太太）"快献金去，老二！"人家就会躲开你，只好自己往外掏东西了，是不是？

洗老太太　你有你的理，我有我的理，我自己的镯子，自己戴了去！活了这么一辈子，临死再连心爱的镯子也戴不了走，那就太，太——什么年月！

〔仲文拿了镯子来，递给老太太。

淑　菱　哼，这对老玩艺儿多么笨哪！奶奶，你给我一只，我就能把它变
　　　　成两只，又轻巧，又好看！

洗老太太　你好好的，听话。等打完仗，我也没炸死；到你结婚的时候，我
　　　　就把两只都给了你！（把镯子慢慢的戴上）

淑　菱　喝！可费了事啦！得打完仗，得没炸死，还得我结婚！祖母的爱
　　　　心哟！得了，奶奶，不必提镯子的事了，先给我五块钱吧！

洗老太太　干吗用？

淑　菱　等我用完，给奶奶开来报销就是了；先给我！（见老太太摇头）
　　　　真要命！要五块钱比开金矿还难！是这么回事，我得去会一位文化
　　　　人，思想家，不能空着手儿去，所以要五块钱！明白了吧，奶奶？

洗老太太　文化人是做什么的？

淑　菱　写文章的，提高文化的，最有学问的人。

洗老太太　呕！没有一个好东西，趁早离他们远远的，越远越好！听我的
　　　　话，菱儿，好好的在家里，等吃完饭，咱们打小牌玩；赢了算你
　　　　的，输了我给你垫上，行不行？规规矩矩打个小牌，不比跟野小
　　　　子们满街上乱跑去好！什么文化人白"话"人的！

淑　菱　（深深叹了口气）看样儿，中国非亡不可！（凑过仲文去）二
　　　　叔，这个问题还是得你来解决。

洗老太太　文，不能任着她的性儿，不给她！

洗仲文　（一边掏钱一边说）让她走吧；再呆在家里，准气死几口子！

淑　菱　（接过钱来）走喽！奶奶！（手高抬，五元的新钞票象面小旗似
　　　　的在手指中夹着，连蹦带跳的往外走）

洗老太太　你回来！

淑　菱　回头见！二叔，谢谢你啊！我出去之后，你要是气死了，可不能再

怨我！（转身匆忙的鞠了一躬。刚又要跑，碰在客人的身上）哟！

杨 太 太　（后面跟着杨先生）幸而我没怀着孕，看这下子！小姐可是真活泼。

杨 先 生　啊，淑菱小姐！我们没叫门，就直入公堂的走进来了；熟朋友，不应当客气，是不是？

洗老太太　菱儿，你回来！杨太太们来了，正好够手！

〔淑菱自己也不知道说了些什么，连忙跑了出去。

杨 先 生　哈哈哈哈！活泼可爱！实在好！太好！（奔过洗老太太去；见太太已到洗老太太跟前，乃改了方向，对仲文打招呼）

杨 太 太　（对洗老太太发了一阵极复杂而全无意义的声音，转向仲文来）仲文，还是这么瘦？！别老忧国忧时嗒！

杨 先 生　（见太太转过这边来，赶紧转移据点，到洗老太太那边去，做出不少复杂而全无意义的声音来；只听明白）天气太坏了！太坏了！老太太精神可好！实在好！太好！

〔一阵风雨过去大家都落了座。

洗老太太　（向仲文）叫刘妈倒茶。

洗 仲 文　（在门口）刘妈！茶！（回来，坐下）

杨 太 太　老太太，这两天没消遣哪？川戏京戏都来了名角啦。

洗老太太　不大爱出去，街上乱，叫我头晕！

杨 太 太　戏园里人也太多，臭气哄哄的！

洗老太太　净唱什么抗战戏啊，一点意思没有；哪如规规矩矩的唱两出老戏呢！

杨 太 太　跟我一样，这些日子了，我连大鼓书场都不愿意去，大鼓书词也改成抗战的了，岂有此理！赶明儿个麻将也改成个抗战麻将，才笑话呢！哈哈哈哈。

杨 先 生　抗战麻将？亏你也想得出，我的太太！

洗老太太　唉，还就是安安静静的打几圈小牌，有意思！

杨　太　太　谁说不是呢！咱们这老派的人呀，就是爱个清静。

杨　先　生　啊，想起个故事来，老太太爱听不爱听？

杨　太　太　笑话篓子！老太太乘早不必听他瞎扯！

冼老太太　说吧，杨先生，说吧！笑话篓子？有这么个丈夫不定是几辈子修
　　　　　　来的呢！

　　　　　　〔刘妈进来献茶。

杨　先　生　啊，刘妈，家里有信没有？（没等她回答）好！好！啊，该说笑
　　　　　　话了！茶真好！这是抗战麻将的故事。去年在武昌。太太，你还
　　　　　　记得老王吗？王子甘？（等太太点了头）就是他。他同着三位朋
　　　　　　友凑成了局，正打到热闹中间，警报了！老王向来胆子大，说咱
　　　　　　们打咱们的，他炸他的！不大一会儿，头上忽隆忽隆的响开了；
　　　　　　老王拼命摔牌，表示反抗；他自己先告诉我的，那叫做白板防
　　　　　　空。哈哈哈哈！（擦了擦泪）他们真镇静，敌机投弹了，他们还
　　　　　　接着干。老王亲嘴告诉我的，窗子都炸得直响，他们谁也不动。
　　　　　　这可要到题了：忽然，院里噗咚一声，老王离窗子最近，回头一
　　　　　　看，猜吧，是什么？（目光四射，等着大家猜）

冼　仲　文　噗咚一声，绝不是炸弹。可惜不是个炸弹；一下子把四个家伙炸
　　　　　　死，多么痛快！

冼老太太　老二你别乱搅，听着！往下说吧，老大！

杨　先　生　遵命！什么？原来是一只人腿！

冼老太太　怕死人！怕死人！

杨　先　生　还是一只女人腿，穿着长统的白丝袜子。老王出去了，一摸呀，
　　　　　　腿还热着呢。这还不足为奇。细一看哪，丝袜子的吊带儿上系着
　　　　　　一个小纸包。老王把纸包拿下来，打开一看；猜！三十块法币，
　　　　　　五元一张的六张！你看他们这个跳呀，这个喊呀，连解除警报都

没听见。那天晚上，他们足吃足喝了一大顿！这才是笑话，是真事；多么巧，多么有意思！我管这叫做抗战麻将，作为是我太太的话的补充材料，哈哈哈哈！

洗老太太　我就盼着别把我的胳臂炸飞，叫人家把我的镯子拾了去！

洗　仲　文　真要是那样，杨先生就又多了个笑话！

杨　太　太　噢，仲文！几儿个学得这么会耍嘴皮子呀？呕，那怎能呢，我的老太太！那些被炸死的都是命小福薄的人；命大，炸弹象雹子那么多，也打不着！（向她丈夫）我说，咱们该说点正经的啦吧？（向仲文）二爷，大嫂子呢？

洗　仲　文　（向刘妈）请太太去。

杨　太　太　（向仲文）二爷，你怎么老这么瘦啊？是失恋呀，还是忧国忧时呀？要是失恋，对我说一声，我准保给你介绍，多了不敢说，一二十位女朋友不成问题，随意挑选！要是忧国呀，那也得有时有会儿的，不能一天到晚老发愁。你看我，一想到国事，就赶紧想一件私事，叫两下里平衡；一个人不能不爱国，也不能太爱国了。

洗　仲　文　（勉强的一笑）对啦，太爱国了就和你把口红抹得太重了一样，招人讨厌！

杨　太　太　（见洗太太进来，象小狗见着主人似的跑了过去）大嫂！你这两天气色可好多了！我们这么早来，不耽误你做事呀？我们一进门就碰上淑菱小姐，你看她那个活泼劲儿，真是有其母必有其女！

杨　先　生　（见二位太太往里走，早就立起来，等着太太的话告一段落，好开口）洗大嫂！英国有句俗话：早出来的鸟儿能捉到虫儿吃；我们这么早就来打扰，为是好能见到，大家谈会子心。

〔大家又都落座。

洗　太　太　（一肚子委屈，无处发泄，实在找不出什么话来）喝茶吧！

杨 太 太　大哥——噢，按说应当说局长，好在咱们都是一家人——大哥这
　　　　　两天倒好哇？还是那么忙呀？

洗 太 太　还好，谢谢！

杨 先 生　那什么，二爷，请你也听着点。我有件事打算求大哥给办办；怕
　　　　　大哥太忙，所以我们俩（向杨太太一笑）先来跟大嫂说一说。二
　　　　　爷，你也给记着点。太太，是你说，还是我说？

洗 仲 文　（本打算一语不发，可也不是怎么说出一句来）男女平权！

杨 太 太　二爷真有思想，不说话则已，一说就带刺儿！（极媚的看了仲文
　　　　　一下；向丈夫）为表示我不争权，还是你说吧。

杨 先 生　好，咱们别多耽误工夫。是这么回事，大嫂！听说政府要采办一
　　　　　大批战时需买的东西，存起来，以免将来发生恐慌。主办的人和
　　　　　大哥是老朋友，他要是能给我说句话，我一定能挂个名，做了采
　　　　　办委员，一月又可以多进个三百四百的。不瞒大嫂说，现在东西
　　　　　这么贵，不多入几个零钱，简直没法过日子。还有一说，——咱
　　　　　们都是自己人——咱们抛家弃业的来到此地，为了什么？还不是
　　　　　为了抗战？还不是为乘着抗战多弄下几个积蓄？人同此心，心同
　　　　　此理：没有人，不能抗战；没有钱，谁也犯不上白白抗战。这不
　　　　　是真话吗？我自己来和大嫂说，还怕说不周到，所以同太太一道
　　　　　来见大嫂；回头，你们姐妹陪老太太摸几圈，一边玩一边说，该
　　　　　怎办，我的太太做我的全权代表。

杨 太 太　你还忘了一件要紧的事哪！

杨 先 生　要不怎么非你跟着我不可呢？！是呀，真该打嘴！把件更要紧的
　　　　　事，该一进门就说的事，倒给忘了。老太太，洗太太，仲文，我
　　　　　们俩是来请你们阖第光临，喝盅酒去！下月十二号——

洗老太太　阴历是几儿？这年月，又是阳历，又是阴历，还裹着星期，简直

说不清哪天是哪天！

杨　先　生　　阴历初六。我四十的整生日。老太太，一晃儿我都四十了！

洗老太太　　你大哥比你大两岁，属狗的。

杨　先　生　　哼，我再活三十岁，也比不了大哥呀！大哥四十二岁就做局长，
　　　　　　　我如今四十了，东跑西钻，横搂竖扒，官衔倒不少，就是没有一
　　　　　　　个出色的；小杂货铺，穷对付！

杨　太　太　　那是大哥的才学，老太太的造化！

杨　先　生　　初六那天，请你们全宅光临；八块的新生活席，两桌拼一桌，
　　　　　　　国难期间，谁也不能挑剔谁；凑个热闹！吃完午饭，爱凑小牌的
　　　　　　　凑几圈；爱听唱的，我叫几个歌女来，清唱二黄；大家玩一天。
　　　　　　　老太太，那天可必定全宅光临，我把这件事托付你老人家了！
　　　　　　　千万不要送礼，这年月，住着那么小的房子，寿幛寿联简直没地
　　　　　　　方挂。我这个人爱说实话，现在送礼不如折乾儿呢，不要虚文！
　　　　　　　啊！我可该走了！今天报上说，梅厅长坐飞机到此地来，老朋
　　　　　　　友，得看看他去。那么，洗太太，等大哥回来，可千万替我说一
　　　　　　　句：这件能弄下来，我不能白了大嫂，必有份人心！

洗　太　太　　杨大哥，这件事我办不了。

杨太太、杨先生　　（脸上都同时瘦下一圈去）怎么？

洗太太　　他两三天没回家了！

杨先生、杨太太　　怎么？

洗　太　太　　（想了半天）没法说！

洗老太太　　（指着儿媳妇）真是你没能力，抓不住他的心。对男人，总得松
　　　　　　　一把，紧一把，不能一把死拿。他是你的丈夫，可也是局长。哪个做
　　　　　　　局长的没有三房四妾的？你要是懂事的，就必会舒舒服服做局长太
　　　　　　　太；他就是弄多少娘们来也大不过你去。他是我的儿子，连我可也

得有个分寸：他是儿子，也是局长。我说的对不对，杨太太？

杨太太　老太太的话算是说到了家！大嫂，你别怪我说；你看，我比你小不了一两岁，可是，这不是当着老杨的面儿，你可以现在当面问他，他敢对我怎么不敢？一方面，我老跟着他，我俩老象度蜜月似的；我把我的心血脑子全费在他的事业上，计划上；叫他一天也少不了我；离开我，他就象缺了胳臂短了腿。在另一方面，他要去玩女人，只要他声明在案，跟我实话实说，我不拦着他，准许他向我请假。这是手段，也是真诚。是不是，老杨？

杨先生　很好的一篇理想家庭的报告，我的太太！

杨太太　大嫂，我再补充一点；也许你听着不大入耳，可也没多大关系。现在做太太的，还有比我更进一步的，完全和丈夫合作。假若为丈夫的地位与利益，有需要太太出去陪一陪上司的时候，她决不存着什么旧派妇人的那些顾忌。什么话呢，丈夫做官发财，太太也跟着享受；怎能不同力合作呢？单就去陪人耍耍的本身说，也还不是逢场作戏，怪有趣的事？

洗仲文　（忽然的立起来）杨太太你就爱那种逢场作戏吧？

杨太太　（极媚的看了仲文一眼）得了，二爷；我还没进步得那么快哩；我的老杨也相当的守旧。

〔仲文没再说什么，转过身去立着。

杨先生　我都吃亏在守旧上，老忘不了旧道德！

杨太太　同时，人家新式的丈夫，也晓得妇女的价值不在操持家务，而是在对外的交际。二爷，这可又不是我现身说法，而是说一般的趋势。洗太太，你比我有学问，你可是太旧了，不但你自己吃了亏，也许还叫大哥吃了亏呢。

杨先生　大嫂，我非走不可了。这么办，咱们交换条件好不好？我和我的太太，去见大哥，局长。我们给你尽力，就对大哥说，你了解他，一定给他一些自由。等他与你言归于好之后，你再替我说话。彼此互助，都有好处。怎样？

洗　太　太　我不想求人帮忙，也没法帮助你！

洗　仲　文　（鼓掌）大嫂有劲！

杨　太　太　（笑了两声）大嫂，别这么说呀！说真的，你这里若是死路，我们未必不会另想法子。不过，咱们是老朋友了，所以我们愿意彼此帮忙。你还能不愿交我们这样的朋友吗？噢，那是想象不到的——

洗老太太　我看哪，菱儿的妈，你还是别太倔强了好！你们夫妻和和气气的，我老婆子也省心。你就大大方方的叫他弄家来个娘们，反正你是正太太，水大也漫不过鸭子去不是？那个娘们呢，又不吃你的、喝你的，你干吗横挡竖拦着呢？你就叫我省点心吧，当着杨太太，我敢说，世界上还找得出象我这样作婆婆的找不着？

杨　先　生　老太太是仁至义尽！一个人，无论男女，总不便和衣食金钱闹别扭；一切都是假的，只有衣食金钱是真的！

杨　太　太　况且又赶上这大乱的时候，谁有理，谁没理，都先别管，得先顾在生活这么不舒服之中求点舒服，在生活程度这么高之中维持住咱们的生活标准。呕闲气有什么用呢，生活第一！好啦，好啦，我的洗大嫂，听我的，准叫你吃不了亏！你要怕面子太难看的话，我去向局长说，叫他在外头另立一份家，各不相干。他回到这里来呢，你也把头发烫得好好的，即使咱们没法和年轻的女人竞争，至少咱们也得叫男人看明白，咱们不是自暴自弃。他不回到这里来呢，随他的便。我对朋友老说实话。最要紧的是不得罪他。到时候总有钱落到咱们手里。别的都是瞎扯一大堆！

杨　先　生　一点不错！洗太太，你看老太太那么大年纪，什么没经验过？要是老太太说大嫂你须让步，恐怕就非让步不可了。这一家里谁还大得过老太太去？老太太，我说的象人话不象？

洗 仲 文　我说——

洗老太太　老二，你等等！杨先生说的是好话！不过呀，杨太太刚才说的还有不到家的地方叫我的儿子另立一份家，不是什么好办法，太费钱呀。把姨太太娶到家来，多添一双筷子就够了；我呢，也多一个人伺候着。分居另过得多费多少钱哪！还有一层，媳妇只有个女儿，始终没养住个男孩儿；这也就难怪丈夫想讨小老婆不是？名正言顺的把小老婆娶到家来，大家和和气气的，赶明儿，靠洗家门祖宗的德行，生两个胖小子，不是大家的欢喜吗？媳妇，你得往远处宽处看，别净顾你一个人！

杨 先 生　这更透彻了，透彻极了！大嫂，就这么办啦，我来讨这份差事！我和大哥去说，准保面面俱到，叫谁也过得去。大哥纳小星的那一天，事情也统归我办，要办得体面，还要省钱；我自信有这份儿本事；况且我有见不到的地方，还有我们杨太太帮忙呢；是不是，我的太太？好了，咱们交换条件，我帮了你，大嫂：你可务必给我的事办成！老太太，你老人家作保，保证我们各无反悔，团结互助！

洗 仲 文　（猛然转过身来，指着杨先生的脸）你可以不可以到别处扯淡去呢？

杨 太 太　哟，这是什么对待好朋友的洋办法呀？！

洗 仲 文　杨太太，这儿根本没有招待你的必要！

洗老太太　仲文，你疯了！杨太太，别怪老二，他老护着他的大嫂。

洗 仲 文　（不敢怒视老太太，低下头说）我护着大嫂？哼，我更护着公理！（抬头对杨太太）去，这里不招待你这样的女人！

洗老太太　仲文，杨先生，杨太太！仲文，你这，这个糊涂虫！

杨 太 太　（忙着拿皮包小伞烟卷盒，就手儿把桌上的小银洋火盒也装在袋里，惊急而漂洒的往外跑到门口，向仲文打了个�子）再见！你等着，我会给你介绍个顶漂亮的女朋友，那时候你就恭而敬之的招待我了！

杨 先 生　（去而复返，在门口）仲文，局长的弟弟！今天这点小小的误会，我永远忘不了，永远引以为荣；叫局长的弟弟亲密的把我赶出去，无上的光荣！谢谢！谢谢！

洗老太太　仲文，别的你不知道还可以，怎么连对客人要客气一点也不知道了？你怎么越来越糊涂了？

洗 仲 文　我看他们不顺眼！我不能一声不出的看着他们欺侮大嫂；一上手，我不是没按着气，可是他们越说越不象话，我实在再也忍不住了！

洗老太太　嗯，你老护着你的嫂子。他们是你哥哥的朋友。你嫂子养活着你呢？还是你哥哥养活着你呢？我问你！

洗 太 太　得了，都是我不好，我没本事，我不会交际！（又要哭）

洗 仲 文　大嫂，别哭；眼泪办不了事！我去给你打听，到底哥哥弄了个什么样的女人，到底他要对你怎样；打听明白了，咱们再想办法。大嫂，什么地方吃不了饭呢，咱们不一定非仗着哥哥不可！

洗老太太　刘妈！挽起我来！（指着儿子）你们在这儿谈心吧！我不愿意再听！不仗着你哥哥？仗着谁呢？我就纳闷！（扶着刘妈，一边走一边叨唠）媳妇，你要是稍微明白点事，就应当拦住仲文，别叫他和哥哥犯了心。你在洗家快二十年了，难道还不知道你男人的脾气？他有本事，有主意，他要怎着就怎着。连国家大事，他还能拿主意呢；就凭你们俩，能闹得过他吗？我把好话都告诉给你俩，我尽到了我的心；听，也在你们；不听，也在你们；我这么大年纪了，咳！还叫我说什么好呢？！（已快走到门口，又回来）好容易杨太太来了，我心想吃过饭大家凑几圈小牌。你，一个做太太的，连留客人吃饭都不懂；你，局长的弟弟，更好了，把局长的朋友，赶了出去！都是怎么了，疯了，莫非是？你们看，不是我爱说丧气话，象你们这个闹法，早晚是要闹出点祸来！一个人升了局长，一家人不欢天喜地的，反倒你哭我嚎，我不明白！我老糊涂了！刘妈，你倒是搀着我走哇，在这儿愣着干什么？你也糊涂了？真是！（下）

洗 仲 文　哈哈！哈哈！

洗 太 太　二弟，就别笑了！就别故意招老太太生气啦！

洗 仲 文　可笑吗，还不笑？（忽然严肃起来）大嫂！我不知道你怎想，我看我自己应当离开这个只有局长，而没有任何别的人，别的事，别的道理的地方！干不了别的，我还不能到军队里当个书记去吗？

洗 太 太　二弟，你不用为我抱不平。你这么娇生惯养的，身体不强，到军队去，你受不了！为我的事，把你逼走，我不是更难过了吗！哼，当初我结婚的时候，你才这么高。我把你抱大了的，你就和我的亲弟弟一样！不用替我发愁，我有我的没办法的办法，我会等着看！看谁胜谁败！他做局长，我不去倒他；他不做局长，我也犯不上高兴。我等着，看看到底是公理比局长劲儿大呀，还是局长比公理更有力量。到今天为止，显然的是局长战胜了一切；明天呢？我等着看！

淑 　 菱　（飞跑着过来）妈！妈！（喘不过气来）妈！

洗 太 太　怎么啦？

淑 　 菱　妈！妈，我看见了！

洗 太 太　什么？

淑　　菱　丢透了人！丢人！（要哭）

洗 太 太　说呀，先别哭！

淑　　菱　我看见了！爸爸，噢——（哭了出来）

洗 太 太　别哭，爸爸怎样？

淑　　菱　他娶的就是那天在咱们这儿要饭吃的那个难民！

洗 仲 文　哪个？

淑　　菱　不是有一天，门口来了母女两个，妈还说来着呢，那个小姑娘长
　　　　　得挺俊。就是她！爸爸娶姨太太对不对，我不管。怎么，怎么，
　　　　　娶个难民呢！我，我，以后还怎么见人呢！赶明儿个，爸爸把她
　　　　　接到家来，我还得叫她——噢，一个难民！（哭起来）

洗 太 太　仲文！

洗 仲 文　大嫂？

洗 太 太　我等着看！

刘　　妈　（跑进来）太太，老太太问哪，谁这么哭哭啼啼，怪丧气的！
　　　　　哟，小姐哭哪！又是把头发烫坏了吧？

淑　　菱　滚！难民！

（幕）

第二幕

时　间　同前幕，下午。

地　点　城外一所小新房。

　　　　开幕时，洗局长，穿着拖鞋，正在屋中慢慢的走。屋中布置得挺简单，除了靠墙的一张长沙发外，别的桌椅凳子都是竹子做的。墙刷得很白，竹桌椅还没有污点，又没有什么字画瓶罐的装饰，乍一看使人有看到一个刚做好的白木棺材之感。从窗中，可以望到山。一门通小巷，巷中幽静。一门通内室，关着板门。

人　物

洗局长——四十四五岁，仍漂亮。穿中山服，佩徽章，人与衣服都严肃洁
　　　　　整。举动稳重而有力，似胸有成竹，随时可以应战或攻击。

徐芳蜜——二十三四岁。面貌，服装，姿态，语声，无一不美。历任校花、
　　　　　交际花，现任交际花兼间谍。

朱玉明——难民，二十一岁。纯静可喜，不修饰也还好看。侍母甚孝。幼稚
　　　　　师范毕业。

红　海——二十多岁，自号文化人。发长衣旧，但胸前老佩鲜花。诗，文，
　　　　　字，画，无不稀松，而极自珍；并声称精通社会科学。

毕科长——五十多岁，穿肥大的中山装。诺诺连声，还微笑着欣赏自己的循
　　　　　规蹈矩。

杨先生——见前。

杨太太——见前。

淑　菱——见前。

〔幕启：

洗 局 长　（在屋中慢慢的走。走了会儿，立住，看着板门，点点头。无意
中哼出）"起来，不做奴隶的人们！"（怪不大得劲的，停住。
见板门一动，往后退了退）玉明！

朱 玉 明　（抱着一束野花，羞愧而又表示亲密的，凑过他去。倚立了一会
儿，抬起头来，向他一笑）也没有个瓶子，我就爱花儿！

洗 局 长　（拍了拍她的肩膀）慢慢的，慢慢的，咱们把东西都添全了。花
瓶，花盆；多了，慢慢的添置。你爱这个地方？朱玉明　比逃难
强多了！

洗 局 长　不后悔咱们——

朱 玉 明　（摇了摇头）就盼着妈妈的病快好了！

洗 局 长　妈妈好了，你就后悔了，是不是？（一笑）

朱 玉 明　要不是为妈妈呀——（不好往下说）

洗 局 长　说！有什么关系！

朱 玉 明　要不是为了妈妈呀，我根本就跑不到这里来！我会教书，至不济
还可以去作宣传工作。以前，为了妈妈，我不肯出嫁，现在，我
为了妈妈——

洗 局 长　哈哈！明白你的小心眼！并不爱我，也不想嫁我；只是为了妈
妈，不得已而为之，是不是？大概心中还以为我是骗子手吧？

朱 玉 明　哪能呢？你救了我们母女是真的；入难民所，妈妈必死。找事
做，即使能找得到，我去做事，谁伺候妈妈，还是得死。况且，
我会做的事只能得到二三十块钱；此地一间房就得十几块；加上

吃，穿和买药，二三十块钱哪能够用？

洗 局 长　所以没法子，不得——

朱 玉 明　爱怎么说怎么说吧。反正只有我这条身子有点用处。母亲给我的
　　　　　身子，还为母亲用了就是啦。况且，一路逃难，这条身子也许叫
　　　　　日本人霸占了去，也许叫炸弹炸碎；它已经是个不值钱的东西，
　　　　　已经是个不由自主的东西。有什么可后悔的？没有，没有！为妈
　　　　　妈，我没有什么可后悔的！

洗 局 长　可也就谈不上爱谁不爱谁？

朱 玉 明　你已经对我不错；若是老待我好呢，我自然就爱你一点。

洗 局 长　一点？就是一点？

朱 玉 明　不用再逼我说什么吧！好了，我爱你，我爱你！行不行？（哭起来）

洗 局 长　玉明，玉明，这图什么呢？算了吧，我最不爱听女人哭！有些男
　　　　　人怕女人哭，有些男人不怕；哭不永远是女人的武器！

杨 先 生　大哥！局长！洗先生是在这儿住吧？

洗 局 长　进去，我不叫你，别出来！（把玉明象个猪似的推进板门去）

杨 先 生　（已经开开门进来）大哥，你行！弄了个这么僻静的地方！我也
　　　　　不含糊，居然会找到了！大哥，你就是搬到法国去，我相信也有
　　　　　法子找得到你！怎样，叫我拜见拜见新嫂子？

洗 局 长　乱吵什么？谈点正经的！

杨 先 生　正经的，当然是正经的！啊，头一件，（献上铁筒）刚由飞机带
　　　　　来的一点茶叶，请大哥尝尝！第二件，（献上玻璃匣）给新嫂子
　　　　　挑选了一件衣料。第三件，来请大哥去喝酒。

洗 局 长　谢谢你！礼物留下，喝酒就免了吧。

杨 先 生　不是现在去喝酒。下月十二是我的生日，大哥务必要赏光！你要
　　　　　是实在不能分身来，我改日子；要是能来而故意的不来，我喝完

寿酒就上了吊！十二，记住了，十二，只有酒，有牌，有歌女，不能多铺张，节约做寿！一言为定，准来啊！第四件，来跟大哥打听打听消息。

洗 局 长　什么消息？

杨 先 生　关于时局的。

洗 局 长　啊，很沉闷。一般的说，情形还好，还好！

杨 先 生　家乡来信，那边情形也很好，叫我们回去，我也很想回去！

洗 局 长　那成什么话呢？政府既有抗战到底的决心，我们公务人员怎能先弃职还乡呢？

杨 先 生　局长说的是。不过你与我有个分别，大哥你虽然只做到局长，可是以缺而论，实在比了冷衙门的厅长还强。至于我呢，把吃奶的劲都使出来了，还不过是兼了几个闲差。大哥是知道我的，我总算是把能手，独当一面的事，无论是什么事，我总不会对付不下来。我不敢说怀才不用，我只能说现在我是劳而无功。我们当然是要抗战，可是抗战而得不到利益，食不饱，力不足，也就难怪我——

洗 局 长　也对，你的话也对！啊，你上这儿来，是不是只为发发牢骚？

杨 先 生　大哥你是明白我的，我这点能为与胸襟不会叫我有什么牢骚。饭桶才发牢骚呢。象我这样的人，此处不得意，就另找施展本事的地方去。轻易不落泪，永远不会作诗，这就是我的好处。

洗 局 长　我明白，很明白。你是说，你在此地若是没有更大的发展，就回家做——

杨 先 生　假若你愿意那么说，说我去做汉奸，也无所不可。我不一定去做什么呢，我的眼睛只看着事，不着别的。事好就值得干，事不好就值不得干，不管给谁做，在哪儿做。

洗 局 长　不大象话，虽然是直爽得很，直爽得很！不过，为了抗战，为了国家——先不提你我私人的交情——我留你在这儿，万不可以走。（立起来训话）我这是为国家惜才，你的确是个人才，你有你的经验，有你的势力；丢了你这么个人，实在可惜，可惜得很！抗战仗着团结，也就是仗着人才势力集中，象你这样的人，我们拉还拉你不到，还能看着你走开吗？（坐下）你呢，据我看，也不要太心急。才干是，象血脉似的，老在你身里。活一天便有一天的用。不过，地位的高下仿佛就关系着命运似的，不能永远与才干成正比，虽然我并不迷信，一点也不迷信。不要太急，骑马找马，我相信你必有很大的发展，很大，很大！

杨　先　生　（立起来）我谢谢局长，大哥，（鞠躬）你的安慰，你的劝告。可是，时势造英雄，假若我等来等去，等到抗战结束了，还是赤手空拳，一无所得，怎么办呢？大哥，你看，我们必须抓住抗战，象军火商抓住抗战一样。在抗战中爬上去，一辈子就不用发愁了，抗战的功臣永远有吃有喝，是不是？

洗　局　长　见得很对！很对！坐下！

杨　先　生　（还立着）可是我不仅是大哥你来夸奖我呀！看学生们演一出抗战戏就一把鼻子一把泪的非上前线不可的那些人，是些简单得象块石头的东西们；大哥你大概不会看我象块石头吧？哈哈！老实不客气的讲，你得给我设法。你能帮助我，你必得帮助我。不然的话，我的腿听我的命令，（拍腿）我会走！我是个人才吧，是个坏蛋吧，你们随便说好了；我自己有我自己的打算！

洗　局　长　我知道你是个人才，我愿你在抗战中建功立业，这是真心实话。可是，我并不是政府，我权柄有限得很，势力小得很；你似乎不应为拥护政府而绑我的票儿吧？我不过是个小小的局长！

杨　先　生　（失望的坐下）我早知道大哥你太厉害，所以我一上手就不想直接和你张嘴，而去求大嫂给我说两句好话。可是，我观察得不正确，大嫂根本不象个局长太太，我不敢说她不配做个局长太太！

洗 局 长　（立起来，还想摆出从容不迫的样子，可是未尽自然）我不爱和朋友们谈论家事，尽管是最熟的朋友；我现在心里只有国，没有家！

杨 先 生　坐下，大哥！抗战就是建国，建国必先建家！坐下！今天咱们爽性把话都说尽了，彼此把心都掏出来，以后我准保咱们就能更亲密，象亲兄弟似的！（看局长又坐下，他掏出洋火香烟，先划着洋火，递上烟去）大哥，咱们谈谈心，在这抗战的时候，谁没有一肚子委屈呢；对好友谈一谈，反正不会有什么坏处。

洗 局 长　我忙，忙得很！

杨 先 生　我晓得，天下没有不忙的要人！不过，知心的话比军队的命令还更有效力，多么忙也得听着。我是说，大哥，我和我的太太，前两天去给局长太太请安。我夫妇是这个意思：洗太太和杨太太应当成为顶好的朋友，正象你我是顶好的朋友一样。大哥，你做官这么十来年了，必知道现在太太与男子的事业有多大关系。一个得力的太太，就如同一本长期存款的折子，老是你自己的，而且每月有利息。以我自己说，我这点使我不满意的事业，十分之六七是仗着我自己的本事，十分之三（我几乎要说十分之四）不能不归功于我的太太。她完全了解我，体谅我，她有心，有脑子，还有张看得下去的脸。我就这么想，局长太太要是能常和我的太太在一块儿，以局长太太的地位，以我太太的聪明，她们若能统一战线，我敢保必能成一个不小的势力。以她们的活动配备我们的努力，双管齐下，一定有惊人的发展。这个，你，大哥，不能否认吧？

洗 局 长　话说得很漂亮！（微微一笑）

杨 先 生　呀，大哥，请你原谅我太直爽。局长太太未免使我失望；她简直不认识她自己；用不着说，她更不认识社会了。我们夫妇去给她请安去的那天，我俩急得真想跟她，跟她——没办法——劝也不听，说也不听，不知道她哪儿来的那么多的委屈，倒好象做局长太太是一件该哭一场的事。请听明白了，大哥，我这可不是说局长太太没有能力，没有希望；我是说她不知道怎么用她的能力，和向哪个方向用她的能力。所以我和我的太太讨论了好久，我们的结论是，局长太太得受训，假若你不反对我用这两个字；杨太太情愿自动的去帮忙。同时，这可就谈到大哥你了。

洗 局 长 　我已经受过训了，谢谢你！

杨 先 生 　大哥受训是在高级官员训练班，谁不知道！我要对你说的，不是什么受训不受训，而是对洗太太的态度。

洗 局 长 　我对老婆的态度，由我自己决定。

杨 先 生 　局长，我说句你不愿听的话，你的态度不合适！大哥你看，一个人的地位，就是他的防毒面具；有了地位，决不怕别人背地里攻击。譬如说象大哥你这个身份，在公余之暇交交女朋友，或是做点别的消遣，总会有讨厌的人在背地里说闲话。对付这些闲话有两个办法，一个是置之不理，树大根深，不是一阵风所能吹倒的；另一个是有位得力的太太，她至少有三种用处：第一，在大庭广众之下，哪怕她笨得象个驴呢，你老得把她摆出去！她能驱妖避邪。她就是"姜太公在此！"第二，人是种奇怪东西，谁都讨厌自己的太太，而谁都承认别人的太太的威严，只要叫太太过得去，大家仿佛就都过得去。第三，太太若是肯帮助一个男人，男人的胆子就可以大出两三倍去；不幸而男人惹出祸来，太太若一出马奔走，凡是男人对男人说不通的，女人对女人或女人对男人就能说得通。由上边的三点看来，一个有地位的男人要是不会运用太太，那就和下象棋不会使车差不多。刚才我说大哥你对大嫂的态度不对，我确有根据。况且大嫂也并不愚笨，只要大哥肯敷衍她，再有杨太太去指点指点她，她一定是大哥的好帮手。大哥你以为怎样？

洗 局 长　往下说，说完我再下判断。

杨 先 生　好！决定了对太太的态度，咱们就好谈到对别的女人的态度了。大哥，（指了指板门）你现在有个女人是不是？

洗 局 长　假定是吧，怎样？

杨 先 生　为养儿子呢，名正言顺的摆酒，请客，纳小。把太太捧到天上去，多给太太一些实际利益，太太不吵闹，就诸事大吉。女人的心是金子做的，所以她们最认识金子。这还不仅是我个人的意见，尊府上伯母老大人也是这样想！若是不为养儿子，而专为玩一玩，就大可以不必大吹大擂的做，顶好是招之即来，挥之即去，行云流水，不着痕迹。你要什么样的女人，大哥？小姐，太太，歌女，都极现成。再说，多换换样儿，也更有趣味。桃色案之所以成为案，多半由于一个男人死钉住一个女人，而使另一个男的吃不消。假若大家都逢场作戏，无拘无束，就一定只有桃色，而没有案了。

洗 局 长　你说了这么一大套，到底为什么呢？公事已忙不过来，谁有工夫去操心这些小小的私事呢？（立起来）

杨 先 生　（拉住局长）国事是大家的，可以关心，也可以不关心；私事是个人的，自己不关心有谁来代替？私事不痛快，公事也就没心程去做；此所谓齐家而后天下平也。把太太安置好，把情人安置好，家里太平，事业才能顺利；这是我对你，大哥，的小小一点供献，你的心中快活，事业顺心，我就也随着得些好处。

洗 局 长　噢，你给我排难解纷，我帮你升官发财，对吗？你要知道，我在政界有个精明刚正的名声。对内对外，我有我自己的主张与办法。你大嫂不懂事，我会惩罚她！我叫她明白，我是家长！至于这里的小组织，谁也不用多嘴。我爱要什么样的女人，就要什么样的女人；我高兴把她安置在这里，就把她安置在这里！属我管的都得听我的命令，没有什么别的可说的！（外边敲门）进来！

毕　科　长　（向洗杨鞠了很深的躬）局长！本来不想打扰局长，不过刚来了一件公事！（打开皮包，极郑重的拿出公文）我们都不敢，是，不敢；也没有，是，没有；并且不晓得，怎么办！来请示局长，来请示！

〔局长看公文，杨先生凑到小板门那边，试着推了推，没推开。

洗　局　长　客人都这边坐！

〔杨先生笑着走回来。毕科长鞠躬，坐下——只坐了椅子的三分之一。

洗　局　长　好了，毕科长先回去，等我想想看。

毕　科　长　（急忙立起来）是，局长！没有别的吩咐，局长？

洗　局　长　没有。啊，看局里有好点的花瓶没有，派人送一对来。

毕　科　长　有，有，就怕不很好，可以买一对？

洗　局　长　看着办吧！

毕　科　长　马上送来就是。（深鞠躬，向杨先生也鞠了同深度的躬）再会，这位先生，不动，再会！（下）

杨　先　生　我那儿有花瓶，送一对来就是了！

洗　局　长　局里有现成的。我说，你到底要干什么？

杨　先　生　我的事与大哥的事分不开。为清楚起见，我勉强的把它们分开；第一，我要求局长把局长太太交给杨太太，叫她们组织起来，发动起来，成个势力。大哥，你必须回家看看去，不要惩罚大嫂太过了。虽然她有应得之罪。第二，大哥应把这份儿家，归并到家里去，正式纳小；假若新嫂子是可以造就之材，也就编入咱们的妇女部队里去，多一个人多一份力量。第三，郝培元，大哥的老友，现在奉政府命令去采办一批东西；大哥你去给我说一声，叫我挂个名，做采办委员，多入一点零钱。第四，假如大哥愿意的话，我们可以设法把这桩采办的差事，完全弄过来。我昨天还没想到这一招，是今天早上我遇见了徐芳蜜小姐，大哥听说过徐小姐？常军长的义女，交际极广。她说，她能找出门路来，进行这笔事。大哥你要愿意，把郝培元顶下去，咱们就一手承办这件事；钱数不多，可总在二百万以上。大哥你要是愿意干呢，小弟我就不止来个挂名的委员了不是？大哥若是愿意见徐小姐的话，我就给你介绍一下；她和内人杨太太很熟，说不定她们待会儿还许会上这儿来呢。

洗 局 长　美人计？

杨 先 生　对大哥，我什么计也没有，只有一片忠心！

洗 局 长　（想了一会儿）事情倒可以办！

杨 先 生　哪一件？

洗 局 长　当然是公事；我家里的私事，我要怎样处置，就怎样处置，用不着费多大的心思。我的心血都留着用在国事上呢！呀！我去拿点茶来，你老老实实在这儿坐着，不准乱跑！

杨 先 生　大哥尝一尝我刚才拿来的茶叶，看好不好？

洗 局 长　也好吧，我这儿连仆人都不用，说节约，我就真节约。（敲了敲小门进去）

〔外面敲门。

杨 先 生　（低声的）你们吗？（开门）

杨 太 太　怎样？早晚？

杨 先 生　正好！徐小姐？

杨 太 太　看石头旁边一朵小花呢。（回头）芳蜜！来呀！（徐走来）喝，

　　　　　小房子真新，石灰大概还湿着呢！（摸了摸墙，要推小板门）

杨 先 生　那是禁地！坐下！（做出不少的怪样来）

　　　〔杨与徐低声的笑着，坐在沙发上。很高兴的低声唱着什么也不象

　　　　的歌。

洗 局 长　（出来一楞）嗯？

杨 太 太　啊，老情人，还是这么漂亮！

洗 局 长　（微怒的）快四十岁了，还这么疯疯颠颠的，成什么话呢？！

杨 太 太　岁数是女人的死对头！谁都愿意永远年轻，可是到处都有老太

　　　　　太！来，介绍一下：洗局长，徐芳蜜小姐！（徐仍旧坐着，伸出

　　　　　手来；局长急忙把茶具放下，握手）咱们也拉拉好不好？庆祝局

　　　　　长的恋爱成功！

杨 先 生　太太，不要再说笑话，咱们说正事吧。大哥，这不是徐小姐已

　　　　　经来了。有徐小姐，有局长太太，有局长小姐，有她，（指杨太

　　　　　太）这就是四层火纲。徐小姐打上层，局长太太打中层，杨太太

　　　　　打下层，小姐打少年层，你说有力量没有？

洗 局 长　不要提我的女儿，我不希望她——（看了芳蜜一眼，把话打住）

　　　〔芳蜜极媚的一笑。

杨 太 太　还有这位（指板门）新夫人。古时候的贵人都把女的藏起来，不

　　　　　准见太阳。现在，娶一个姨太太也得有些家庭以外的作用。你明

　　　　　白我的意思？老情人！

徐 芳 蜜　杨，文雅一些！

洗 局 长　徐小姐，谢谢你！

杨 太 太　我的话粗，理不粗。一个做官的人永远不应当知足，正如同求婚

　　　　　的时候不能说上"达灵，我只爱你一点"一个样。那么，用自己

的力量，还得用一切有关系的人的力量，正是理之当然。

杨　先　生　叫她们组织起来，无论如何是一件有益无损的事。（一边说一边倒茶，只有两个杯子）

洗　局　长　（端了一杯送与徐小姐）这一杯谁喝？

杨　太　太　咱们俩喝好了！

洗　局　长　你这个——真没办法！

杨　先　生　局长先喝，你尝尝我的茶叶。徐小姐，茶叶还好吧，刚由飞机带来的。

徐　芳　蜜　还不错！给我支烟！

杨　先　生　我真该死！

　　　　　〔局长抢先递过去，给她点着。

徐　芳　蜜　谢谢！局长，恐怕我有先介绍自己的必要。虽然我久闻局长的大名，可是第一次见面。（吸了口烟）我没多大本事。不过，（这才极媚的看了局长一眼）局长要是有用得着我的地方，我很愿尽力。我们摩登女子只求多做一些事，至于什么讲恋爱呀，浪漫呀，那只是男人们，特别是不了解我们的和巴结不上我们的男人们，造的谣言。即使我们有时享受一些，也不过是和别人听听戏，看看电影一样，没有什么大逆不道的地方。能了解我们的人，都知道我们实在愿多做些事，特别是在这抗战期间。

洗　局　长　有徐小姐肯帮我的忙是再好没有了！

徐　芳　蜜　那么，我可以做局长的朋友吗？

洗　局　长　当然！当然！徐小姐太客气！

徐　芳　蜜　我想，我们做了朋友之后，我有许多要向局长领教的地方，一个女孩子在这样的社会里太不容易！我时时留神，处处留神，还老嫌不能应付过去。幸而，有几个真朋友，象庞院长，于处长，马军长什么的，都是我父亲的老友，拿我当亲女儿似的对待；庞院长太太，于处长太太，马军长太太，也都象母亲似的照应着我，所以我还一点亏没有吃。杨！咱们不是还得开会去吗？

杨 太 太　早得很呢！咱们至少今天得把咱们这个组织弄成功了。

徐 芳 蜜　也好。局长还有事吧？

洗 局 长　耍耍！耍耍！事情是多的，我又是极负责任的人，不过有时候也真需要休息一会儿。

徐 芳 蜜　恐怕局长组织起这个小家庭，也是那种心理。我并没有什么聪明，不过是以一般人的心理来推测到局长你个人的心理。我们可以这样说，大家现在都因为忙碌而苦闷，因为苦闷，所以起了变态心理。我常留神一个人，不论男女，在长途火车上或是轮船上，就能办出不象是他所能办出来的事；有好多老实人，在火车和轮船上，做出些浪漫的事儿来。自从抗战以来，咱们大家都仿佛在一个极大的轮船上，咱们苦闷，咱们无聊，咱们想家乡。这就很容易使咱们做出些咱们自己也不大明白的事来。就拿局长说，什么高贵的女子没见过，什么场面没见过，为什么单单挑选了这么个地方呢？变态心理，变态心理！局长想家，而又一时为了抗战不能回去。所以就很容易想到，何不弄个叫她怎着她就怎着的女子，另成立个小家庭。没人知道，也没人来打扰，局长可以随时的来看看她，安安静静的住一夜；屋里老有些煮饭做菜的香味，处处是那么暖和，那么妥贴，那么朴素，真好象是太平年间平民的小家庭一样。局长到了这里，忘了自己是地位很高的官，忘了打仗，忘了应酬，穿上拖鞋，看看新夫人出来进去的操作，也怪有个意思的，是不是？局长？

洗 局 长　徐小姐聪明，太聪明！

杨 太 太　得啦，该说点正经的吧？局长，到底事情怎么办？

洗局长　　我似乎也得仿效徐小姐，先说明我自己。我的太太不了解我，所以我就惩罚她。常常有人说我厉害，其实我并不厉害；我只是刚正。属我管的就得听我的话！不听呢，我有我的办法！太太不听我的话，我会断绝她的供给，我会另成立个小家庭！

徐芳蜜　　那么，我要是出头调停呢？

洗局长　　徐小姐，我把这个面子送给你！

杨先生、杨太太　　哈啦！局长万岁！徐小姐万岁！

徐芳蜜　　别吵！听局长说！

洗局长　　听我说。原先我一月给她二百元过日子。现在，我已有了这份家，只能给她一百五十元了。一来是为惩罚她，二来是不叫我的预算增加太大了。我既供给她钱，我要是回家的时候，她就得不能哭丧着脸，也不要盘问我这个那个的！这公道不公道？

杨太太　　公道！不过，局长，假若太太和我们出去活动，难道没有点活动费吗？

洗局长　　你们二位只要给我办成一件事，我必有酬谢！至于我太太，她理应帮我的忙，不能说什么报酬不报酬。她必须请客呢，可以叫局里的庶务办理，要车要别的东西，也是如此。

杨先生　　好，想得周到！那么小姐呢？

洗局长　　没有她的事！我是新人物而有旧道德的，我不许女儿太摩登了！

杨太太　　好不好先预支给我们一点活动费呢？

洗局长　　活动什么呢？

杨先生　　那件事呀，郝培元那二百多万！

洗局长　　对的！我办事向来谨慎。这件事等我先调查一下，调查明白了，有成功的可能，我再通知你们进行。徐小姐你走的是哪条路子？

徐芳蜜　　我有几方面可以走，最好是大包围。

洗 局 长　好！那么小姐就去进行，你给我情报，我给你车费，不能白叫你

　　　　　跑路，请原谅我这么不客气，我是个刚正的人！

杨 太 太　老情人，你可真够厉害的！

洗 局 长　不厉害！该怎办怎办！咱们这就是个组织，有组织就须有纪律！

徐 芳 蜜　比如说，局长，我须跟你讨些情报呢？

洗 局 长　那没问题，我尽量的供给。

杨 先 生　成功以后，我怎样呢？

洗 局 长　你总可以相信我的公道！

杨 先 生　反正大哥也知道我的出身，我是一半正人君子，一半土匪流氓。

　　　　　也会顶忠诚，也会顶险恶。

洗 局 长　用不着交代这一套吧。老朋友，要必须交代呢，我是个政治人

　　　　　才，可也能掏点坏招术，到必要的时候。

杨 太 太　二虎相争，必有一伤。事情还没办呢，看我们这股子合作的劲儿！

徐 芳 蜜　先彼此完全认识清楚了，也好。

杨 太 太　往下说，这个事（指板门）怎么办？

洗 局 长　这点事用不着杨太太分心。她不是那种材料，我也不让她出去。

杨 先 生　那么假若伯母老大人质问我呢？

洗 局 长　你的嘴还不够应付一位老太太的？！

杨 太 太　请出来，让我们大家开眼，总可以吧？

洗 局 长　对不起！我不愿开展览会！杨！你和太太出去看看好不好？那边

　　　　　的山很好看。我要和徐小姐单独的说一说话。有二十分钟就行。

杨 太 太　芳蜜，我去看山的时候，局长要是对你不规矩，咬他！

徐 芳 蜜　用不着嘱咐我吧？！

杨 先 生　（刚一开门）怎这么巧！又碰上了小姐！

淑　　菱　杨先生，杨太太，我还说我的侦探本领不错；敢情又叫你们俩抢

了先。（回头）红海，进来！

〔杨氏夫妇舍不得，又随淑菱回来了。

洗局长　（立起来）淑菱，你怎么知道我在这里？干吗来了？

淑　菱　难道我没有嘴，没有耳朵？至于干什么来了，我来看看爸爸；你
　　　　不是好几天没回家了吗？（拉红海）这是文化人，红海什么文章
　　　　都会作，作得极快啦！

洗局长　（没有理红海）告诉你，淑菱，你不能老这么小疯子似的乱跑；
　　　　一个小女孩子，一点规矩没有，成什么话呢？

淑　菱　妈妈倒规矩呢，你又嫌她蹩脚；一个局长爸爸，可真难伺候！

洗局长　我不准你在这儿瞎扯，走！

淑　菱　（仿佛完全没有听见，凑过芳蜜去）哟，我怎么看你很眼熟啊？

徐芳蜜　也许在哪儿见过。

淑　菱　还不是，你等我想想。我想不起你的名字来了，可是我记得一点
　　　　不错，咱们同过学；我在一年级的时候，你就毕业了，是不是？

徐芳蜜　那时候我叫徐若兰，是不是？

淑　菱　那时候你就是校花，所以大家都记得你，你可不记得我。你怎么
　　　　认识我爸爸呀？

洗局长　不用多问！好了，你们既是同学，以后见面的机会还多着呢。没
　　　　事可以走了，照直的回家！（掏钱）拿去，回家！

淑　菱　爸爸不回家，女儿得回家去，不合逻辑！就是五块钱哪，留着
　　　　吧！我是来看看那个小难民的，不为钱；即使为要钱，五块钱
　　　　似乎也太少一点。

洗局长　你走不走？

红　海　（始终没把眼睛离开芳蜜）不要吵，我刚刚得到一点灵感！

洗局长　先生，请出去！还告诉你，以后不许你和淑菱在一块儿，听明白

没有？

红　　海　在一个女子（指着芳蜜）给了我灵感的时候，我听不见男人的吼声！

淑　　菱　红海！

洗局长　我——叫——你——出去！

红　　海　（向淑菱）这是谁？

淑　　菱　我爸爸，洗局长。

红　　海　噢，洗局长。处长，厅长，部长，院长，还没有一个敢撵我出去的，太没礼貌！在我的笔下，一个人可以生，可以死，不管他有什么地位！论地位，（掏了半天）啊！（掏出张请帖来）今天晚上李总司令请客。（向淑菱）拿过去，叫局长看看！

徐芳蜜　大家都是朋友，朋友。淑菱，你先和红海先生玩一玩，以后咱们见面的机会还多着呢！

淑　　菱　好吧，咱们走。爸爸再回回手，添五块行不行？

洗局长　（又掏出五元来）就是这一次，告诉你！你要是以为你一来就能敲我的钱，那是个错误！我再看见你和他（指红海）在一起，我会把你锁在黑屋子！我的话永远不空说，你晓得！

淑　　菱　走吧，红海！

红　　海　我还没看够象诗一般的美人。

淑　　菱　爸爸，你也给红海五块钱！要不给，他是不会走的。（见局长摇头）徐小姐，你给他，哪怕是一块钱呢，要不然，他不走，你们也，也办不了公！

徐芳蜜　（拿出一块钱来）表示一点对思想家的敬意！

红　　海　这是美人之赐，我将永远贴在胸口上，永远不能花掉！

淑　　菱　对，好永远花我的钱！走吧！（往外扯他，一边扯，一边问爸爸）你就永远不回家啦？

洗局长　快走！（向杨先生）把那个家伙（指红海）扯出去。

杨先生　红海先生，请！

红　海　（极舍不得离开芳蜜的慢慢往外蹭）哟，忘了！李总司令的请帖呢？

淑　菱　对呀，哪去了？啊，桌上呢，是不是？

杨先生　（赶紧凑上去看请帖）可真是总司令的请帖呢！（转向红海）那么，红海，下月十二号，我的生日，千万请过来喝酒！当面拜求，千万给写副对联。

红　海　把纸送来，一定做得到！

杨先生　我记得好象给朋友祝寿，都是自己买纸。不过，红海先生可以是个例外；好，我把纸交给淑菱小姐就是了，拜托拜托！还有，李总司令好求不好求？要是能赏一副对子，就太好了，太好了！

红　海　要十副八副的都行，只要送纸来！

杨先生　拜托拜托，纸一定送来！那么，十二号务请光临！淑菱小姐，明天我就送纸来。

淑　菱　红海，有人求写对联，还不走吗？

红　海　把灵感（指了指芳蜜）遗留在这里，文心还不象个竹筒？（被淑菱扯了走）

杨先生　（送到门口）再会，别忘了写对联啊！（转身）可爱的小人，多么聪明！太太！咱们还是去做二十分钟的旅行吧？（同杨太太手拉手出去）

洗局长　一群疯子！一群疯子！（静了静）徐小姐，刚才你说庞院长是尊翁的老友，尊翁现在——

徐芳蜜　去世好几年了。从前，庞院长有许多文字都是我父亲代笔。

洗局长　尊翁的名讳是——

徐芳蜜　树梅。

洗 局 长　噢，徐树梅！徐树梅！没听说过！几个给庞院长代笔的人我都知

　　　　　道。（慢慢的掏出手枪，猛然立起来，比着她）抬起手来！

徐 芳 蜜　（微笑，不动）用不着！把枪放下！

洗 局 长　（愣了会儿）反正你跑不了！（坐下）说实话，你是不是侦探？

徐 芳 蜜　是怎样，不是又怎样？

洗 局 长　我可以要你的命，也可以保住你的命！

徐 芳 蜜　我可以给任何人工作，只要有钱。干什么也不过是为吃饭。那边

　　　　　（指小板门）不要紧？

洗 局 长　（点点头，轻轻的走过去，猛推开门）她不懂，和块木头差不

　　　　　多！（回来，并未回原位，而坐在芳蜜的旁边，拉住她的手）你

　　　　　一进来，我就怀疑，我有相当的聪明。你那些变态心理什么的，

　　　　　又使我纳闷，为什么你那么热心为我解脱。后来我问你许多话，

　　　　　很有几句你答不出的，可是你都巧妙的闪过去。有两项事定了你

　　　　　的罪案：第一，向我要情报；第二，庞院长手下压根儿就没有个

　　　　　徐树梅！小姐，你还欠着点老到精细！我要是不看在这么美的一

　　　　　个脑袋上，这里（以指点她的额）就得穿过一个枪弹去！

徐 芳 蜜　（极镇静）美就是我的钢盔！

洗 局 长　我生平最大的缺点，就是不肯下手伤害一个美好的东西。见了

　　　　　美色，我就忘了慎重。我性子急。这个，（指小板门）告诉你实

　　　　　话，完全因为我性急。她急需钱，我就一把抓到她。等她妈妈

　　　　　病好了，她也许偷偷的跑掉；她妈妈要是老不好，也许我把她们

　　　　　赶出去；负担太重。啊，话说得太多了，你的美丽能除了我的武

　　　　　装！现在咱们怎办？

徐 芳 蜜　我现在是你的俘虏，俘虏没有主张。

洗 局 长　应当先向一个美的俘虏要什么呢？我性子急！

徐 芳 蜜　我的工作不许我做个烈女！

洗 局 长　噢，（猛的单膝跪下）芳蜜！芳蜜！给我，给我！把一切给我！
　　　　我要疯！要疯！

徐 芳 蜜　（极温柔的拉起他来）你是个男子汉！

洗 局 长　（静了一些）可是我不能控制自己！在这一点上，你比我厉害！

徐 芳 蜜　英雄识英雄！好吧！经过这样的相爱与了解，我想咱们俩很可
　　　　以合作互助了。你走你的路子，我走我的路子，可是在精神上合
　　　　作。你已拿住我的把柄，我的命在你手里，以你的聪明，当然可
　　　　以看得出来：你若是把我交出去，不过是我吃一个枪弹，你什么
　　　　好处也得不到。反之，你拿着我的短处，象养熟了的一只鸟儿似
　　　　的，虽然不装在笼儿里，可是到时候到你手心上来吃几个米粒，
　　　　多么好呢！你把无关紧要的材料供给我一点，我好交差。我把我
　　　　的材料也供给你一些，你也可以去邀功。这样互助，双方有益。
　　　　等咱们把钱弄到差不多了，咱们手拉手儿，上瑞士，起码也要上
　　　　香港，去快活几天。那时候，我要换上洋服；看我的胳臂，脊
　　　　背，腿，要穿上洋服，你想，也许更好看一点吧！

洗 局 长　真是能那样呀，我死在你的怀里也要含着笑的！我问你，杨氏夫
　　　　妇晓得你——不晓得？

徐 芳 蜜　那一对笨驴！

洗 局 长　一点不错，一对笨驴！芳蜜，叫进他们好不好？咱们一同进城去
　　　　吃饭？

徐 芳 蜜　优待俘虏？（笑了笑）

洗 局 长　小嘴真厉害！（摸她的脸蛋一下）我叫他们回来。（到门口）
　　　　杨！杨！杨——

　　　　〔远处有应声。声音渐近，杨太太唱着：羊，羊，跳花墙。抓把

草，喂你娘。你娘没在家，喂你们老爷儿仨。

杨 太 太　（有点喘）连爬坡带唱，可真有点吃不消！大哥，多噶你把这个小
　　　　　　房子让给我住几天；天天去爬爬山坡，我就不至于越来越胖了。

杨 先 生　教你住三天，你就得闷疯了，你爱信不信！（对芳蜜）怎样，一
　　　　　　切顺利？

徐 芳 蜜　把不顺利的事变成顺利了，就是工作。

洗 局 长　我请你们进城吃饭去，有不去的没有？熟朋友，不客气！

杨 太 太　我奉陪，不管谁讨厌我。

杨 先 生　杨太太在前，杨先生必定在后，形影相随！

杨 太 太　（转到小板门那里）我说，局长，教我开开眼吧！

洗 局 长　等我出卖她的时候，请你作人贩子；现在还不到看货的时候！

杨 太 太　我偏要看！（对芳蜜）来，咱们攻进去！

　　　　　〔她们正要攻门，门开开了。

朱 玉 明　给你看！给你们看！一群狗男女！

（幕）

残　雾　265

第三幕

时　间　在前幕事后一二日，晚间。

地　点　仍在洗宅客厅。

人　物　均见前两幕。

〔幕启：

淑　菱　（等人等得焦心，东坐一下，西坐一下，瞪钟，没用；看表，也
　　　　没用）刘妈！刘妈！

刘　妈　（挽着袖子，手上还有水，似在刷洗家伙）来了，小姐！

淑　菱　（指几上钟）这个钟快不快？

刘　妈　啊？

淑　菱　（跺脚）问你，这个钟快不快？

刘　妈　我怎能知道呢，小姐？我不认识钟！

淑　菱　你不会看钟？那么你怎知道时候呢？真新闻！

刘　妈　在乡下，我们看太阳。

淑　菱　看太阳？太阳上有长针短针吗？

刘　妈　那我可说不清。反正太阳上有长针短针，我也不认识。

淑　菱　刘妈你可真好玩！好刘妈，你到门口给我看着点去。红海先生说
　　　　七点半来，现在已经到七点半，你看——噢，你不认识长针——
　　　　他也不知怎么还不来！刘妈你看着点去！

刘　　妈　不行呀，小姐，我还没刷完家伙哪！小姐你看，我的活儿有多么累呀，全是我一个人！要是在乡下呀，这早晚我早就睡了觉啦！

淑　　菱　什么？

刘　　妈　太阳落下去一会儿，我们就睡觉！

淑　　菱　睡得着吗，那么早？噢！大概夜场电影也就没人看了吧？

刘　　妈　小姐，我还是先去刷家伙吧？

淑　　菱　你到门口等等他去，听我的话，我给你二毛钱！

刘　　妈　哪位先生？

淑　　菱　红海先生，常来找我的那位。

刘　　妈　我记不清是谁！在我们乡下，一村的人都认识。这里，好家伙，那么多人，谁能都记得住呢！

淑　　菱　就别费话啦，去，明天我给你二毛钱！

刘　　妈　是啦，小姐，有二毛钱，又能买四张邮票！家里也不是怎么老不来信，真急死人！告诉你，小姐，这辈子我算忘不了小日本啦，真可恶！可恨！

淑　　菱　老是这一套！老是这一套！快去吧！

刘　　妈　（嘴里还叨唠着，往外走）老是这一套？敢情你们好，一天到晚吃喝玩乐！人家把家都丢了，你们还这么高兴呢？真是饱汉不知饿汉饥！

淑　　菱　（听见刘妈叨唠，而假装没听见，等刘妈出了门，才自言自语的）这个刘妈，这个刘妈，完全没有训练，简直是个野人！逃难？仿佛一逃难就有什么资格似的，可笑！（听见刘妈的语声，无声的笑了笑，赶快又板起脸）

刘　　妈　（一探头）那位先生来了，没有我的事了吧？

淑　　菱　他在哪儿哪？

刘　　妈　　正往这边走哪。

淑　　菱　　你倒是领他进来呀！刘妈你真可以！

刘　　妈　　反正他常来，自己还找不着门？（向外招呼）先生，小姐在这儿
　　　　　　等着你哪！（下）

淑　　菱　　这个乡下娘们！就是国难期间，也不应当要这么笨的仆人！

红　　海　　淑菱，看我写的对联。词好，字好，图章好，三绝！

淑　　菱　　告诉你七点半来，为什么不守时刻？谁有工夫看你的臭对联！

红　　海　　（打开对联，点头欣赏）淑菱，你要是不能欣赏字画，怎能打进
　　　　　　文化人的圈子里去呢？

淑　　菱　　我不懂，也不爱看！

红　　海　　一开头，谁也是不懂。你得不懂假充懂，慢慢你就相信你真懂了！

淑　　菱　　（还是不去看）我就愿意赶快会作诗，作文章了！字写得好坏有
　　　　　　什么关系呢？反正诗文是用铅字印出来的。红海，看见自己的文
　　　　　　章登在报纸上，或是杂志上，心里不定怎么快活哪吧！红海，我
　　　　　　一时写不出来；这么办，你写一篇，我签上名，作为是我写的，
　　　　　　由你介绍，发表出来，好不好？噢，我不用淑菱这两个字，得另
　　　　　　有个笔名！你给我起个笔名！

红　　海　　（想了想）“红洗”怎样？红海的“红”，洗局长的“洗”。

淑　　菱　　“红洗”，“红洗”，猛一听象“空袭”，不吉祥！你慢慢的想
　　　　　　好啦！多想几个，让我自己挑选一个最好的。你什么时候替我写
　　　　　　成一篇文章呢？明天行不行？

红　　海　　我忙得很！不要说明天，就是明年也找不出工夫来。淑菱，你还
　　　　　　以为我是前几天的红海吗？

淑　　菱　　哟，难道你现在变成另一个人了吗？

红　　海　　（把对联放在桌上）一点不错！今日的红海，已非昨日的红海，

沧海桑田呀！告诉你，淑菱，我现在已做了编辑主任——编辑主任，还是总编辑，哪个好？倒要想想看，姑且算作总编辑吧！

淑　菱　你要是总编辑，我就有地方投稿喽？

红　海　那，以后再说，先听我的！芳蜜拿钱，委托我编刊物。这还不算，她还要设法筹款，送我到前线去，采集战事材料，做战地通讯。这还不算，以我的学问与天才，我敢保说，刊物一出来必风行一时，成为文化界的，的——权威。政府必能注意到我和我的刊物，做官是不成问题的。再说，到前线去，以我的思想与口才，我相信能得到许多高级将领的钦佩，而委任我个师部或军部的秘书，也是很合理的。我行了，淑菱！芳蜜太伟大了！绝顶聪明！喝，那个聪明劲！是个美人，是个女英雄，是全民族的爱人！就说昨天，她由早九点到十二点，见了三十二个客人！伟大！三十多个客人，谁都含着笑进来，欢天喜地的出去。伟大！假如有人问我，现时代世界上可有伟大的女子？我就高声的回答：有，徐芳蜜！

淑　菱　（伤心的坐下）红海，红海，你是不是叫芳蜜给迷住了呢？

红　海　被她迷住的，岂止我一个人呢；那无所不备，无所不容，伟大的女性！不要说我，连洗局长也叫她给迷住了！

淑　菱　红海，哼，跟我爸爸争芳蜜，告诉你，你必失败，找芳蜜去，早点去，好早点失败，别在这儿耽误了工夫！

红　海　淑菱，这就是你的渺小！伟大的女性是没有妒心的，象一朵香美的鲜花一样，把艳丽的颜色，香蜜的味道，无所要求的给一切人！美是伟大，伟大是美，这是真理，世界上也只有这一条真理！至于跟洗局长斗争，我在没有胜利之前，不必先担心失败！

淑　菱　可是你说过你只爱我一个人？

红　海　毛病是在你相信那句话！爱是放射，爱是燃烧，爱是奔流，一停顿便失去力量，没有火焰，没有波浪，不只是一堆死灰，一汪儿死水吗？

淑　菱　你滚出去！（抓起对联来）滚！

红　海　留神，别弄破了对联！

淑　菱　哈哈！（撕对联）

红　海　（过来抢救，几乎要晕过去）好，好，淑菱，我太伤心了！没想到一个象你这样的女子能这么渺小卤莽。为这个，我必须到前线去，一个女子也看不见，我只随时把我看到的，想到的写给芳蜜。她将是我的安慰，我的灵魂！（抱着对联，抹着泪，往外走）

淑　菱　（要追，一梗脖，坐下；瞪着他的后影，后影不见了，伏在桌上哭起来。哭过了，咬着唇在屋中走，忽然点了点头）对！（飞跑到门口）刘妈！刘妈！

刘　妈　噢！来了！

淑　菱　把我床底下的一个竹箱搬来！

刘　妈　是啦，小姐！

淑　菱　（在屋中来回走，又是要哭，又挣扎着笑）喊！哼！（用各种惊叹字，为思想点句）

刘　妈　放在哪儿，小姐？箱子不大，可怪沉的！都是洋钱票吧！（看小姐不哼，向外走）有这么两箱子洋钱票，让日本人看见也都得抢了去！

淑　菱　（疯了似的打开箱子。小箱是她的全份图书馆，有象猴子读过的教科书，有象翻毛鸡似的小说，有些碎纸片，有掉了头的笔，有破像片本子。她一一取去，看一眼或翻一翻，随手扔在地上。最后，找到一本比较体面的，拿起来，松了一口气；急忙立起来翻开，很快的找到了所要找的一页，看，点头）哼！

洗 仲 文　（进来）小姐，这是怎回事？快收拾起去！

淑　　菱　二叔，我发现了个秘密！

洗 仲 文　练习做侦探哪？不，侦探不哭！

淑　　菱　（忙擦擦眼，手上的灰土给脸上画了一条黑道）二叔！这真是一件侦探工作，二叔咱们俩人一同做好不好？

洗 仲 文　怎回事？（要坐下听，可是）咱们先把这收拾好再说。（帮助淑菱把书都扔进箱内，好在不费什么事）搬哪儿去？

淑　　菱　叫刘妈来搬。

洗 仲 文　用不着！她一天到晚够累的了。你屋里？

淑　　菱　床底下。（看二叔出去，又细看同学录）

洗 仲 文　（回来坐下）说吧，淑菱！

淑　　菱　（宝贝似的抱着那本书）那天，我不是发现了爸爸的姨太太是那个小难民吗，我心中就想，我得去敲爸爸几块钱！（笑了）我就带着红海到城外去了。到了那里，并没看见小难民，可是碰上了杨家那对讨厌鬼。还有一位美人，也在那儿坐着。她美得出奇！自然喽，她不是我所喜欢的那种美，可是单以她自己而论，的确是出色！细一看哪，我认识她，她是我们学校的校花。她不认识我，因为我比她低着好几个年级。我一时想不起她的名字，她，喝，眼儿那么一瞟，（摹作）娇声细气的说，"我叫徐若兰。"当时，我就信以为真，没说什么。哪知道，红海那小子，一看见芳蜜——噢，还得找补一句，徐若兰现在叫作徐芳蜜——就发了疯，怎么拉他，他也不动，而且和爸爸差点打起来。从那天起，红海就不大爱理我了，我准知道他是叫芳蜜给迷住了。那还不要紧，刚才他来送对联，可更好了，他公然的说芳蜜伟大，我渺小，芳蜜美，我不美。（要哭）我怎么不伟大？我怎么不美？瞎了眼的东西！他还说，要替芳蜜编刊物；芳蜜哪儿来的钱？这年月，连我这局长的女儿，还老没钱花呢，芳蜜是谁？她怎会有钱办刊物？我的心里就转了个弯，我并不是傻子。所以找出同学录来，看看她到底是谁。二叔，你看（指着书）她是许若兰，言午许；不是双立人的徐，而许跟徐又听着差不多，多么巧妙呀！这里有毛病，一定有毛病！二叔，你看是不是？

洗 仲 文　现在有好多靠不住的女人！

淑　　菱　是呀！所以，我就是这么想，这件事和爸爸，红海，大有关系！爸爸跟芳蜜是怎回事，我管不了，也不爱管。我可是不能看着红海上了当，假若芳蜜真不是好东西的话。红海，虽然对不起我，可究竟是个可爱的人。我要是常跟他在一块儿，我相信我会成个诗人，或是小说家；那够多么光荣呢！我不能叫红海上当，不能！二叔，你帮助我，把这件事弄清楚了，好不好？练习练习做侦探，也是个怪有趣的事，是不是？

洗 仲 文　淑菱，据我看哪，你顶好少跟那群人鬼混。芳蜜也罢，红海也罢，都不可靠。要是怕闲着太闷得慌，念念书，为士兵们缝缝寒衣，不比乱跑胡说去好？以我自己说，我实在不愿再这么一天三个饱的混下去。人家在前线打仗的是人，我也是人；一个人，不管出身怎样，都只有那么一腔子血。人家把一腔热血洒在沙场上，为了什么，还不是为了他的国家？他的国家还不就是你我的国家？国难是大家的，而咱们只叫别人去流血，咱们算什么人呢？

淑　　菱　反正我不能打仗去。好，前线上没有洗澡盆，也没有理发馆，我受不了！

洗 仲 文　等我先说完了。我现在还走不了，我得等着大嫂的事有了办法，我再走。老嫂比母，大嫂对我有恩，不能教叫在这里受欺负，而我跑得远远的。淑菱，我虽是你叔父，其实并不比你大着多少。

我要是能想到去做个有用的人，你必定也能想到。比你只大着
四五岁，我并不是出窝老，天生来的守旧落伍。我是说，国难严
重到这个地步，咱们年轻的人要都吊儿啷噹的，国家还有什么希
望呢！淑菱，你说对不对？

淑　　菱　　也对！可是一个人只有一个青春哪！

洗　仲　文　　也只有一个国家！摩登亡国奴也是奴隶！我并不叫你也去打仗，
我只求你多帮一帮妈妈的忙，多收敛一点，别把生命都交给跑腿
与展览白胳臂！还有，你和芳蜜争红海，红海和你爸爸争芳蜜，
这成什么话吗！

淑　　菱　　越说越带劲，真象个白胡子老牧师！

洗　仲　文　　你记着，你要是老跟那群男女们鬼混，总有后悔的那一天！

淑　　菱　　没有后悔，就没有意思。你瞧，电影里那些美女，都是先不顺
利，哭哭啼啼的，到了最后，就如愿以偿，倒在爱人的怀里，多
么有意思！

洗　仲　文　　电影大概不是圣经贤传吧？

淑　　菱　　那都是因为二叔你看得太少，还没吃进味儿去的缘故。走喽，到
屋里我自己去琢磨怎能泄露了芳蜜的秘密，也许还能琢磨出一本
侦探电影的故事来呢。那多有趣呀！喝，正片开映；编剧，淑菱
女士；导演，亚历山大，多么美！到那时候呀，红海跟我求婚，
我就该向他耸耸肩膀了！（学着梅蕙丝的架式往外扭）哟，妈！
我睡觉去，看我多守规矩呀，睡得早，起得早，身体好！（下）

洗　太　太　　这不是又憋着什么坏呢！这么大的姑娘，老这么野调无腔的，我
真不懂！不懂！

刘　　妈　　太太，外边有位大姑娘要见太太，问她姓什么，她不肯说。

洗　太　太　　谁呢？

洗 仲 文　请进来!

洗 太 太　谁呢? 心越不静，越来闲人; 我简直的活够了!

洗 仲 文　大嫂，干吗这么想不开呢! 大嫂，看见了这次的战事没有? 初一
　　　　　开仗的时候，谁都说咱们不行; 如今怎样? 连这么大的国事，那
　　　　　么困难的战争，咱们还不怕呢，何况这点小小的家事，只要咱们
　　　　　的心摆得正，什么也不怕。

刘　　妈　(领着朱玉明进来)大姑娘，这就是我们太太。

朱 玉 明　(嘴唇颤着)洗太太!

洗 太 太　贵姓呀? (又细看了一眼)呀，你就是那个小难民吧? 你还有脸
　　　　　上这儿来，胆子太大了!

洗 仲 文　大嫂，听她说什么，先别发脾气!

洗 太 太　我不爱发脾气? 我这一辈子就吃亏在太老实了! 谁都可以欺负
　　　　　我，连这么个逃难的丫头都欺负我!

洗 仲 文　大嫂坐下! 这位姑娘也坐下!

　　　　　〔玉明没说出什么来，也不肯坐下，绵羊似的看了仲文一眼。

洗 太 太　(坐下)你干什么来了?

洗 仲 文　(很和气的)有话慢慢的说。(他陪她立着)

朱 玉 明　(用极大的努力抑住啼哭)我来，来，求你——

洗 太 太　求我什么? 是要钱，是要衣裳，还是要这整个的家? 我告诉你，
　　　　　你可以硬搬进来，我可不能轻易的搬出去! 这是我的家，我活，
　　　　　活在这儿; 死，死在这儿! 我不能变成无家的难民。我老了，要
　　　　　是成了难民，我也不能象你那么方便，沿路可以卖钱，到处可以
　　　　　当窑姐儿! 你个不要脸的浪丫头! 我和你无仇无怨，何苦来呢，
　　　　　把我男人迷住，叫我落得有家和没有家一样?

洗 仲 文　大嫂，大嫂，事情是两面的，听她说说，到底是怎回事。

洗 太 太　你们男人都袒护年轻的女人，见了张白净的脸，你们立刻就忘了姓什么。哪怕她是难民，是叫化子，你们也拿她当活宝贝！平日，你们摆出架子来，你是什么长，他是什么官，身份十足；一看见女的，一个拿身体当作花生瓜子，可以随便送给人的女的，你们马上忘了身份，体面，地位，连姓都忘了！

洗 仲 文　大嫂！（稍挂点气）我也是那样吗？

洗 太 太　（不愿得罪他，可又不愿示弱）难说！

洗 仲 文　（假笑了一下）先不必争论吧，听她（指玉明）说什么。（用眼神鼓励她）

朱 玉 明　我只求太太听我说几句话，不求你别的！（看洗太太没说什么，脸上舒展了些）我是个难民，不错。我跟妈妈一同逃出来的。在半路上妈妈病了。请想，我一个钱没有，妈妈又病得走不了路，叫我怎么办呢？要是不为妈妈，我根本就不想逃出来；我的身体不错，满可以不怕日本人！

刘　　妈　对！

洗 太 太　你少答碴儿！

朱 玉 明　可是，我只有一个妈妈，她是我唯一的亲人；丢了她，我就什么也没有了。所以我同她一道逃出来。现在，我看明白了，我不应当专顾了尽孝，而把自己白白的牺牲了。可是，事已至此，我也不便后悔；人情到底是人情，妈妈，到底是妈妈；谁能已经同妈妈逃出来，而在中途上把她丢下不管呢！（刘妈抹泪）妈妈病了，病了，我已看到一片黑影在我的四周！为救妈妈的命，我想，想过多少多少方法。什么法子都想到了，只是没想到卖身。我受过一点教育，我有本事挣饭吃，怎能想到卖身呢？！一个女的想到卖身，就等于想悬梁自尽。我宁愿上吊！（捂上脸。仲文给她搬过一个椅子，轻

　　　　　　　轻拉地坐下）可是我不能上吊。同时，我也不能去做事。人生地
　　　　　　疏，我上哪里去找事？即使找到事，我去做事，谁伺候着妈妈？妈
　　　　　　妈病着，只能吃到点残茶剩饭；有时候我搂着她在房檐底下；她越
　　　　　　来越软，我也越来越没办法。她只能老拉住我的手，说，"玉明！
　　　　　　玉明！别离开我，别离开我，我不定哪时就断了气！我连累了你，
　　　　　　对你不起！可是，我死了，未必有个棺材，只求在没断气的时候，
　　　　　　多拉拉女儿你的手吧！"（拭泪）我明明知道，丢了家，受尽千辛
　　　　　　万苦，而还保不住妈妈的命，都是日本人的罪恶——

刘　　妈　我要是捉到个日本人哪，我把他的耳朵，鼻子，全咬下来！

冼太太　（软多了）刘妈！

朱玉明　可是一个人的命好象是拴在感情上的。我明知道须向日本人算
　　　　　账，但是扔不了将要死的妈妈。假若你们是我，你们怎办？

冼太太　（低下头去）怎办？

冼仲文　往下说！

朱玉明　我没办法。正在没办法的时候，冼局长看见了我！

冼太太　（急忙抬起头来）他怎样？

朱玉明　他愿帮助我，无条件的帮助我。我并不知道他是局长，他说他是
　　　　　慈善机关里的一个职员。救济我，他说，正是他应做的工作。我
　　　　　没工夫考虑他的话，即使他是个怪物，他若是能把妈妈抬到一间
　　　　　屋子里去，有点稀饭，有点开水，他便是救命的恩人。他给我们
　　　　　布置好一切，我是多么快活，多么感谢！看妈妈把头放在个干净
　　　　　的枕头上，有干净的开水喝！

刘　　妈　局长可真有善心！

朱玉明　（咬住嘴唇要哭，又勉强的一笑）对的，局长有善心！我们刚搬
　　　　　到城外去，局长当天晚上就来了。我混身上下酸疼得象要散开似

的，可是还挣扎着陪着妈妈，妈妈拉着我的手，脸上居然有了点笑容。局长进来了，把我扯出来，他就跟报纸上所形容的日本兵一样，跟我要报酬。我没的可给他，除了这条身子；他也不要别的，早看准我这条身子！

洗 仲 文　不是人！

洗 太 太　是局长！

刘　　妈　咬他！咬！

朱 玉 明　（不愿说而非说出不可）打？我身上连一点力气也没有了。嗄？怕妈妈听见。他会把我的妈妈象块砖头似的扔出去。妈妈给我的这条身子，还为妈妈丢掉。我要疯，我要扔下妈妈跑，跑，一直跑死！可是，一看妈妈脸上的笑容，我……洗太太，被他霸占了以后，我还在无可如何之中，希望他真是个小职员；逆来顺受，先叫妈妈的病好了，而后再解决别的。人永远欺骗自己；我已经差不多是死了，还欺骗自己呢！我明知道一切是黑的，还偏偏假装看见，也不是在哪儿好象有点光明！我把"自欺"与"希望"放在一块了，叫它们成为一个名词。过了几天，我全看明白了，全听明白了。可是我还不愿对局长报复，我还有更大的仇敌呢！

洗 仲 文　你是不是要逃？

朱 玉 明　全在你们俩手里！洗太太，你总不会反对我逃走？

洗 太 太　（极难找到一句话）就不管老太太啦？

朱 玉 明　妈妈，没，没，没希望了！从今天下半天起，她的手一会儿比一会儿凉了！她现在还没断气，我得先准备好怎么逃跑。妈妈死后，我再想逃，就不容易了。局长不是叫随便吃过他两碗饭的——哪怕是条狗呢——逃出他的手去的人。我老老实实的跟着他，既对不起你，洗太太，又对不起我自己。不跟着他，他会把我卖了。我得准备，等妈妈一断气，就赶紧跑！

刘　　妈　你要是往北逃，咱们做个伴儿；我随你走，姑娘！

朱 玉 明　（没回答刘妈）洗太太，我已说出始末根由，希望你可怜我，别
　　　　　再恨我！我现在求你一件事，给我点钱，有二三十块钱就够！

洗 仲 文　大嫂有钱吗？我这里还有十几块。

洗 太 太　（很和气的）行，我给她二十块钱！（送过去）玉明，我不能替
　　　　　我的男人道歉，我只能说我同情你，祝你一路平安！

洗 仲 文　在无可抵抗下所受的蹂躏，不过是点伤痕，象胳臂上中了一枪一
　　　　　样。玉明，我劝你，不用让这个伤痕影响到你的心理，别以为从此
　　　　　你就是个"黑"人，就永远不敢抬头看太阳。我和大嫂一样，也不
　　　　　能替我哥哥道歉，可是，凡是我能帮助你的，你只管说就是了！

朱 玉 明　我谢谢你们！我得赶紧回去了！（刚要转身）呀，洗太太，还有一
　　　　　句话，请你留神一个叫芳蜜的，她不是好人，她叫芳蜜！

刘　　妈　姑娘，你带我走得了！你，我，是真吃了日本人的亏，所以你我
　　　　　才能真恨日本人。我跟你去，你说咱们往北闯，好！咱们还怕什么
　　　　　呢？你说，不往北，往南也好。咱俩一块儿，多少可以谈谈心，诉
　　　　　诉心中的委屈，是不是？再说，姑娘，你又是这么和气可爱的人！

朱 玉 明　你听我的话儿吧！先在这儿好好的做事！再会，洗太太！再会。

　　　　　（看了仲文一眼）

　　　　　〔外面有人声，象杨先生。

洗 仲 文　跟我来！别叫他们看见你！（拉玉明出去，藏起来）

刘　　妈　带了我去！

洗 太 太　刘妈！有客人来了！

杨 先 生　（在门口）我先走，徐小姐还没来过。（进了门）呀，洗太太！
　　　　　门房里老宋，大概是睡着了，我们自己进来了，熟人，太熟了！

杨 太 太　（拉着芳蜜）洗太太，大嫂，我给你带来了个好朋友，徐芳蜜！

洗 太 太　都坐吧！刘妈，倒茶！（极注意的看芳蜜）

杨 先 生　呀，刘妈，家里有信啦吗？（没等回答）沏点好茶叶，喝！五龙斋

　　　　　的厨子不知是犯了什么病，菜咸得要命！快去，刘妈！（刘妈下）

杨 太 太　二爷哪？今天我可给他带啦美人来了，小姐呢？

洗 太 太　谁知道在屋里干什么呢。

杨 太 太　老太太呢？不能这么早就歇着吧？

洗 太 太　一个人在屋里摸骨牌玩呢。

杨 太 太　怪可怜的！芳蜜，回来咱们陪老太太打几圈？

杨 先 生　徐小姐的牌，我领教过了；洗老太太，洗太太，和杨太太，你们

　　　　　三个打一手，也不是徐小姐的对手！

徐 芳 蜜　宣传得过火了，有时候倒失了宣传的作用。洗太太，不用听杨先

　　　　　生的，我并没多大本事。我只是胆子大，无论多么大的牌，我敢

　　　　　下场。跟阔人交际，最要紧是别露出穷相来！要说为玩玩的话，

　　　　　我还是爱和老头老太太们凑个小牌，一边说着家长里短的，一边

　　　　　手也不闲着。打大牌，输得面红过耳的，没意思！

洗 太 太　（专为敷衍）就是，打牌是玩玩，不是拼命。

杨 太 太　大嫂，我们给你带来了喜信！

洗 太 太　还有喜信给我？（惨笑）

杨 先 生　真的！大嫂你得请请我们！

杨 太 太　我们见着局长了。局长对大嫂的困难，很同情，他立刻答应下家

　　　　　里这点经济问题绝不叫你为难。

洗 太 太　其实不解决也没多大关系，反正饿死的是他自己的母亲，老婆，

　　　　　孩子！

杨 先 生　别这么说呀，大嫂，夫妻没有隔夜的仇。大哥既肯让步，大嫂也就

用不着再生气了。大家和和气气的，这样的年月，有吃有喝有小牌打，就是个造化！

杨 太 太　至于大嫂所最不放心的那点事，请你也放宽了心吧。（低下声去）大哥弄的不过是个难民。弄来的时节很省钱，玩腻了给她个一块八毛的她就得走路。大哥决不能把她弄到家里来。一个难民，实在拿不出手去。长得倒还不坏，就是土头土脑的，我本来还想尽义务去训练她，改造她，后来一想，算了吧，她根本不是那个材料！大嫂，这件事，我敢保险，绝对不会有什么发展！那一方面既没有发展，你这方面也就别再固执。训练丈夫，我敢当着老杨的面儿讲，就是同教八哥说话似的，差不多就行；无论多聪明的八哥，也不能丝毫不差的象人似的说话。

　　　　〔刘妈来倒茶。

杨 太 太　刘妈！老太太呢？你去看看她老人家要是还没歇着，你就说杨太太来了，请她老人家来说话儿。大嫂，不信你看着，我要是一对老太太说，老太太必定很喜欢。

　　　　〔仲文进来，看看大家又要出去。

洗 太 太　二弟，进来！

杨 太 太　二爷，你自己看，我给你带来美人没有？

　　　　〔仲文没哼一声，坐在远处；准备为大嫂助战。

杨 太 太　好大的架子！连人都不理！

杨 先 生　年轻的人爱挂火，还记着上次那点小小的误会吧！大丈夫能屈能伸，我正式的向二爷道歉！

　　　　〔仲文没动。

杨 先 生　徐小姐，要能当着你的面前还这么坚决，这么不妥协，二爷是个英雄。

〔芳蜜笑着微微向仲文一点头，仲文仍不动。

洗老太太　（扶着刘妈）呀，杨太太来了，正闷得慌哪！（大家都立起来）

洗老太太　都坐下！刘妈倒茶！（奔了祖母椅去）坐下。哟，这位小姐长得怎么这么俊哪？来，我看看你，看这肉皮儿怎么这么细呀，豆腐似的！

杨　太　太　这是徐小姐，不但长得好，本事还强呢，什么都会！

洗老太太　我年轻的时候，手也很巧，什么衣裳都是自己做！现在老了，手就跟木头棍儿一样了！

〔洗太太与刘妈耳语，刘妈点头出去。

徐　芳　蜜　我不会的事儿还多着呢，求老太太指教！

洗老太太　不用客气！上我这儿来呀，就是不用客气！杨太太知道，我心眼最实诚，永远不挑剔这个那个的。

杨　太　太　一家子呀，就全仗着有位没有脾气的老太太！我有时候就想，我要是有象你老人家这样一位婆婆，我敢保杨先生的事情就得更有起色。是不是，芳蜜？

徐　芳　蜜　老太太的经验就是咱们的五书四经！

洗老太太　哪敢那么比呀，那是圣人写的！小姐可真会说话儿！

杨　太　太　老太太，我们来报个喜信！

〔刘妈拿来毛线背心，递给洗太太，洗太太开始编打。

杨　太　太　局长呀，答应了，过日子的钱不再叫大嫂为难。

洗老太太　我说是不是？我的儿子，我还不知道？他不是无情无义的人。唉！这我就一块石头落了地啦！媳妇，你就叫我省点心吧！他既肯照常给你钱，你也就得买着点好，别再跟他顶上不散。他一天在外，为国事操心，回到家来，你再给他个不痛快，还能怪他发点脾气吗？他要是娶个姨太太呀，叫他娶，叫他娶！天下的男人，没有一个愿意只守着一位太太的，局长想再娶一个，也真不算什么出奇的事。做太太的呢？一过三十五岁，就得拿出正太太的劲来，胖胖大大的，舒舒展展的，叫人一看便恭而敬之，看得出是正太太；让那些小妖精们打扮得妖魔鬼道的，正好显出她们是小太太，咱们是正太太！徐小姐，按说当着你这大姑娘，我不应当这样的口敞，可是我说的实在是一片真理！

杨　太　太　连娶小的事也解决了，老太太！

洗老太太　那可好！那可好！怎么办的？谁给办的？杨先生，又是你的功劳吧？

杨　先　生　（很惭愧的）这回我走在了后头，大哥自己办的。

洗老太太　正象他！他凡事不求人，自己老有主意，老有办法，我知道我的儿子！你们看见了没有？

杨　太　太　看见了，是个难民，长得还顺溜。

洗老太太　也好！给难民找个吃饭的地方！再说呢，要是个乡下姑娘，也容易生小孩，倒不错，那么他打算往家里接不接呢？

杨　太　太　大概一时先不接家来，因为小太太的妈，病得很重。

洗老太太　哟，还有妈哪？大概还不至于是坏人！好！好！

杨　太　太　大哥还答应了，叫我们组织起来。

洗老太太　什么意思？

杨　太　太　问芳蜜，她比我更内行。芳蜜你说。

徐　芳　蜜　也没有多少可说的。是这么回事，老太太，我和杨太太都在外面很有人缘，有不少好朋友，都是官员们的太太小姐。这个年月，男女平权，女人很能帮助男人们做点事，所以杨太太就对局长说了，好不好由杨太太，洗太太，我自己，组织起来。局长打外，我们打内，老爷活动，太太也活动，耳目灵通，人多势众，一定有不少的好处。局长答应了，派我和杨太太来和洗太太说。老太太以为怎样呀？

洗老太太　好意思，好意思！现在的事，我不大懂；可是做驸马爷的总仗着公主的帮助，古今一理，是不是？

徐　芳　蜜　老太太可真有思想，有见解！

杨　太　太　那么，洗太太，你看，局长愿意，老太太也赞成，我们可就等你发表意见了。

洗　太　太　（放下编物，愣了一会儿）我是饭桶。脸子不漂亮，不摩登，应酬不周到，说话讨人嫌，要是跟你们在一起呀，不但不能有功，倒许坏了事。

杨　太　太　话不是这么说！大嫂，你要知道你是局长太太！我真不明白，为什么你忘了局长太太这四个字。就拿我说吧，我要是想见一个人：片子递进去，人家一看，杨秀贞是谁？不见！大嫂，你就是长得象个老倭瓜，人们也得应酬你，你是局长太太，你说你不漂亮，不摩登，你是不大注意大官们的太太，嘿！真有难看的！前天我看见一个，倒倒脚，大包牙，脸和铁锅似的，还戴着黑眼睛。可是她和老爷坐着大汽车，一下车，军警赶快喊"敬礼"，他家里不定有几个漂亮的小太太呢，可是这位黑家伙坐汽车出来交际，活动；她是太太，那有什么法儿呢？老太太看我说的对不对？

洗老太太　一点不错！再说，媳妇虽然岁数大了点，要是肯修饰修饰，也还不至于太难看了。当我四十多岁的时候，我还很少相呢，擦上点粉哪，还挺好看的。一个女人，全仗胭脂粉的沤着；多喀你不注意你的脸和鞋了，你就赶紧预备棺材吧！菱儿的妈，打起点精神来，跟徐小姐、杨太太们创练去！一天到晚老打毛线，叫我看着心里都闹得慌！

徐　芳　蜜　咱们这是说闲话儿，谁可也别多心！昨天我看见一位女朋友，原本是个寒家出身，现在已做上了太太，她说的很有趣：做一个摩登太太，得要耳朵是广播收音机，眼睛是望远镜，嘴是有声电影——会说，会唱，会接吻！多么有意思！虽然是句笑话，里边可有些道理。

杨 先 生　有意思！有意思！徐小姐，她没说摩登女子的心是什么吗？

徐 芳 蜜　她没说。

冼 仲 文　（实在忍不住了）根本就没有那么一件东西！

〔杨氏夫妇与芳蜜一齐大笑，芳蜜笑得特别努力，而是对着仲文笑。

淑　　菱　（偷偷的进来）妈！（指了指芳蜜）

杨 先 生　（擦着眼泪）哟，小姐！红海给我写了对联没有？

淑　　菱　不知道！问徐小姐吧，她老和红海在一块儿！

徐 芳 蜜　淑菱，你说什么？啊，红海啊；小姐，乘早别怀疑我；我知道他是你的朋友，我不愿意见他。可是他去找我，我也不好意思不叫他进去不是？

淑　　菱　你不是还叫他编刊物吗？

徐 芳 蜜　我叫他编刊物？噢，也许那么说过一句话，不大记得了。告诉你，小姐，你明天再见着他的时候，你也说叫他编刊物，他就老跟着你了。一个文化人听说编刊物，就好象咱们听说百货店大减价一样，乐得心里痒痒！

杨 太 太　咱们先说正事吧。（掏出个小纸条来）冼太太，芳蜜，注意！明天咱们去会妇女戒烟总会长项彰飞太太；十一点在此会齐，十一点半到那里；或者她会留咱们吃午饭。吃过午饭，咱们去会高处长太太，跟她打听那回事。芳蜜你记住，你发言，我和冼太太帮腔。高处长太太要是留咱们打牌，咱们可是一致的说没有工夫，记住；她打牌专为收头儿钱！从高处长太太那里出来，咱们上联合俱乐部，那里人多，消息自然也多。去到这三处，大概也就够累的了；看吧，到时候再说，高兴再走走呢，就多走两处；不高兴呢，拉倒，好不好？洗大嫂，明天，还不止明天，大概在这一个月里吧，咱们的工作完全是为了大哥。大哥的事成功，老杨自然跟着往上升一步。大嫂你先别嫌麻烦，到处都有芳蜜和我呢；我们俩说话，大嫂你只须跟着笑笑，或提几句闲话，就行。

洗 太 太　我没那么多工夫，就是有工夫，我也没那个精神。

杨先生、杨太太　大嫂！

洗老太太　杨太太，不用跟她费话了！我真没见过这样的女人！为你自己丈夫的事，而且有人情愿帮助你，你怎么倒这样浮下水，不上劲儿！没看见过！没看见过！

杨　先　生　老太太先别生气。这么办，明天你们二位（指杨太太与芳蜜）到时候就来，看大嫂有工夫没有。万一大嫂真没工夫呢，我有这么个主意，叫淑菱小姐代表局长太太！一来叫小姐练习练习，二来局长小姐也很足以引起大家的敬重。小姐怎样？

洗 仲 文　把淑菱除外。（立起来）要是你们非拉这里的人去不可，我去；我是局长的弟弟，将来我结婚后有了儿子，是局长侄子！一代传一代，局长孙子，局长重孙子。

洗老太太　刘妈搀我起来！我受不了这个！你们叔嫂是怎么啦？这么漂亮可爱的徐小姐，这么有人缘的杨先生杨太太来捧局长的场，来好心好意的帮助局长！你们俩，一个局长太太，一个局长的亲手足，倒仿佛和局长有什么仇似的，什么道理，什么心思呢？走，我管不了你们，可也不能在这里看着你们把好朋友都得罪了；走，刘妈！

杨　先　生　老太太，别走！我还有主意。不过，这可得先跟芳蜜商议商议。

徐 芳 蜜　用不着跟我商议，老太太怎么说就是！

杨　先　生　老太太，你若是认徐小姐做了干女儿，即使大嫂不能多出去，有
　　　　　　干女儿去，还不是一样？

洗老太太　（转怒为喜）那我可不敢当，我哪有造化，要这么一朵鲜花似的
　　　　　　小姐做干姑娘呢！

徐　芳　蜜　得了！老太太就别谦虚了吧？我是行三鞠躬礼呢？还是磕头呢？
　　　　　　老太太说！

杨　太　太　当然是磕头，当然！刘妈，拿垫子来！

徐　芳　蜜　（跪下去）妈！我这儿磕头啦！

洗老太太　不敢当！不敢当！菱儿的妈，来搀搀你的干妹妹！干闺女，妈妈
　　　　　　今天可拿不出什么礼物来，明天再找补！

杨　太　太　把压箱底的好东西，给干女儿找出一两件来，老太太！

洗老太太　压箱底的？这一打仗，丢了多少东西呀！

杨　先　生　可是，老太太，要是不打仗，大哥也许不能这么快就升到局长
　　　　　　呀。凡事都得两面看。有人才能挣钱，人是活的，钱是死的；有
　　　　　　大哥，还在乎丢点东西吗？得，老太太，儿子是局长，又得了这
　　　　　　么如花似玉的干女儿，这个仗简直是为老太太你一个人打的！

洗老太太　别那么说，这都是你的好心；要专凭我老婆子，就会找到这么好
　　　　　　的女儿啦？

杨　先　生　老太太，你这么一夸我不要紧，我又来了个主意！

杨　太　太　简直是诸葛亮！

杨　先　生　老太太，想看看新儿媳妇不想？

洗老太太　她还没来给我磕头，我反正不能先去找她。我不反对我儿子纳
　　　　　　小，可是娶了小老婆，连告诉我一声也不告诉，总得算是失礼！
　　　　　　这也不能都怪我儿子，总是那个小老婆不好，不懂规矩，不先来
　　　　　　讨我喜欢！

杨 先 生　初六那天，不是我的生日吗？我想，我请局长大哥把小太太带
　　　　　了去。在我那里教她给老太太磕头，并且跟大家都见见面，又省
　　　　　事，又自然，好不好呢？

冼老太太　也好！对我的儿子，我永远不争执什么。这不是我不爱讲家规，
　　　　　我是怕紧自管叫他，他心中一不痛快，再误了国事，国事最要
　　　　　紧，误了国事，就得丢官，那还了得！

杨 先 生　老太太高见，高见！好，就那么办啦；到那天，新媳妇必到，必
　　　　　给老太太磕头，我保险！

淑 　 菱　要是那个小难民去，我就不去！难民！难民！难民！我不能管难
　　　　　民叫妈！

冼老太太　菱儿！这要是叫你爸爸听见哪，你看他跟你闹不闹！古时候，正
　　　　　德皇帝还娶了李凤姐呢；李凤姐是个——

徐 芳 蜜　如今的女招待。

冼老太太　就是呀！女以男贵，古今一理！你趁早不用惹事，菱儿，得罪了
　　　　　你爸爸，就是得罪了饭碗！

徐 芳 蜜　小太太长得也还下得去，要是好好的打扮一下，很可以拿得出手去。

冼老太太　那就行了！有的人娶姨太太不论样子，真有丑得象个母猪似的。
　　　　　我相信我的儿子还不至于那么没眼睛！

淑 　 菱　爸爸有眼睛看谁美不美，可就是看不出来谁准姓什么！

冼老太太　这又是什么鬼话？

淑 　 菱　你看哪，奶奶，你想知道她——你的干女儿——准姓什么？

冼 局 长　（轻轻的进来）淑菱！你胡说什么呢？睡觉去！

杨 先 生　局长！大哥！

杨 太 太　大哥！局长！

徐 芳 蜜　嘿喽！

洗 局 长　（还接着对女儿说）国难期间，年轻轻的不知做些有益处的事，
　　　　　一天到晚乱跑乱说，是对得起国家，还是对得起自己？看我，我
　　　　　拥护政府，我决心抗战，一个人做着五个人的事；有我这样的爸
　　　　　爸，会有你这样的女儿，想不到的事，去，出去！

洗老太太　咳！菱儿，咳！用得着哭吗？自作自受！（淑菱下）

洗 局 长　妈，你老人家也该休息休息去！国难期间，老人家得加倍保重；
　　　　　老人家一不留神，闹点病，也足以增加我们做儿女的顾虑，妨碍
　　　　　我们抗战的工作。妈，该休息去吧，刘妈，挽着老太太！

洗老太太　你说的对，对！可是我也得告诉你一句，别为抗战把身体累坏，
　　　　　国和家都仗着你呢！

洗 局 长　晓得了，妈；你就休息去好啦！

洗老太太　（向大家）你们坐，我先休息会儿去！（驯服的出去）

杨 先 生　大哥坐下！杨太太你报告一下，明天你们要做的都是什么，请局
　　　　　长核准一下。

　　　　　〔洗太太收拾起编物，对客人略一点头，没看丈夫，往外走。

杨 太 太　（掏出纸条来）洗大嫂，别走！（看了看局长，局长没任何表
　　　　　示，除了眼睛瞪着洗太太的背影。杨太太自己笑了笑，不再劝
　　　　　留。洗局长一直把太太瞪出去。见仲文也立起来）仲文也——
　　　　　（仲文没出声，扬脸往外走。局长也瞪他出去）咳！

徐 芳 蜜　哥哥！噢，我应当叫你哥哥了，知道吗？老太太认了我做干女
　　　　　儿！哥哥——

杨 太 太　（唱）妹妹我爱你！

徐 芳 蜜　不要胡吵，杨！我说，哥哥，可别为我们的朋友，而把一家人弄
　　　　　得不和睦了啊！

洗 局 长　和睦怎样？不和睦怎样？我不是个小说家，须把每个人的心理体

贴入微；更不是个看护，须把他们都伺候舒服了。我是家长，他们都属我管，他们得伺候我，体贴我！回到家来，正如到局子里去，我是发命令的！我也能接受别人的命令，服从命令，那就要看彼此的地位了。我的地位叫我在家里有绝对的胜利，假若仲文和我的老婆不愿承认失败，叫他们另找地方去吃饭好了。在抗战期间，谁都应当尽力工作，在家里蹲着算干什么的呢？既在这里吃我，就得听我的话；反抗么，我会攥住他们的脖子，使劲，非到跪在地上求饶，我决不撒手！（得意的停顿一会儿，欣赏着自己的余威）刚才你说什么，杨？

杨　先　生　她们已定好明天工作的计划，请大哥，局长，看一看。

洗　局　长　用不着看。我信任朋友！不过，朋友们不忠于我呢，我也不是什么好惹的；有信，还须有威，威信，威信，就是这个意思。呀，（干笑了一下）芳蜜，你是怎回事，又怎么认了干娘？

徐　芳　蜜　老太太收了我做干女儿。你愿意有这么个干妹妹？

洗　局　长　当然喽！来往更方便一些！（向杨）还有事没有？没事可以先走一步，我还得和芳蜜谈一点要紧的事。

杨　先　生　没什么别的事儿了。就是，刚才已跟老太太商议过，叫新夫人到十二那一天，也到我那儿去，顺手儿和大家见见面，省事而且自然。大哥，你要是愿意的话，请赏给我两桌菜，作为新嫂子在我那里出头露面的一点小——小意思！

杨　太　太　恐怕新嫂子也没有时样的衣裳吧？是不是——

洗　局　长　我可以送给你两桌菜，至于玉明去不去，我想——

杨　太　太　不用想了，叫她去一会儿，见见老太太，见见大家；凭大哥你，娶了个小太太，还用藏着吗？

洗　局　长　什么话儿呢？我叫她藏着干吗？

杨 太 太	那就都交给我好了，芳蜜那儿有衣裳，借给她穿穿，也就行了。
徐 芳 蜜	那好办，我没有别的财产，衣裳到还有几件。
杨 先 生	就那么办了。太太咱们也该活动着吧？局长和徐小姐还有要紧的事商议呢。
杨 太 太	对啦，叫人家干兄妹谈谈心吧！哎哟，好累得慌！（同下）
冼 局 长	不送啊！（眼刚由门那边移回，就盯住芳蜜，芳蜜半垂首的笑了笑，向前移了半步。局长过去拉住她的手）你为什么这么美呢？你是不是人呢？
徐 芳 蜜	我大概不是仙女。
冼 局 长	我呢？
徐 芳 蜜	你是男性的象征，老想征服一切女性，你连个难民也不放手！
冼 局 长	我不久就放了她。留着她，好象有点对不起你似的！
徐 芳 蜜	别胡扯啦！她就是个老鼠，你也不肯放了她！
冼 局 长	为证明我说的不是假话，假若你明天告诉我，有谁——当然是咱们用得着的人喽——需要女的，我情愿双手奉送。拿姨太太送礼，并不由我始！
徐 芳 蜜	你太厉害！哼，你要是有机会卖了我，我敢保你能刚吻完我就叫我上断头台！
冼 局 长	没有的话！一万个，一百万个，女人里也未必能有你这么一个，这是真话！即使我的心是铁的，也会叫你给熔化成了汁浆！你说我是男性的象征，要征服了一切女的；真的！我常想，全世界的青年女子都吻过我，那才够个男子汉的味儿。可是，又想到，那恐怕也没多大意思，因为年轻的女子未必都好看。天下的女子不都好看，是上帝的最大的错误！不过呢，一个美女就可以弥补这个缺陷，因为她一个人把女子的好处都显露出来，而把女子的丑

相都遮掩下去。有这么一个美女，就把男人的心照亮了，叫他知道了好歹与美丑。这种美女成为他的理想，他的圣母，使他把对女子的普遍的侵略野心变为温和和纯洁的对一个理想的追求。

徐 芳 蜜　算了吧！这些话已听过不止一次了；哪个男人都会说！男人，一般的说，比女人的口才高！

洗 局 长　口才高，磕膝再软，就所向无敌了！算了！算了，算了，说些正经的。我是多么实际的人，可是一见到你我就迷住了，狂了，忘其所以了！拿报告来！

徐 芳 蜜　已准备好，（掏出一张粉色的纸来）用药水洗过，才能看见字，你晓得？我已经告诉了你，用什么药水？

洗 局 长　（点点头）不失信，我也给你，（也掏出好几张字纸来）你只给我一张小纸，我却给你这么多！谁叫你美呢！那件事怎样？

徐 芳 蜜　（微微摇头）不大容易，郝培元的身后头很硬！

洗 局 长　那就是说，政府非买那批材料不可，而且非他去买不可？（芳蜜点点头）你等我想想！（自己倒了杯茶，漱了漱口，喷在痰盂内）有办法，有办法。咱们弄不到手，也叫郝培元弄不了去，虽然咱们没把事情争过来，可是也叫他知道知道咱们的厉害！

徐 芳 蜜　那不高明吧？要依着我看呀，我们此路不通，就另找别的路子；何必破坏了他的事，既对咱们没有好处，而且伤了朋友呢？

洗 局 长　也对，也对，我这个人失之太硬，非有个温柔聪明的女子给做参谋不可！我的参谋妹妹！

徐 芳 蜜　你等着，不要太急。事情多得很，咱们总会抓到一两件的。长期抗战就须有长远的计划，不许着急，不许着忙。咱们要沉住了气，拿定了主意，耳听四路，眼看八方，消息灵通，心里稳当，听的多，看的准，看准了，一下手就是地方，象壁虎捉小虫那样！

洗局长　芳蜜，不用对我讲理论吧！虽然我佩服你的聪明，热爱你的美丽，我可是还没糊涂，还不能睁着眼上当！我看哪！你并不热心帮助我办那件事，你一味的敷衍我，是不是呢？

徐芳蜜　假若你那么看，也好；敷衍就是我的基本本事之一。

洗局长　（惨笑）我看，我的命要丧在你手中，刚才那句话要是别人说的，不管他是男还是女，我会一拳打得他眼里冒金星！我，对你，下不去手；没办法！

徐芳蜜　好哥哥，亲哥哥，你听我说！我可以不敷衍你，我有法子能叫你毫不费力的就能得到十万八万的，甚至于几十万，就怕你——

洗局长　请你小心一点，你叫我干什么都可以，除了当汉奸！

徐芳蜜　只做搂钱的官，而不作汉奸？假仁假义！

洗局长　假仁假义也并非没有道理。贪污，不巧而倒了霉，还有方法打点，即使打点不通而杀了头，也还不至于遗臭万年；做汉奸可就不那么简单了！贪污近乎人情，汉奸无可原谅！我心里很清楚，很清楚，连你这样的美人也摇动不了我，在这一点上！

徐芳蜜　也不尽然！

洗局长　怎么？

徐芳蜜　（拍拍口袋）这是什么？

洗局长　噢，那个呀！哈哈，无关重要的几个小消息！

徐芳蜜　我能叫这些小消息把你的脑袋掉下来！

洗局长　（摸口袋）我仿佛也拿着你的一张什么吧？

徐芳蜜　（笑了笑）那只是一张纸，至多不过颜色还漂亮！

洗局长　你，不是说，药水——

徐芳蜜　天下还没有一种药水可以洗出字来的，假若纸上本来没有字！

洗局长　（立起来）你敢骗我？（要扑地）

徐　芳　蜜　（掏出枪来）这回该你抬起手来了，对不起！一方面，是我的美
　　　　　与钱；另一方面，是你的监狱与死亡；你自己挑选！一手是爱情
　　　　　与利益，一手是枪弹与危险，这是我们办事的规矩！坐下，好好
　　　　　的谈谈！

洗　局　长　（坐下）杀了我，我不能作汉奸！

徐　芳　蜜　可笑！第一，做官搂钱就是汉奸，你已搂了不少钱，而且正托我
　　　　　帮忙你再多搂一点！第二，你明知道我是什么人，而愿意和我合
　　　　　作！双重汉奸，还有什么可说？我现在不过是依着你的心理，叫
　　　　　你更多得些利益，更快得些利益，更容易得些利益！只要你有胆
　　　　　子，有本事，而且爱玩一玩，事情就都好办了；不难，也没有多
　　　　　大危险。我晓得你有胆子，有本事，恐怕就缺乏一点玩一玩的兴
　　　　　趣。跟我，跟我，玩一玩，还不好吗？无论怎详，我总比你那个
　　　　　小难民有意思吧？

洗　局　长　我心里很乱！

徐　芳　蜜　想一想，想一想，（轻拍他的肩）我并不逼迫你马上签字盖章。
　　　　　你是条男儿汉，你有你自己的主张。即使你始终不肯答应我，你
　　　　　我还是好朋友，对不对？

　　　　　〔淑菱偷偷的进来。

洗　局　长　怎么，叫你睡觉去，干吗又出来了？

淑　　菱　（很勇敢的）我来告诉你两件事：第一件，她并不姓徐，她没
　　　　　准姓。

徐　芳　蜜　我的姓和我的衣裳似的，勤换着点儿啊，新鲜！小姐，不用怀疑
　　　　　我，我是诚心诚意的帮助你的爸爸多做点事，多进点钱；好多给
　　　　　你做新衣裳穿呀！

淑　　菱　我不相信你，除非你诚心诚意的放开红海！

徐 芳 蜜 他除了给我做点小事，和我没别的关系！

洗 局 长 去！不要捣乱！告诉你，你要再跟红海在一块，我就连一个铜板
也不给你；去！

淑　　菱 等我说完了！第二件，妈妈在屋里哭呢，你看看去！

洗 局 长 活该她哭！去！

〔淑菱瞪了他们一眼，往外走。

徐 芳 蜜 跟我玩玩去？（拉住他的手）

洗 局 长 也好。

（幕）

第四幕

时　间　杨先生所说的十二号——初六，午饭前。

地　点　杨宅客厅，现改为寿堂。象一般的寿堂一样，有红烛，寿字，红幛，
　　　　长短不齐的寿联，铺着红垫的椅，围着绣裙的桌，黑白瓜子，香烟，
　　　　贺客……寿堂之后，隔窗可见：男女或围桌竹战，或来往嬉笑。

人　物　贺客若干，各形各色。
　　　　侦探长一，侦探前后共五人，卫兵二人。重要人物同前。

〔幕启。

杨　先　生　（见淑菱进来）欢迎，欢迎！小姐，老太太，局长太太，仲文先
　　　　　生都来吧？他们不来，不能开饭！

淑　　菱　先行礼吧？

杨　先　生　说说就是了，说说就是了，还真行礼，不敢当！不敢当！来，
　　　　　来，小姐，给我做招待员，多帮忙！（把小姐领到一旁）记住！
　　　　　凡是挂招待条子的，都是头等客，开饭的时候往这里让；不挂条
　　　　　的，二等客，往后边让；酒席稍有差别；记住！

淑　　菱　没有三等客？

杨　先　生　哪能分得那么细呢？大概的，大概的，分分就是了。（看进来一
　　　　　位贺客，向她伸出二指）呀，马大哥，后边坐，后边坐！免礼免
　　　　　礼，不敢当！劳驾劳驾，后边坐！

马 大 哥　　（献红封）一点小意思！

杨 先 生　　不，不，不！大哥来到就是了！（接过封来，看了看）谢，谢，
　　　　　　谢谢！（又向淑菱伸二指，低声的）都要是这样呀，（掂了掂封
　　　　　　儿）得赔钱！

杨 太 太　　（从后边来）嘿喽，淑菱小姐！老太太，太太，二爷，怎么还不来？

淑　　菱　　马上就来，他们也得算头等吧？

杨 太 太　　当然！当然！小姐可多帮忙，别弄乱了！

洗老太太　　（扶着刘妈）你倒是慢着点走啊，看拉我个跟头！

杨先生、杨太太　　老太太！（一齐过去挽着她）真赏脸！这么大岁数了！

　　　　　〔杨先生给老太太挂条子。

洗老太太　　哟，干吗还叫我戴上条儿啊？

淑　　菱　　奶奶是头等客，在这边吃。酒席不一样！

洗老太太　　爱多嘴的丫头！刘妈！你看这个乡下娘们！不提着礼盒，她挎在
　　　　　　胳臂上！拿来！礼盒！

杨 太 太　　老太太还赏东西！老杨，你就接过去吧，借老太太点寿！

杨 先 生　　（一边接礼盒，一边掏口袋，掏了许多小红纸包，逐一的细看，挑
　　　　　　了一个，给刘妈）谢谢老太太！刘妈！拿去！不用谢，太太，给老
　　　　　　太太多垫上个垫子！

杨 太 太　　（一边扶老太太坐下，一边说）老太太的干女儿，怎么还不来；她
　　　　　　一来，就有人陪老太太说话了！

洗老太太　　可不是，她的小嘴真会说话！杨太太，你忙去吧，不必张罗我！

淑　　菱　　（拉住杨太太）芳蜜来吗？（见杨太太点点头）她要是还不放开
　　　　　　红海，我跟她打架！

杨 太 太　　可别在这里打架呀，今天是老杨的好日子，总得取个吉利，你别
　　　　　　错看了芳蜜，她的心眼并不坏！

淑　　菱　你知道吗？她并不姓徐！

杨 太 太　红海也不姓红啊，那有什么关系！好小姐，你在这儿陪陪老太
　　　　　太，我到后边看去。

杨 先 生　（陪着洗老太太）大哥一定来吧？他要不来，可塌了我的台！办
　　　　　婚事得有主婚人，办寿也得有主寿人；大哥就是我的主寿人！

洗老太太　我想，他一定来，你们这样的朋友！他可是忙啊，怪可怜的，一
　　　　　天忙到晚！也真有本事！我说，那个小太太来不来呀？

杨 先 生　一定来，杨太太跟她说好了。她待一会儿要是还不来，我派车接
　　　　　她去！

洗老太太　菱儿，在这里可不准胡说！

　　　　〔从后面转过来两位男贺客，杨先生忙着招呼。

贺 客 甲　杨大哥，还不该吃着吗？

杨 先 生　稍微等一等，等等洗局长。

贺 客 乙　等等也好，饿够了劲，足吃！（用手中的报纸卷轻敲了杨先生一
　　　　　下）杨，这两天汉奸又闹得凶。（低了点声）外面绝对听不到的消
　　　　　息，连咱们一点还不知道，会叫人家那边知道了！怎么知道的呢？

贺 客 甲　人家有组织，无孔不入！

杨 先 生　我的眼睛敢说够尖的了，我就没看见过一个汉奸！我总不相信那
　　　　　些事儿，都是谣言，都是谣言！我就这么说，要真有汉奸的话，
　　　　　我应当头一个知道，我的眼皮子宽，三教九流，无所不知；拿住
　　　　　几个汉奸，不是还有赏哪吗？闲着也是闲着，我何不拿几个汉
　　　　　奸，弄点零钱花？

贺 客 乙　杨大哥说的也对。

贺 客 甲　可是走露消息，出卖情报，也是千真万确的事。据说汉奸里面，
　　　　　还有不少女的呢，都是很漂亮的大姑娘！

杨 先 生　那更是瞎扯！杨太太胆子大不大？大，很大！不信你今天给她一万块钱，说，你去当汉奸！她，连她，也不敢干！

贺 客 甲　可是人家也并不那么傻呀，人家会设法利用你，给你点便宜，而叫你不知道自己是做汉奸呢！有好些好玩的少爷小姐们上了这个当，千真万确！

洗老太太　他们说什么哪？

淑　　菱　说现在有汉奸。

洗老太太　啊，又闹汉奸哪？打仗还不够受的，还闹汉奸，什么年月！

杨 先 生　老太太不用着急，我说没有汉奸，就是没有！都是谣言！

洗老太太　谣言太多了！为什么闲着没事造谣言玩呢？

淑　　菱　我看芳蜜就是汉奸，她没有准姓！

杨 先 生　洗小姐！

洗老太太　菱儿，怎么血口喷人，胡说八道呢！

杨 先 生　徐小姐不来，洗局长也不来，真叫我着急！老太太饿不饿呢？先给老人家开饭，好不好？

洗老太太　我一点也不饿，我等着跟我干女儿一块儿吃！

杨 先 生　那好极了，（向二贺客）咱们稍等一下，大家大概是怕空袭，不敢早来！

淑　　菱　杨先生，你不是说还有歌女吗？她们什么时候来？

杨 先 生　总得到两点钟才能来。

洗老太太　菱儿，等她们来了，你可不准跟她们在一块搅合去！

杨 先 生　老太太，我找来的歌女都规规矩矩的，没错儿！

淑　　菱　歌女也算摩登女子吧？

杨 先 生　当然，当然，凡是露着胳臂的都算摩登！啊，局长太太来了！得，洗太太一到，就算来了三分之一的局长！

淑　　菱　（从杨先生袋中抽出个绸条来）妈！头等客！

杨 先 生　欢迎，欢迎之至！（向后面）杨太太来呀，局长太太！

冼 太 太　给杨先生拜寿！

杨 先 生　不敢当！不敢当！冼太太陪老太太吧！

杨 太 太　（从后面跑来）大嫂！今天你又年轻了好几岁！这个颜色的袍子
　　　　　　正合你的适，可真好！来坐！刘妈，你帮着倒茶！可真够我一个
　　　　　　人忙的！

杨 先 生　等你过四十生日的时候，我加倍帮忙！

杨 太 太　我? 我愿越长越小，永远到不了四十！怎么说来着！"四十而——"

杨 先 生　"不惑"！

杨 太 太　对了！你想想吧，一个女人到四十要没有了诱惑的能力，还活个
　　　　　　什么劲儿！嘿喽，仲文！我一猜就猜到，大嫂来，你必来。

冼 仲 文　来看看，有人敢欺侮我大嫂没有！

杨 先 生　不用跟她逗嘴，来，这边坐！（向二贺客）给陪一陪，冼局长的
　　　　　　弟弟！

淑　　菱　（又拿过绸条来）又一个头等！

杨 先 生　局长还不来，叫人着急！

杨 太 太　芳蜜是怎么了？女客里没有她，就不会热闹起来！

淑　　菱　红海！红海来了！

杨 先 生　红海！对联呢？

红　　海　（神色惊惶）等我先喘喘气！

杨 太 太　你怎么啦？见着芳蜜没有？她为什么还不来？

红　　海　淑菱，我得走，我得上前线去！我来辞行！

淑　　菱　怎回事呢？

杨 先 生　先别讲辞行，我的对联呢？

红　　海　杨，你借给我二十块钱，我得走，马上走！

杨 先 生　我？你没拿来对联，反倒跟我借钱！我这是办寿，不是小本经营贷款处！

淑　　菱　到底怎回事呢？

红　　海　这两三天了，我身后老有人跟着，象影儿随着身子那样。我吃饭，走路，找朋友，后边老有人钉梢，前天我回到家里一看，连箱子带匣子，都被人家给翻过了；不是贼，绝不是贼，因为没丢别的，只丢了一卷稿子，和几封信！

淑　　菱　什么稿子？谁的信？

红　　海　稿子是芳蜜交给我的。

淑　　菱　你看过没有？

红　　海　没有。我想凑齐了一块儿看。一气看完，我好写编辑后记。

淑　　菱　信呢？

红　　海　也是芳蜜交给我，叫我替她存着的。我偷偷的看了一封，是洗局长给她的。

杨 太 太　洗局长和芳蜜是朋友，你要知道。

红　　海　是呀，我知道，所以我就决定对芳蜜写封万言书；洗局长也许比我本事大，可是我的天才，他比不了，比不了！局长是芳蜜的朋友，我也是芳蜜的朋友；三人行，必有我爱焉，我得显显本领！万言书直写了一天一夜，今天早上五点钟，我就出了门，想递上我的万言书去。好，刚一出门，那个钉梢的又在门外等着我呢！我决定跟他们来个步行比赛，绕，绕，我跟他绕；一直绕到这里，算是把他绕糊涂了！可是，说不定，他就会又找到我！他为什么跟着我？想象不出来，难道那一卷稿子，那几封信，有毛病？不能呀，芳蜜交给我的东西，怎么有毛病呢？

淑　　菱　哼，也许你的伟大的女友就不大可靠吧？

红　　海　那怎能！以我的天才与聪明，能看出谁好谁坏来，笑话，笑话！杨先生给我二十块钱，我先去躲一躲；等我那部中国文化史出版，拿到版税，一定还给你！

淑　　菱　杨先生，你也借给我二十块钱，我同他一块儿走！只要他离开芳蜜，我就不再怪他！

杨　先　生　我办这回寿，还不一定能赚够本儿呢，又叫我往外拿四十块？这是哪里的事呢？

红　　海　好了，你不借给我钱，我只好藏在你这里；侦探来了，你去应付。

杨　先　生　那我办不了！

红　　海　快着决定，等侦探来到，就不好办了！

淑　　菱　你借给我们，快！

洗　仲　文　淑菱，你不能跟他去，你要是老跟他在一块儿，你身后也许跟上侦探！我看红海先生不过是个没心没肺的人，人家要是拿他开玩笑，卖了去，他还以为人家是好朋友呢！红海先生，我这儿有十块钱，拿去，快走！

淑　　菱　我不能叫他走！我是局长的女儿，侦探敢把我怎样了？

杨　先　生　有人给你十块钱，就走吧；何必一定非跟我过不去呢？

红　　海　好了，我走！淑菱，我必有信给你！

淑　　菱　我也走，红海，咱们一同走，一对流浪的文化人，多么有意思！

洗老太太　菱儿，听我的话！你要是好好的在家里，我一高兴，就给你一只金镯子！

洗　仲　文　叫他走！他走了，不是就躲开了芳蜜了吗？

淑　　菱　也对！奶奶你准给我一只金镯子？好啦！红海，咱们通信吧！

红　　海　请你告诉芳蜜，我找了她好几次，都没找到！告诉她，我的身体虽然不一定上哪里去，我的心可老随着她！

淑　菱　滚！永远别再叫我看见你的猴儿脸！二叔，把十块钱要回来！芳蜜！芳蜜就是汉奸！你瞎眼的东西！

杨太太　这是哪一出呢？什么话呢？都看我了，今天是老杨的好日子，得求个吉利！好红海，拿着十块钱就走吧！

红　海　杨先生，你会后悔的；今天你不帮助我，日后我会报复你！（下）

淑　菱　噢，红海！出门留点神，进旁边那个小巷子，等等，我还是跟你走！

洗老太太　来，菱儿，在这儿坐一会儿来！不准哭，今天是杨先生的好日子！他拿着十块钱，走两天就会花光！

淑　菱　噢，爱情最大的障碍就是钱！

杨先生　要是局长在这儿，没这个事！对联，我给送去的纸！没给写来，也不把纸退回，还要借二十块钱，什么事呢！

杨太太　老杨，可不准生气啊，今天是你的好日子！

杨先生　我没生气；就是有气，也不敢当着诸位亲友发泄不是？哈哈！

杨太太　芳蜜要是在这儿，也不至于这么糟，最能教年轻的人随着她的小手指头转！

淑　菱　你要再说芳蜜，我可真回家了！

洗老太太　菱儿！

杨先生　（见进来侦探）这又是怎回事？

侦　探　你姓杨？啊，有个红海你认识？啊，他是你什么人？

杨先生　朋友，朋友！

侦　探　他现在没在这里？

杨先生　没有！

侦　探　来过了？

杨先生　来过，又走了。

侦　　探　没说上哪儿?

杨 先 生　他说上前线。

侦　　探　噢!

杨 先 生　打听他做什么?

侦　　探　那是我的事! 你今天办喜事?

杨 先 生　对了,办寿。我四十的生日;请在这儿吃杯酒?

侦　　探　还有公事。那位小姐是?

杨 先 生　洗局长的小姐!

侦　　探　噢,洗小姐! 小姐你常和红海在一起?

淑　　菱　(迟顿了会儿) 没有!

侦　　探　局长的女儿,就是实话实说也没关系;以后请少跟他来往! 对不
　　　　　起,洗小姐! 对不起,杨先生! (下)

杨 先 生　不喝盅酒吗? 嘿,看我这生日!

洗 仲 文　淑菱,看见没有?

淑　　菱　红海不能是汉奸,要有汉奸,就是芳蜜!

杨 太 太　淑菱小姐,我真要和小姐你拌嘴了! 怎你一口咬定她是坏人呢? 洗
　　　　　老太太,你看,我和老杨都仗着多交朋友,有人缘吃饭。我们绝对
　　　　　不怀疑任何人,愿意和我们来往的都是朋友! 以芳蜜说,她真是热
　　　　　心帮朋友的忙,热心肠,好脾气! 小姐,你可千万别再这么说! 洗
　　　　　局长还和芳蜜常来往呢! 她要是坏人,难道局长还看不出来?

杨 先 生　不过,这个事可相当的严重了,侦探不是假的! (转脸) 喝! 越
　　　　　来越出奇了,穿着孝的也来了! 刘妈快去拦着点! 我是办喜寿,
　　　　　不是办丧事! 嘿!

　　　　　〔刘妈出去把玉明搀进来。

杨 先 生　(赶上几步) 别往里搀! 她穿着孝哪!

朱玉明　不是你叫我来的?

杨先生　我可没叫你来吊孝呀! 这是什么事呢!

朱玉明　(向洗太太走去)洗太太,我来告辞。妈妈死了! (要哭,强制住)从此,我的身体又可以是我自己的了! 我决不和局长捣乱,我的仇人是日本,我到北边去算账!

刘　妈　洗太太,我跟你辞工,跟了她去。也许还能找到家里的人!

洗太太　你别走吧,刘妈,我们都待你不错。

刘　妈　真不错! 可是我这肚子委屈,你们谁也不明白;她(指玉明)能明白,她真受过苦,我真受过苦,我俩能彼此明白;别人——我就跟了她去!

洗太太　你真要走,我也拦不住,你可好好照应着她! (向仲文)有刘妈跟着她,多少有个照应! 玉明,你母亲的尸首呢?

朱玉明　埋了,埋在山坡上了! 洗太太,我得快走! 我本不应当来,可是我总觉得一个人应当光明磊落,当着你们大家的面,我走开,心里才痛快! 就是局长在这儿,我也不怕;反之,我倒可以当着大家的面宣布宣布他的罪恶!

洗老太太　这个小丫头疯了吧!

杨太太、杨先生　不疯了能穿着孝来?

洗老太太　你敢说局长不好? 太大胆了! 太大胆了!

朱玉明　刘妈,真跟我走? 走! 老太太,我不对你说别的,我就可惜你这个岁数! (拉刘妈往外走,仲文赶上去)

洗老大太　仲文,你干吗去? 你老吃里爬外,不向着你哥哥!

杨先生　这就开饭啊,快回来! 这哪象办寿呢!

洗仲文　送她们几步,就回来! (赶出去)

杨太太　你专顾了办寿! 还不去追回她来哪! 待会儿局长来到,一问,

　　　　　　噢，玉明是从咱们这里跑出去的；他要跟你要人，你赔得起吗？

洗老太太　也不能叫刘妈走，她还多拿着八天的工钱，没做够了日子哪！

杨　先　生　追回来，怎办呢？

杨　太　太　不追回来，局长要人怎办呢？

杨　先　生　嘿！嘿！都是我，爱管闲事，报应！报应！我去追！（又停住）
　　　　　　我这是办寿哪吗？

洗　太　太　追！回来，她会碰死在这儿！

杨　太　太　大嫂倒不必担那个心！老杨，追去！

杨　先　生　追！（要往外跑，被仲文迎面拦住）她俩呢？

洗　仲　文　少管事，都有我呢！

杨　太　太　二爷，你真能横打鼻梁，负起责任来吗？

洗老太太　仲文，别把祸揽到你自己身上去，你知道你哥哥的脾气！

洗　仲　文　没关系，妈！

毕　科　长　（仿佛谁也没理会他进来，极客气的向杨先生说）这位先生，非
　　　　　　常的对不起！我们局长没来吗？

杨　先　生　一定来，我们正等他来，好开饭。

毕　科　长　局长今天没到局子去。这儿有件紧要的公事，我到局长公馆请
　　　　　　示，听说今天局长到这里来，所以又赶到府上，对不起！先生今
　　　　　　天是办寿？

杨　先　生　哪里，请朋友们来玩玩就是了。

毕　科　长　太仓猝，太仓猝！（掏出个封儿）临时现备办的，来不及选礼
　　　　　　物；小意思！我可以在这儿等一等局长？

杨　先　生　当然了，当然！太客气了，哪敢？（接过封儿去）这边坐，坐！
　　　　　　仲文，陪一陪！（向贺客甲乙）二位也给陪一陪，等候局长的！
　　　　　　局里的科长！

贺客甲、贺客乙　科长，贵姓？

毕 科 长　毕，贱姓毕。

贺客甲、贺客乙　久仰！久仰！

杨 先 生　（离开毕科长，向杨太太）我到后面招待招待！

毕 科 长　没领教？

贺 客 甲　（说出姓名，没人能听得出，又说了一遍，似乎象）小瘪三。

毕 科 长　久仰，久仰；（向乙）这位先生？

贺 客 乙　（绝对不愿说清楚，极客气而含混，好象）土地堂。

毕 科 长　久仰！贵恭喜？

贺 客 乙　混饭吃而已，混饭吃。

贺 客 甲　近来有什么消息，科长？

毕 科 长　没什么消息；公事呀忙，下了班也就没工夫去打听什么了！

贺 客 乙　大家都是如此。下班后，也就是听听戏呀，看看歌女呀，还可以
换换脑筋；简直没有别的办法。读书吧，当初在学校的时候，已
把书读通；现在简直没有什么可读的。家眷又不在这里，在屋里
呆着，实在太苦闷！只好找地方去消遣消遣！

毕 科 长　至理名言！一语道破！戏班子，歌女，饭店，都发了财，都发了
财！也是时势造财主！

贺 客 甲　好个时势造财主！不过呢，人家总是也有些真本事！

毕 科 长　我承认他们有本事，可是叫咱们去做那些事，也未必不比他们做
得更好。不过我们的身份，身份，叫我们总怪不好意思！身份误
尽了天下英雄！

贺 客 乙　慨乎言之！

毕 科 长　我就佩服敝局局长，那真是个人才，精明，会做官，永远不丢了
机会；真是学问经济，兼而有之！啊，（向仲文）局长的令弟，

令兄真是人才。我没看他消极过，苦闷过！老那么精神，老那么负责，身份高，手段好，名利兼收！只有洗局长，是咱们的模范人物；他，洗局长，能不失书生的本色，身分，而且能不象咱们这样寒酸！仲文先生，局长现在手里总可以有——不该这么问！不过是闲谈，闲谈！局长信任兄弟，兄弟自信还会当差，还有个忠心；别的好处没有，就是忠于局长。（见仲文不出声）仲文先生，请求一点小事，给我介绍一下，见见局长老太太！

洗　仲　文　好吧。妈，毕科长要见见局长老太太！

洗老太太　啊，毕科长，跟我儿子当差呀？

毕　科　长　局长的栽培！我常到公馆去，可是总没有机会给老夫人请安！

洗老太太　看科长多么会说话呀！菱儿的妈，你也见见！

毕　科　长　噢，局长太太，我常到府上去，总没得机会给太太请安！以后，公馆里要什么，给我个电话，马上送到！不必一定由局长交派，由太太给我个电话就行！

洗老太太　多么会当差！

毕　科　长　老太太的抬举，没有本事，就仗着点忠心。我崇拜局长，忠于局长，只求局长不嫌我愚笨，老有我这碗饭吃！

洗老太太　我深知我的儿子，他的眼里不藏沙子！他认识谁好谁歹！你对他忠心，他就真心待你；你对他耍坏，他就给你个厉害看看！

杨　太　太　一点不错，局长真是条汉子。有刚有柔，精明强干！

毕　科　长　现在的几位局长，就属我们局长红，一点不假！

杨　太　太　局长怎么还不来呢？

毕　科　长　忙，局长忙，一天起码有五个饭局！啊！这是局长小姐吧？长得多么聪明秀气！小姐以后要什么纸墨笔砚哪，给我个电话，马上送到！

淑　　菱　要丝袜子也行吧？

毕 科 长　大概也可以，哈哈，小姐真会说话！

淑　　菱　局长准叫你给徐芳蜜小姐送过丝袜子吧？

毕 科 长　没有，没有！局长是不苟言，不苟笑的人！我可不敢乱说！小姐，多么天真！

杨 先 生　（从后面转来）我说，大哥，局长，怎么还不来呢！

毕 科 长　等一等，天还早呢！一点钟摆席不晚！

淑　　菱　杨先生，干脆咱们折干好不好？你给我一块五毛钱，我到外边吃去；我的肚子里已经直叫唤！

冼老太太　菱儿呀，菱儿呀，你可真太没规矩了！

毕 科 长　听，来了！我会听局长的车怎么响。是，对！

　　　　　〔杨先生，杨太太，毕科长，都往外跑。连贺客也受了传染，前进数步。仲文向冼太太一笑。淑菱藏在老太太背后。

冼 局 长　（似领队的雄鸡那么威武）不晚吧？

杨 先 生　不晚！我们都等着局长呢，连老太太都不肯先吃！

冼 局 长　等我干什么？我已经吃过饭了。

杨 太 太　大哥！你可太——

毕 科 长　吃过饭，再喝两盅总可以，局长的量，我知道，海量！

冼 局 长　你们太难了，怎么可以饿着老太太呢！妈，你不是年轻的人了，怎么还老不小心呢？饿过了火，回来再吃多了，又得不舒服好几天！在这抗战期间，一切东西是贵的，特别是药品！

冼老太太　我是想呀，等等你和我的干女儿，一片好心！

冼 局 长　（瞪了太太一眼，而向淑菱发言）你这么大姑娘了，就不懂得伺候伺候祖母，留点心？

杨 先 生　都是我的错儿！不过，可也情有可原，我们一致的要等你，跟你一

块儿喝两盅酒！连不认识你的朋友全这么说，是不是？（问贺客）

贺客甲、贺客乙　是，就是！久仰局长大名；今天的机会实在难得！

洗 局 长　（向后面打了一眼）怎么？没吃饭就打上啦？

杨 太 太　他们是专为打牌来的，我要是请他们早五点来，他们也不会推辞！

洗 局 长　国难期间！国难期间！（慨叹）

杨 先 生　大哥，下午要是没事的话，咱们还得玩玩呢！

洗 局 长　我？我哪天没事呢？告诉你，忙惯了的人，坐下打牌就起急！我
　　　　　现在连四圈都打不下来，起急！

杨 太 太　牌九野蛮一点，可是痛快！

杨 先 生　局长要高兴推推，也有人奉陪！

洗 局 长　再说，再说，那不是什么要务。芳——啊，徐小姐还没来？

杨 太 太　她难道是病了？怎么会还不来呢？

洗 局 长　顶好先给老太太开饭，别再等她！

杨 先 生　我去招呼厨子！大哥，还没谢谢你呢！老太太赏了礼物，大哥你
　　　　　还送来酒席！

洗 局 长　不是你那天要求我送的吗？

杨 先 生　那是说着玩，怎么就认真起来呢！

洗 局 长　我这个人就是刚正诚实。问毕科长，我无论做什么都要公平正直，
　　　　　说什么就算什么，我对我所说的负完全责任；我所说的都正直，所
　　　　　以更得无愧于心的负起责任去办。啊，我说送你两桌菜，就必定送
　　　　　来，那绝对没错儿！我说，玉明怎么不来？听明白了，我当初就不
　　　　　愿叫她来，现在也并不盼望她来。不过，你既说她必能来，所以我
　　　　　倒要问问。我这个人，说一句话算一句话；恐怕别人就不容易做到
　　　　　了！杨，她来不来？假若她答应了来，而现在还没到，我好派人
　　　　　告诉她不必来。假若你根本就没跟她说好呢，也没多大关系，至多

不过是证明你的能力并不象你自己所想的那么大就是了。

杨先生、杨太太 　（都愣了）她——

淑　　菱　她来过了！

洗 局 长　你少说话！（赶快的向杨）怎么，她来过了？她又上哪里去了呢？

杨 先 生　她来过了！

洗 局 长　那我已经知道了！我现在问，她又上哪儿去了？你知道，你叫她
来的，由你这个门里出去以后，就由你负责！

杨 太 太　仲文，这可到了谁负责的时候了，你该说话了吧？

洗 局 长　噢，仲文也敢负责任？！

洗 仲 文　我负责！我叫她走的！

洗老太太　仲文！记住，你这是对你哥哥说话呢！

洗 局 长　没有我的命令，你有什么理由，什么权利，叫她走呢？噢，你以
为我多弄一个小娘们与你的脸面上不好看吗？你以为家长是你，
不是我吗？你以为你可以出主意，不必请示我吗？

杨 太 太　得了，局长，老杨一年才有这么一天，给他点面子！给他点面
子！芳蜜这小东西还不来，她要是在这儿，什么都好办了！

洗 局 长　我向各位朋友道歉，（向贺客们一点头）我不该这样搅扰了大家
的喜酒！可是，原谅我，我是个直性汉子，心里存不住事！我必
须问明白，问个水落石出！

贺 客 们　很好！局长应当那么办！

洗 局 长　好了，仲文，说！

洗老太太　仲文，小心点！

洗 仲 文　我没什么可说的，我看应当把她放走，就把她放了。象打开笼门
放走一只小鸟！当着这么些人，我不愿多说什么！你做的事你自
己明白！

洗 局 长　请不必顾全我的面子吧！我做的事永远正大光明，不但不怕大家
　　　　　知道，而且愿意叫大家知道！不信，咱们叫大家听听，我娶个小
　　　　　老婆，我的弟弟把她放了走，这合理不合理？

贺 客 们　（微微的摇头，又略示赞叹，以便两面都不得罪）你看！你看！

洗 局 长　你把她放走了？你赔！一只小鸟，就是个臭虫，只要我想留住
　　　　　它，别人就不能动它！

洗 仲 文　小鸟的比喻，也许不大很对；我——

洗 局 长　说！说呀，你看！

洗老太太　仲文，你出去一会儿好不好？干吗招你哥哥生气呢！他有国事在
　　　　　身，他不是个闲在人。

洗 局 长　老太太，不用你说话，看我今天教训教训他！

杨 先 生　局长！都是一个人的错儿！把错儿都放在我身上，待两天我从新
　　　　　给局长物色个人儿还不行吗？我真要给大哥跪下了！

杨 太 太　完了，完了！都不用再说什么啦！局长，我和老杨一定另给局长
　　　　　物色个新的人儿！

洗 局 长　问题不在那个；什么新人旧人的！我是问仲文到底他是什么心
　　　　　意；他若是把话说明白了，我还许原谅了他呢！我这个人办事永
　　　　　远讲究心明眼亮，公平正直！

洗 仲 文　告诉你吧！

洗老太太　我——菱儿，咱们不必等吃饭了，回家吧？

杨 太 太　老太太！稍等一等！他们弟兄是闲谈话儿，不要紧，老太太只管
　　　　　放心！

洗 仲 文　我不再提什么小鸟，我得这么说：有个逃难的小姐，被人霸占
　　　　　了。当时，她没有任何抵抗力，她没办法！现在，她的腿自由
　　　　　了，她觉得她应当走，可以走；所以我放走了她！我并没帮助她

什么，我只是觉得放她走足以为那个人——不幸的很，他是我的哥哥——减轻一点罪恶，使我自己的良心稍微舒服一点！

洗 局 长　噢，原来是为我减轻罪恶！很奇怪，我向来不知道我有罪恶，也没想到过，吃着我的饭的人会觉得我有罪恶！好！你把她放走的？请分神把她找回来！不然，我会办你拐带人口的罪名！

洗老太太　仲文，就快去找吧，连刘妈也找回来！

洗 局 长　怎么，刘妈也走了？也是你放的？她受了什么压迫？又是我的什么罪恶吧？

洗 太 太　（不愿说话，但要帮助仲文）刘妈要回家，我就叫他走了。

洗 局 长　噢，这很简单！你放走老妈子，从此不许你再雇女仆就是了；简单得很！（干笑了两声）倒还是仲文的工作繁重一点，请吧，去找她！怎么着；找不到，你知道我不至于没法子惩办你！

洗老太太　就快去吧，仲文！（仲文不动）

洗 局 长　老太太，不用催他；有三点钟的工夫呢！那个，毕科长，咱们先办咱们的事。

毕 科 长　来了一件紧要的公事！（极慎重而显着匆忙的拿出公文来）

洗 局 长　（看了仲文一眼，接过公文来，拆开，又看了大家一眼，然后才看公文。看了，皱上眉。又看了一遍，手颤起来。擦了擦眼，再看；身子一软，坐在附近的一张椅子上，再看公文）毕科长！

毕 科 长　怎么了！局长！

杨 先 生　倒杯茶来，是不是心中不舒服？

洗 局 长　你的账，你的账！赶紧回去弄清了账！我马上就来，你先走！

毕 科 长　是！是！局长！我可以？（伸手要公文）

洗 局 长　（要递公文，可是用力一折，放在袋中）我还有办法！有办法！我不会失败！

毕 科 长　是不是办交代？我好——

洗 局 长　（无可如何的点点头）快走！我马上就来！

毕 科 长　想不到的事，想不到的事！（忙中仍未忘深深鞠躬。下）

杨 先 生　为什么呢？大哥！

洗 局 长　没关系！胜负兵家常理；败了，再打就是了！

洗老太太　怎么了？怎么了？不是又警报啦？

洗 局 长　不是！没什么事！杨，给她们开饭；一吃饭就都不开腔了！

洗 太 太　现在，我可以对你说两句话了吧？

洗 局 长　咱们俩不过话！你不能帮助我，也不肯帮助我，我会独自斗争！我
　　　　　做局长，你便是局长太太；我撤了差，你还是洗太太；等我明天再
　　　　　弄上官，你又是什么什么太太。这是你的命好，没有别的可说。

洗 太 太　我并不希望你老做官——

洗 局 长　对了，你愿意我老撤职！躲开我！

杨 先 生　大嫂，少说一句吧！大哥心里一定不大好受！（转向他）大哥，
　　　　　我是个小流氓，可是我有小流氓的义气。来，我帮着大哥去干，
　　　　　今天被撤职，明天就得还弄到个官。即使再失败了，咱们还会另
　　　　　开途径，到别处去找官做，是不是，大哥？

洗 局 长　不成问题。到哪里也得有咱们的官做，凭咱的本事，凭咱的经
　　　　　验。芳蜜怎还不来？

杨 太 太　我嘱咐好了，叫她早早来；也不是怎么到如今还不露面。大哥，
　　　　　不用着急，老杨，我和芳蜜是你的死党。我们一定含糊不了！
　　　　　（转向洗太太）大嫂，不能再消极，不能再不听我们的话！看见
　　　　　没有，大哥被撤了差，事前连点风声都没听到。要是咱们早有组
　　　　　织，早活动起来，怎能吃这个哑巴亏呢！

洗老太太　怎么，撤了差？谁的主意呀？难道天下就没有公理，就看不出好

人坏人来吗？（要哭）

杨　先　生　老太太，先别哭，今天是我的好日子！嘿，这个生日过得多么好！

洗　局　长　妈，你少说话，没关系！

杨　太　太　（往外跑）噢，你可来了！大哥，芳蜜来了！

徐　芳　蜜　（似乎已嗅到点不甚好的气味）怎么了？怎么了？局长怎这个样子？

洗老太太　干女儿，你来得正好，快劝一劝局长，给他出个好主意！也不知
　　　　　是谁的主意，撤了他的官！

徐　芳　蜜　那不可能，不可能！怎么连点风声也没有呢？

洗　局　长　芳蜜，对我讲实话！我想，你与这件事有关系！告诉我实话，不
　　　　　然的话，我准叫你出不去这个门！

淑　　　菱　我早就说她是汉奸，你老不信！

洗　局　长　闭上你的嘴！芳蜜，说真的！我是条汉子，胜利失败都没关系，
　　　　　我能屈能伸，斗争到底！我愿意你实话实说，叫我心明眼亮。你
　　　　　也许是我的真朋友，也许是我的仇敌；对朋友我有片真心，对仇
　　　　　敌我也有办法！你说！说实话！

徐　芳　蜜　我起誓，我真不知道！

洗　局　长　（对贺客们）对不起，请先到后面坐坐！（看他们转过去）芳蜜，
　　　　　我若是这么猜，不知道对不对：你是不是要这么压迫我一下，叫我
　　　　　丢了官，让我无路可走，好完全听你的支配？听你的调遣？

杨　先　生　我去叫后面先开饭，省得他们再过来。（转向后方）

徐　芳　蜜　（看了大家一眼）咱俩好说话吗？

洗　局　长　没关系！他们都听不懂你我的话！不过，当着大家面前讲有一
　　　　　样好处，我不容易再中你的美人计。我生平最大的一个缺点，就
　　　　　是对女人性太急，只要她把手递给我，我明知要上当，还是管不
　　　　　住自己！丢了官，我不便再讲什么官话，哈哈哈！当着大家的面

儿，大概你不好意思再施展那些小手段吧？

徐 芳 蜜　何必呢！何必因一时的不顺心，而胡猜别人呢？你完全猜错了。
　　　　　你做官，才有势力，才能帮助我——自然，我也帮助你喽。你丢
　　　　　了官，于我有什么好处呢？先别疑心朋友，顶好大家总动员起
　　　　　来，赶紧再抓个差事！

洗老太太　这是好话！赶紧再抓到个差事！干女儿，你帮你哥哥的忙，多分
　　　　　分心！你认识的人多呀！

徐 芳 蜜　好啦，干娘，都别着急，慢慢的办，总有办法！干娘，杨太太，
　　　　　我还有个约会，先走一步；过两点钟我再来，咱们好凑凑小牌！

洗老太太　我们专等你吃饭，你怎能走呢？打小牌，我今天没那个心程了！
　　　　　我们顶好说会儿话吧！哪有的事，哪有的事，这么有本事的人会
　　　　　丢了官！

徐 芳 蜜　待一会儿就来！必定来！（一边说一边往外轻移）

杨 先 生　（由后面回来）好啦，他们就吃，咱们也快！徐小姐别走！

洗 局 长　（已阻住她的出路）你想走？不这么容易！

徐 芳 蜜　你打算怎样呢？是不是你丢了官，叫我赔呢？

杨 先 生　（对杨太太）都是好朋友，怎办？怎办？我简直没法子劝！

杨 太 太　芳蜜，你就稍坐一会儿，陪老太太喝一盅酒！

洗 局 长　你想我能白白叫你走了不能？

徐 芳 蜜　我反正不能下令，叫你官复原职，我不过是个漂亮小姐。

洗 局 长　（刚要对她说话，后面有人拍了他一下）什么？

侦 探 长　（身后带着四名侦探，侦探押着红海）洗局长？

洗 局 长　是我，怎样？

侦 探 长　司令部请。

洗 局 长　有公事？

侦探长　当然！

洗局长　什么事？

侦探长　不好在这里说！

洗局长　都在公家服务，多少给点面子！

杨先生　都坐下谈谈好不好？倒茶来！

　　　　〔侦探长笑了笑，似乎要给面子，但没坐下。洗局长仍勉强镇定，
　　　　可是没有力气再站着，就坐下去。淑菱拉住了芳蜜，看着红海，
　　　　唯恐芳蜜跑了。芳蜜傲慢的微笑。洗老太太拉住仲文，直哆嗦。
　　　　洗太太呆呆的看着。杨先生慌而仍要充好汉。杨太太搓手，仍媚
　　　　视侦探们，但全无用处。红海不住的摇头。

侦探长　按道理说，我一句话不能说。不过局长既讲到了面子，我不妨告
　　　　诉你一半句。据我所知道的，局长是有点嫌疑。

洗局长　什么嫌疑？

侦探长　不大好讲。

洗局长　汉奸？（一笑）

侦探长　大概是。

洗局长　要论汉奸，这里现有头等人才；徐小姐，对不对？

徐芳蜜　你丢官，你被捕，与我有什么关系呢？别是吓糊涂了吧？他们捕
　　　　的是你，不是我；这是官事，并不征求私人的意见！

洗局长　假若从人情上说，从良心上说，你是不是对不起我呢？

徐芳蜜　你又对得起过谁呢？对得起你母亲，你太太，你一家人，你的国
　　　　家？就算我是汉奸，我也引诱不动个良心健康的人吧？

淑　菱　可是你为什么利用红海呢？红海，红海！你说出芳蜜怎样欺
　　　　骗你，玩弄你！我警告你不是一回了，你不信，看现在！侦探
　　　　长——红海没罪过，红海不是汉奸；放了他，捉起芳蜜来。

侦 探 长　小姐，我们办的是公事，我们凭证据拿人。

红　　海　淑菱，你可怜我，叫他们放了我！芳蜜交给我的稿子，并不是稿
　　　　　子，而是情报；我并没看，我并不知道！那些信，都是大家给她
　　　　　的，她也叫我替她存着！侦探反拿住我，而不去捉她！我冤枉！
　　　　　芳蜜，你是女人呢，还是女妖精呢，为什么这样陷害我呢！

淑　　菱　侦探长，拿住她，她根本不姓徐，她连准姓都没有！

侦 探 长　我们不能随便拿人！

淑　　菱　那些封信上，没写着芳蜜吗？这不是凭据吗？

红　　海　我偷看了一封，是你爸爸给她的，可惜，可惜，上款写的是"我
　　　　　亲爱的小鸟！"没有她的名字。大概其余的那几封也是如此！芳
　　　　　蜜，你有本事，佩服你，恨你！你是灵感，也是毒药！

徐 芳 蜜　侦探长，我可以走吧，既是没我的事？

侦 探 长　啊——等我打个电话去请示请示！对不起！

徐 芳 蜜　也好！

洗 局 长　千万别放了她！

侦 探 长　（对一侦探）去打电话请示！

徐 芳 蜜　洗局长，我没想到你会这么没有男儿气！你自己愿意帮助我做
　　　　　事，怎么今天说我引诱你呢？你不是三岁的小孩吧？大丈夫敢作
　　　　　敢当，何必跟个漂亮的女孩子为难呢？

淑　　菱　无论她怎说，侦探长，别放了她！红海是好人！

徐 芳 蜜　好人？我没看见过这么糊涂的好人！

杨 先 生　侦探长，这点事情，可以私自了结不可以呢？你看，你是最讲面
　　　　　子的人；我呢，一半是官派，一半是外江派；咱们都深通世故人
　　　　　情！要是咱们能了结这桩事，叫大家都过得去，都保得住面子，
　　　　　咱们岂不是多交几个朋友？据我看，徐小姐只是交际花，人满

好！洗局长呢，既做局长，还能是汉奸？红海这个人，倒许不地道，我虽与他没有深交过，可是我知道他不大可靠；我给他送去纸，求他写对联，他都硬把纸没收了，一个字也没写来。这么办好不好？你既别带走徐小姐，还得把洗局长放了。以洗局长的金钱，徐小姐的身份，我兄弟的面子，绝对不能叫诸位弟兄们白跑这么些路，至少我们也得送双新鞋穿！至于交差呢，满可以把红海带了走；拿到一名也就算了！还有一层，这里全不是外人，局长的家眷和我的家眷，没有一个外人，决走不了消息！

淑　　菱　侦探长，你要敢那么办，我就去告状，连杨家夫妇也不是好东西，他俩老跟芳蜜在一块！

洗老太太　菱儿！菱儿！你想要我的命吗！你们当巡警的，我的儿子是局长，是好人，我就不准你们把他拿走！

侦　　探　报告，请示过了，也逮捕！

侦 探 长　对不起，徐小姐！

徐 芳 蜜　我看你不敢吧？

洗 局 长　拿她，我有证据，不会有错儿！

〔门外汽车响。

卫 兵 甲　徐小姐在这儿吗？

卫 兵 乙　那不是！

卫 兵 甲　（敬礼）徐小姐，我们太太请！

徐 芳 蜜　还有别人吗？

卫 兵 甲　有两三位太太呢，专等小姐去，好开饭。

徐 芳 蜜　（对侦探长）怎样？

卫 兵 甲　（看了看侦探长递过片子去）我们来请徐小姐！

侦 探 长　只要能交代下去就可以。（笑着揣起名片来）

徐 芳 蜜　再见！

　　　〔大家目送她出去。

洗 仲 文　哥哥！有什么罪承认什么罪吧！你好色，贪权，爱财，你误了
　　　　　国家的事，还睁着眼把大汉奸放走！承认你的罪恶，别再欺骗你
　　　　　的良心！把良心拿出来，你就是个囚犯，还能带罪图功，为抗战
　　　　　尽力！你别以为徐芳蜜就可以这么逃走了，她跑不脱！国法，公
　　　　　理，是不受欺骗与戏弄的！我天天必到狱里去看你，叫我们真象
　　　　　亲手足似的谈谈心！

洗 太 太　我——（呆呆的看着局长）

洗 局 长　走！

淑　　菱　红海！爸爸！

杨先生、杨太太　大哥，别着急，咱们有办法！

洗老太太　（狂嚎）看你们哪个敢拿走局长！

　　　　　　　　　　　　　　　　　　　　　　　　　　（幕）